Marion Harder-Merkelbach

X
Die geheime Quelle
vom Bodensee

Roman

W0171728

MHM

HiStory – Welt und Mensch
MHM Die Bodensee – Romane

Meiner Familie gewidmet

Inhalt

Das Schönste,
was wir erleben können,
ist das Geheimnisvolle.

Albert Einstein

Einführung

Das geheimnisvolle X, der Weltkörper und der Bodensee

Das Sonnenrad und das darin verborgene X reisen schweigend, aber unaufhaltsam über den Weltkörper und durch unsere Geschichte.

Für die folgenden Begebenheiten treten wir eine Zeitreise von beinahe 2000 Jahren an. Auf der Welt herrscht Chaos, denn der Mensch ist in grausame Riten, in Morde und Kriege verstrickt. Hinzu kommt die Angst vor zürnenden Göttern. Der Nährboden für eine Weltveränderung ist gelegt.

Ein hinter dem Chaos verborgenes, geheimes Netzwerk verfolgt die Vision, die Harmonie auf dem Weltkörper wiederherzustellen. Sein Erkennungszeichen ist das X.

Unsere Reise beginnt im keltischen Britannien und endet am Bodensee. Wir verlassen die Britischen Inseln, überqueren den Atlantik, wandern entlang der Küste, folgen der Seine bis Paris, erreichen den Rhein und Straßburg, um schließlich an den Bodensee zu gelangen.

Unsere Helden stammen aus unterschiedlichen Kulturkreisen des Weltkörpers und treffen in Mitteleuropa aufeinander. Kelten. Römer. Christen.

Sie sind auf der Suche nach dem Guten und prallen immer wieder mit dem Bösen zusammen. Auf ihrer gemeinsamen Wanderung stoßen sie auf weltbewegende Ideen, epochemachende Schulen und Schriften mit rätselhaften Inhalten.

Immer wieder begegnet ihnen das X.

Noch heute steht das X für das große Unbekannte, sei es im Bereich der Kultur oder in der Mathematik.

Aber was hat es mit diesem rätselhaften X auf sich?

Die Suche nach dem weltbewegenden Geheimnis, das hinter dem X steht, führt uns nicht nur quer durch Europa, sondern, gemeinsam mit unseren Helden, auch zu einem geheimen Wissen …

Europa im 2. Jahrhundert nach Christus

Die Welt ist im Aufbruch und im Umbruch. In Europa treffen drei Weltkulturen aufeinander:
Die Stämme der Kelten. Die Verwandtschaft der Sprache, die Gesellschaftsformen und viele Riten einen sie. In den vorchristlichen Jahrhunderten breiteten sich diese Stämme europaweit aus. Jetzt ist ihre hoch entwickelte Kultur am Erlöschen.
Das Römische Reich umfasst Europa, Judäa mit Jerusalem und Ägypten. Im Norden grenzt es mit dem Hadrianswall an Schottland. Es ist die Zeit des Philosophen-Kaisers Marc Aurel, der seinen Sitz in Rom hat.
Das Christentum breitet sich – ausgehend von dem von den Römern besetzten Judäa – mit seinen geheimen Zeichen und den rätselhaften Botschaften allmählich im Verborgenen aus.

Für unsere Suche nach dem geheimnisvollen X in Mitteleuropa sind die keltischen Druiden von besonderer Bedeutung.
Die Druiden sind Seher, ausgewiesene Himmels- und Naturkundler, Heiler, Mediziner, Priester, Philosophen, die Vermittler zwischen Himmel und Erde. Sie beschwören die Götter, verhandeln mit den Nymphen, Elfen und Feen, sind die Wächter der Grabhügel und brauen die Zauber- und Heiltränke.
Ihr Wissen verleiht ihnen die Macht über ihre Könige und ihre Stämme. Sie bestimmen über das Opfern und damit über Leben und Tod von Mensch und Tier.

Die Ausbildung zum Druiden beruht auf einem für uns heute unvorstellbaren Gedächtnistraining für Auserwählte. Der Lernstoff wird ausschließlich mündlich weitergegeben. Die Druidenschulen (zum Beispiel in Autricum, heute Chartres) gehören als universale Bildungsstätten offensichtlich zu den Vorläufern unserer heutigen Universitäten. Über bis zu 20 Jahre hinweg wird das Gedächtnis der Auserwählten geschult und trainiert. Der unwiderrufliche Schwur der Verschwiegenheit auf die Mysterien, die Bedeutung außergewöhnlicher Rituale und darüber hinaus auf die Geheimhaltung des allumfassenden Wissens wird auf Leben und Tod abgelegt. Daher sind uns allein von den Griechen und Römern nur spärliche Hinweise auf das einst hoch angesehene Druidentum überliefert. Vermutlich gab es keine Druidinnen, aber Seherinnen, die auch Opferriten vollzogen.

Die Helden der Reise

Ri Ghrian, Righ
Ri steht für Re oder Rex und bedeutet König.
Ri Ghrian ist König des keltischen Stammes der Briganten. Er regiert in der Ansiedlung von Luguvalion an der Grenze zu Schottland. Das Schicksal seiner Söhne, die Hinterlistigkeit des Druiden seines Stammes und das seltsame Zusammentreffen mit dem eigensinnigen Mondmädchen Ceili veranlassen ihn dazu, das Vertraute zu verlassen, Ceili zu folgen und sich auf die Reise ins Ungewisse zu begeben.

Ceili (heute Keyleigh, gesprochen Keili) – das Mondkind der Briganten
Ceili steht im Keltisch-Gälischen für Mondkind. Ceili ist ein von der Seherin Veleda im Wald aufgezogenes Mondfestkind der Briganten. Als sie sich den Fruchtbarkeitsriten ihres Stammes unterwerfen soll, widersetzt sie sich dem König. Sie verlässt

9

ihren Stamm und Britannien und folgt dem Römer Simon auf der Suche nach dem geheimnisvollen X.

Die zwei Druiden
Der Druide der Briganten
Er ist heimtückisch, den Göttern hörig und ein Opfer seiner selbst gebrauten Rauschgetränke.
Dru, der Druide aus Gallien
Dru ist tiefsinnig und weltoffen. Er ist der gewissenhafte Hüter des heiligen Geheimwissens. Er schützt die Traditionen, ehrt die Ahnen und ist dennoch bereit für die Vision einer neuen Weltordnung.

Der Römer Simon
Er ist ein Pionier der geheimnisvollen, urchristlichen Strömungen, die sich still und leise im Römischen Reich ausbreiten. Simon sucht nach den Hintergründen der revolutionären Visionen, die das menschliche Dasein verändern sollen. Er ist der Beobachter, der über den Weltkörper streift, mit dem Ziel, Gleichgesinnte zu erkennen, um sie in die neue Vorstellungswelt einzuweihen.

Der Römer Donatianus
Auch er folgt den neuen Strömungen, doch das Christentum ist schon seit seinen Anfängen gespalten. Die Botschaften sind rätselhaft und die Auslegungen kontrovers. Donatianus steht unter dem Einfluss jener Christen, die dem Apostel Petrus folgen. Sein Feindbild ist die Frau. Außerdem peinigt ihn eine neue Vorstellung, die die Menschheit zunehmend in Angst und Schrecken versetzt: Das Jüngste Gericht tagt am Ende der Welt und droht den Verdammten mit dem Höllenfeuer.

Marcus – der keltisch-römische Bibliothecarius
Der Bibliothecarius aus Lutetia (heute Paris) interessiert sich für das Wissen aus aller Welt. Marcus sucht entlang des gemeinsamen Weges nach Schriften mit Hinweisen auf das X. In der Bibliothek von Chostanza (heute Konstanz) liegt unbeachtet ein außergewöhnlicher Codex, der Hinweise auf das geheimnisvolle X enthält …

Der Medicus Arminius – der Germane und Stadtarzt von Chostanza
Er ist zur Zeit der Antoninischen Pandemie, die im 2. Jahrhundert das Römische Reich und damit auch unsere Helden bedroht, der Medicus von Chostanza. Arminius wurde in Rom in die Wissenschaft der Heilkunst eingewiesen. Sein Lehrmeister ist der weltweit renommierte Arzt und Anatom Galenus, der Leibarzt des herrschenden Kaisers Marc Aurel. Arminius kennt auch die wissenschaftlichen Schriften des Griechen Hippokrates (um 400 v. Chr.), des Begründers der modernen Medizin.

Der Buddhist Rama
Der Buddhist stammt aus dem indischen Reich Kuschana. Es ist ein Reich des weltweiten Fernhandels und damit auch des universalen geistigen Austauschs. Rama trägt das Dharmachakra, das Rad der Weisheit und der Lehre, als Amulett an einem Band um den Hals. Was verbindet das Rad der Weisheit mit dem X?

Der Christ
Der Christ ist der heimliche Botschafter der neuen Strömungen des Christentums. Er hat klare Vorstellungen von der neuen Weltordnung. Aber was weiß er über das X?

Außerdem sind dabei:
Ennoia – die herkunftslose, wissende Rebellin.
Lelia – die eingesperrte Wölfin, eine versklavte Prostituierte.
Stephanus – der Junge in Chostanza, der durch die Pandemie und deren gnadenlosen Auswirkungen zwar großes Leid erfahren hat, dessen Hilfsbereitschaft und Empathie jedoch nicht zu erschüttern sind.
Hera – die reiche, musische Hetäre des Senators von Chostanza.

Der Bodensee, die Götter und der Verstand

Es wird vermutet, dass der keltische Stamm der Brigantier, der die östliche Bodenseeregion besiedelte, mit dem Stammesverband der Briganten von den Britischen Inseln verwandt ist. Die keltischen Briganten oder Brigantier sind mit ihrer Stammesgöttin Brigantia die Namensgeber für den *Lacus Brigantiae*, wie die Römer den *Bodensee* unter anderem nannten, und für Brigantium, die Stadt am Bodensee, die heute Bregenz heißt.

Brigantia ist die Stammesgöttin der Briganten und die erhabene keltische Göttin der Heilkunst und der Fruchtbarkeit.
Der Name beinhaltet das keltische Wort *brigh* (vgl. gälisch/englisch: *bright*), das Verstand bedeutet.

Luguvalion ist der Ort in Britannien, in dem unsere Geschichte beginnt. Die keltische Siedlung Luguvalion (heute Carlisle) erhielt ihren Namen von dem keltischen Gott Lugh, dem Gott des Eides, der auch als Sonnen- und Lichtgott verehrt wird.

Verstand, Vernunft, Sonne und das Verborgene ...
... begleiten unsere Helden still und heimlich durch unsere Geschichte, die nun beginnt.

Britannien, Luguvalion im 2. Jahrhundert nach Christus

Britannien war von den Römern besetzt. Allerdings nicht vollständig, denn die keltischen Stämme des heutigen Schottlands und auch Irlands leisteten heftigen Widerstand gegen die Römer. Um sich vor den wilden Raubzügen dieser bunt bemalten Pikten, wie die Römer die Schotten nannten, zu schützen, ließ Kaiser Hadrian einen Wall errichten, dessen Überreste auch heute noch nahe der Grenze zwischen Schottland und England zu erkunden sind. Für die vorliegende Geschichte wenden wir uns Luguvalion zu. Die Stadt lag nicht weit von der Mauer entfernt in dem von den Römern besetzten Teil Britanniens.

Die Bewohner von Luguvalion gehörten zum keltischen Stammesverbund der Briganten. Sie lebten in einer Siedlung, abgetrennt von der römischen Besatzungsmacht. Selbstverständlich herrschte zwischen den Briganten und den Römern ein reger geistiger und kultureller Austausch.

Dennoch hüteten die Briganten die Riten und Mysterien ihres Stammes, die die geheimen Weisheiten bargen. Die Hüter dieses Wissens nannten sich Druiden, die *Eichenkundigen*.

Ceili und Simon

Der Körper und die Welt

Sie war fruchtbar. Sie war eingebunden in den Kreislauf der Natur. Sie tat, was alle Frauen taten, weil sie es so von den Frauen ihres Stammes gelernt hatte. Sie gab sich den Mysterien und Ritualen, den Tränken und Orgien hin, weil alle Frauen es so taten. Sie war schön und wurde den Männern, mit bunten Blumen geschmückt, als Geschenk übergeben. Denn den kreisrunden Brüsten mit der zentralen Knospe und der Vulva in der Form des Lachses, des Σαλομòσ, dieses Fisches, dessen Weisheit Zeichen setzte, galt alle Verehrung. Die Brüste und die Vulva verkörperten das Mysterium des Kreislaufs des Lebens. Die Brigantinnen waren stolz auf ihre Fruchtbarkeit. Sie liebten es, die Männer mit ihren weiblichen Reizen zu erregen. Sie waren auch stolz auf ihre Kämpfernatur und unterstützten die Krieger in der Schlacht genauso angriffslustig und hingebungsvoll wie bei der Vereinigung ihrer Körper während der Mond- und Sonnenfeste. Ihr Stöhnen trieb die Manneskraft zum Höhepunkt, und der ausgestoßene Samen zeugte im weiblichen Körper neues Leben. Es war unwichtig, ob das Stöhnen der Mädchen und Frauen vom Schmerz oder von der Lust kam. Beides lag nah beieinander. Die körperlichen Verletzungen wurden mit Heilkräutern behandelt. Die seelischen nicht beachtet.

Ceili hatte gelernt, dass ihr Leib ein Teil des Kosmos war und ihre Fruchtbarkeit der Sinn ihres Daseins. Seit sie zu voller Reife erblüht war, war ihr Körper mit dem Zyklus des Mondes verbunden. Wie das unaufhaltsame Vor und Zurück des Ozeans von den Kräften des Himmelskörpers abhing, so beeinflusste seine Energie den Fluss des Blutes zwischen ihren Beinen, das aufgefangen wurde, um den heiligen Ritualen zu dienen. Mit den Mondphasen nahm ihre Fruchtbarkeit ab und zu, ab und zu, ab und zu. An den Mond- und Sonnenfesten erregte sich der Phallus in der Wärme des Ganges, der dorthin führte, wo das Leben entsprang. Und sie war bereit, den in Ekstase versprühten Samen aufzunehmen. Ihr Körper glich einer magischen Höhle, und die Naturgöttinnen halfen mit geheimnisvollen Kräften dabei, aus dem Samen Mondfestkinder in ihrem Bauch wachsen zu lassen. Die Schmerzensschreie der Geburtswehen wurden genauso als Zeichen ihrer Fruchtbarkeit gefeiert wie die Geburten.

Doch nach den Geburten nahmen sie ihr die Kinder weg. Als sie ihr das erste Mondkind entrissen, sammelten sich bittere Tränen in Ceilis Augen. Als sie von den Frauen ihres Stammes gesagt bekam, dass das fließende Wasser in ihren Augen den Mondfestkindern – wie sie selbst eines war – die Reise im Fluss des Lebens erleichtern würde, ergossen sich ganze Ströme über ihre Wangen. Immer wieder rief Ceili die Stammesgöttin Brigantia an, in der Hoffnung, die Heilgöttin würde ihr helfen und ihren Körper und ihre Seele vor weiteren Schmerzen schützen. Immer wieder starrte sie in den Fluss, in der Hoffnung, die Göttin würde die Kinder zu ihr zurückspülen. Doch die Erhabene erhörte sie nicht.

Ceilis Körper fügte sich nach den Geburten erneut in den monatlichen Kreislauf ein. Ihr Geist jedoch, der gleichfalls in den Kreislauf der Natur eingebunden war, wurde durch den Verlust ihrer neugeborenen Früchte aus der Bahn geworfen. Doch das rührte weder die Männer noch die Frauen ihres Stammes.

Mehr und mehr wurde Ceili bewusst, dass sie anders empfand als die übrigen Stammesfrauen. In ihr floss zwar das Blut einer Kämpferin, und sie hatte die Fruchtbarkeit und die Schönheit, welche die Männer verehrten. Doch, so stellte sie fest, fehlte ihr sowohl die Leidenschaft zum Kampf gegen andere Stämme, zum Verletzen und Töten anderer Menschen als auch die zur hemmungslosen Hingabe ihres Körpers. Dies aber wurde von ihr verlangt.

Seit sie als Sklavin und Dienerin bei den Römern, die Luguvalion besetzt hielten, arbeitete, wurde ihr mehr und mehr bewusst, was das Leben als Frau bedeutete. Jetzt war ihr Körper Eigentum eines Römers. Wurde die Fruchtbarkeit ihres Körpers bei den Briganten mit Ritualen und Mysterien gefeiert, so wurde ihr Leib bei den Römern benutzt, um deren Lust zu befriedigen, jedoch ohne die Verehrung ihrer Fruchtbarkeit. Ihre Seele und ihre Gefühle fanden weder bei den einen noch bei den anderen Beachtung. Und das hinterließ in ihrer verschlungenen Gedankenwelt und in ihren undeutlichen Vorstellungen von ihrem irdischen Dasein noch mehr Verwirrung. Da war eine tiefe Kluft zwischen ihrer Seele und der Verehrung ihres Körpers. Ihre Seele war eine Gefangene ihres Körpers, der zuerst den Fruchtbarkeitsritualen ihres Stammes und dann zur Lustbefriedigung der Römer diente. Ihr Geist rebellierte mehr und mehr dagegen.

Ceili ahnte damals nicht, dass es eine andere Welt – eine geheimnisvolle Welt – gab, die tief im Verborgenen lag und die es zu entdecken galt. Diese Welt glich einem Rätsel, bestehend aus Zeichen, Bildern und Gegensätzen. Das Enträtseln war mit Abschied, Verfolgungen, Verleumdungen, Unterdrückungen und Todesgefahren verbunden. Ceili, eine Kämpferin auf der Suche, sollte die Neugier packen …

Das Sonnenrad

»Chi Rho sagte: Wenn ihr die zwei zu einem macht und wenn ihr das Innere wie das Äußere macht und das Äußere wie das Innere und das Obere wie das Untere, und zwar damit ihr das Männliche und das Weibliche zu einem Einzigen macht, auf dass das Männliche nicht männlich und das Weibliche nicht weiblich sein wird. Wenn ihr Augen macht anstelle eines Auges und eine Hand anstelle einer Hand und einen Fuß anstelle eines Fußes, ein Geschöpf anstelle eines Geschöpfes, dann werdet ihr eingehen in das Königreich.«

Mit diesen rätselhaften Worten betrat unerwartet ein Römer das Haus, in dem Ceili als Sklavin tätig war.

Obwohl niemand verstand, was der Römer damit sagen wollte, hinterließ seine geheimnisvolle Gelehrsamkeit großen Eindruck. Auch wurde beobachtet, wie er Ceili, dem Mondfestmädchen, Blicke zuwarf, während sie die Speisen auftischte und wieder abtrug. Und so wurde sie ihm als Geschenk für die Neumondnacht übergeben.

Es war finster in der Kammer, in der sie für ihn bereitlag. Sie war dankbar für den Schutz der Dunkelheit, wenn sie dazu gezwungen wurde, ihren Körper zu verschenken.

Die Tür öffnete sich, und Ceili erblickte die schattenhaften Umrisse eines nicht allzu großen Mannes.

»Wo bist du, Ceili?«, fragte die Stimme aus der Dunkelheit. Sie klang freundlich.

»Ich liege bereit, Herr.«

»Nenne mich Simon und zieh dir etwas über. Ich werde nichts von dir verlangen, was gegen deinen Willen ist. Entzünde die Kerze. Mach uns Licht.«

Sie warf sich ein Gewand über und entfachte die Kerze. Eigentlich war es nur seine Toga, die Ceili wahrnahm. Sein Gesicht konnte sie nur aus den Augenwinkeln erahnen, denn sie hielt ihren Blick gesenkt – sei es aus Demut, sei es aus Furcht, sei es aus Unsicherheit. Aber sein Blick ruhte buchstäblich auf ihr. Doch das schien nur so. Denn eigentlich suchte er in ihrem Gesicht etwas, und da er ihre Augen nicht erkennen konnte, erkundete er umso intensiver ihre Züge. Die Silhouette mit der hohen Stirn, der feinen Nase, den wohlgeformten Lippen bot jedoch nur ein Spiel von Licht und Schatten, welches der flackernde Schein der Kerze auf ihrer zarten Haut austrug.

»Warum willst du mich nicht? Warum weist du mich ab?«, fragte Ceili schließlich und strich sich eine Strähne ihres rotblonden, langen Haares hinters Ohr.

»Du bist wunderschön. Mein Körper regt sich. Aber meine Seele würde mich verurteilen.«

»Deine Seele würde dich verurteilen?«, wunderte sich Ceili und hob langsam den Kopf.

Der junge Mann stand nun neben ihr und blickte ernst. Sein dunkler Bart verbarg ein fein geschnittenes Gesicht. Jetzt, da er ihre Augen sah, musterte er sie eine Weile prüfend und sagte dann:

»Wenn du Ohren hast, dann höre. Höre mir genau zu.«

Ceilis Herz begann heftig zu klopfen. Es war seine Stimme, ihr ruhiger Klang, ihre Ernsthaftigkeit. Sie beschleunigte nicht nur ihren Pulsschlag. Nein, sie erregte auch ihre Gedanken. Auch fehlte etwas in der Stimme. Etwas, das sonst immer in Männerstimmen mitklang, immer und zu jeder Zeit. Was war es, das in seiner Stimme fehlte? Sie überlegte, begann in ihrer Vorstellungswelt nach Bildern zu suchen, ohne welche zu finden. Also beschloss sie, Simon zuzuhören, genau zuzuhören. Plötzlich wurde ihr bewusst, was in seiner Aufforderung fehlte: das Bedrohliche. Das Angsteinflößende. Das Drohende.

Simon hatte nichts Bedrohliches an sich. Seine braunen Augen, in die sie nun zu schauen wagte, funkelten offen und ehrlich im Schein der Kerzenflamme, als er sagte: »Du hast meine Worte von vorhin gehört, Ceili?«

Ceili hatte diese sonderbaren Worte, die er bei Tisch gesprochen hatte, sehr wohl vernommen, aber deren Sinn nicht verstanden.

»Was meinen die Worte: *Wenn ihr das Männliche und das Weibliche zu einem Einzigen macht, auf dass das Männliche nicht männlich und das Weibliche nicht weiblich sein wird, dann kommt ihr ins Königreich?«*

»Genau weiß das keiner, Ceili. Aber wir verstehen sie so: Frauen sind den Männern im Denken und Fühlen ebenbürtig.«

»Was soll das heißen?«, fragte sie irritiert.

Simon überlegte. Wie sollte er Ceili diese rebellischen Gedanken erklären? Denn, so wusste er, die Vorstellung von der Ebenbürtigkeit aller Männer und Frauen provozierte einen weltverändernden Aufstand, der mit heftigen und mühevollen Kämpfen in den Köpfen und um die Köpfe der Menschheit verbunden sein würde. Diese Vorstellung würde Teile der bestehenden Weltordnung umstürzen. Dies war jedoch unumgänglich, um schließlich die wirkliche Weltordnung wiederherzustellen, dachte Simon, und ein bitteres Lächeln umspielte seinen Mund. Denn die Welt war überhaupt nicht in Ordnung. Wo auch immer er hinblickte, herrschte das Chaos. Kriege. Menschenopfer. Vergewaltigungen. Er beschloss, vorerst darüber zu schweigen, und sagte schlicht:»Weißt du, Ceili, du bist ein verlorenes Lamm.«

»Ein verlorenes Lamm?«

Schafe und Lämmer waren lebenswichtig. Sie lieferten alles, was man zum Leben benötigte: Wolle, Fleisch, Käse … Sie war unsicher, was er damit sagen wollte, und unwillkürlich fing sie an zu lachen. Ja, Ceili lachte. Es war ein seltsames Lachen. Ein Lachen der Unsicherheit, des Nichtglaubens, des Nichtkennens, des Nichtwissens. Ein Lachen, das den tiefen Schmerz ausdrückte, der in ihrer Seele saß.

Simon wartete, bis ihr Lachen verstummte. Dann setzte er sich neben sie auf das Lager, atmete tief durch und sagte:»Ich erzähle dir eine Geschichte … meine Geschichte.« Er schluckte mehrmals, während er mit seinen Erinnerungen rang.

»Es dauerte lange«, begann er schließlich,»viele Jahre habe ich etwas gesucht, ohne zu wissen was. Und dann habe ich dieses Etwas gefunden. Und, du wirst es nicht glauben, es war unfassbar.« Er suchte nach Worten, mit denen sich das Unfassbare beschreiben ließ.

»Ich habe Gedanken und Vorstellungen gefunden. Die sind zwar nicht greifbar, aber man kann sie steuern, so wie man ein Boot über den Ozean navigiert – durch Sturm und Flaute, über turmhohe Wellen oder über eine spiegelglatte Oberfläche.

Weißt du, Ceili, bevor ich zu dieser Erkenntnis kam, habe ich Frauen verführt, und wenn sie sich nicht verführen lassen wollten, habe ich sie gegen ihren Willen mit all meiner Begierde genommen und sie später ...«, er lachte – es war ein bitteres Lachen –»... als Huren verurteilt, weil ich in meiner Eitelkeit gekränkt war. Sie hatten Angst. Ich habe sie schreien und flehen gehört und habe weggehört. Mein Körper regierte damals meinen Verstand.«

Während er sprach, wanderten seine Augen durch den Raum. Sie streiften jeden Gegenstand, den der flackernde Schein der Kerze erhellte: den Stuhl, das Lager, die Wand und den Boden. Allein den Anblick von Ceili mieden seine Augen. »Und dann habe ich meinen Verstand gefunden.«

»Deinen Verstand?«, fragte sie nachdenklich.

»Meinen Verstand«, bestätigte Simon, und seine Augen hielten in ihrer Wanderung inne und suchten jetzt die ihren. »Er lebte im Dunkeln, war vergraben. Ich habe ihn nie gebraucht. Ich wollte ihn nicht gebrauchen. Weil ich, wie die meisten Menschen um mich herum, nie gelernt habe, ihn zu gebrauchen.«

Er atmete erneut tief ein und wieder aus, um sich in dem einschneidenden Ereignis seiner Vergangenheit zu verlieren.

»Es war in Rom, in meines Vaters Haus. Ich sah, wie mein bester Freund meine Schwester vergewaltigen wollte. Er tat etwas Ähnliches, was ich selbst mit unwilligen Frauen getan hatte. Aber als ich sah, wie er meine kleine Schwester zu schänden versuchte, da regte sich plötzlich etwas in mir. Ich wurde rasend, zur Bestie und entwickelte gleichzeitig Abscheu und Hass auf die dunkle Macht der Begierde. Die Machtlosigkeit, sie zu kontrollieren. Als mein Freund mich so außer Fassung sah«, sagte Simon langsam, »ließ er von meiner Schwester ab und lachte. Dieses Lachen trieb mich vollends zur Weißglut. Unbändiger Zorn ließ mich die Beherrschung verlieren. Hinzu kamen Rache und Vergeltung. Es war mir nicht möglich, klar zu denken, meine Gedanken zu sortieren. Es lag mir auch nichts daran. Rache für die Schwester zu üben, ist in Rom selbstverständlich und das Morden nichts Ungewöhnliches. Wenn jemand stört, wird er aus dem Weg geräumt. Ich habe nichts dabei gefühlt, als ich das Messer in den Körper meines besten Freundes rammte. Nichts! Weder Triumph noch Niederlage und schon gar kein Mitgefühl. Da war nichts. Dunkelheit. Schwärze.«

Ceili zuckte zusammen. »Vor den Augen deiner Schwester?«

»Nein. Er ist abgehauen, ich bin ihm gefolgt und habe ihn in einer dunklen Gasse von hinten erstochen. Keiner hat es gesehen.« Er seufzte, und eine Weile herrschte Schweigen.

Dann fuhr er fort: »Ich hatte erneut die Kontrolle über mich verloren. Die Kontrolle über meinen Verstand und meinen Körper.«

Simon seufzte.

»Und dann kamen sie doch: Reue und Angst vor der Strafe. Vielleicht liebte er ja meine Schwester? Wer weiß, was in seinem Schädel vor sich ging? Vielleicht hatte sie ihn gereizt? Sie ist jung und schön und weiß um ihre Reize. Ich hatte ihn nicht einmal zu Wort kommen lassen. Er hatte keine Möglichkeit, sich zu verteidigen.«

Simon verstummte kurz, dann sprudelten die Worte nur so aus ihm heraus.

»Aller Mut verließ mich, es schien nur noch einen Ausweg zu geben. Ich versetzte mir selbst den Dolchstoß. Pluto sollte mich in sein Reich holen und bestrafen. Doch der Gott der Unterwelt wollte mich noch nicht. Stattdessen wurde ich verletzt gefunden. Ein Mann rettete mich. Als ich ihm sagte, ich könne nicht mehr in meines Vaters Haus zurückkehren, pflegte er mich. Er lebte in einem Haus in einer kleinen Gasse. Regelmäßig kamen Männer und Frauen zu Besuch. Alle sorgten sich um mich. Keiner fragte nach meiner Vergangenheit. Jeder von ihnen hatte irgendwelche Nöte, genauso wie ich. Wir aßen gemeinsam, meist ganz schlicht, nahmen nur Brot und Wein zu uns und manchmal Fisch. Sie sprachen über das Dasein und ihre rätselhaften Vorstellungen vom Leben und vom Tod. Mit ihrer Hilfe gewann ich meinen Lebenswillen zurück. Sie halfen nicht nur mir, sondern sie halfen sich gegenseitig und animierten mich dazu, ihnen zu helfen. So halfen wir alle uns gegenseitig. Gleichzeitig lernte ich, meinen Verstand zu gebrauchen.«

Simon beobachtete Ceili eine Weile schweigend und fragte dann: »Hörst du mir zu?«

»Ich habe Ohren. Ich höre dir genau zu.«

»Du hast einen Schatz, Ceili«, sagte Simon unerwartet.

»Ich bin mittellos. Ich habe kein Pferd. Ich habe keinen Schmuck. Ich habe nichts. Ich bin eine Sklavin in diesem Haus. Der einzige Schatz, den ich habe«, fügte sie nachdenklich hinzu, »ist mein Körper.«

Simon ließ seinen Blick über das Gewand schweifen, unter welchem sich ihre wohlgeformte Gestalt verbarg.

»Du hast noch einen Schatz.«

»Was redest du?«

»Und dieser Schatz ist mehr wert als alle Kostbarkeiten dieser Welt – und das ist die Wahrheit«, fügte er hinzu.

»Welcher Schatz? Welche Wahrheit? Was redest du?«

»Du hast eine Seele und einen Geist, und in der Mitte sitzt dein Verstand, und das ist dein Schatz.«

Ceili hatte Worte wie diese noch nie gehört.

»Du verstehst nicht, was ich sage?«

Sie schüttelte den Kopf.

»Aber du hast Verstand«, betonte Simon und strich ihr vorsichtig die zurückgefallene Haarsträhne aus dem Gesicht. Er wusste, dass auch die Entdeckung des Verstandes neue Gefahren barg. Und genauso wenig wie es ihm an der Zeit schien, den verborgenen Sinn vom Dasein von Mann und Frau zu erklären, hielt er es jetzt für zu gewagt, die heimliche Macht des Verstandes im Menschen zu erläutern. Denn auch das Verbreiten dieser visionären Entdeckung, so hatte er von seinen Rettern gelernt, war mit lebensbedrohlichen Kämpfen und weltverändernden Umbrüchen verbunden.

22

Jetzt fiel sein Blick auf das Amulett, das sie an einem Lederband um den Hals trug.

»Weißt du, was das bedeutet?«, fragte er Ceili und nahm das Amulett in seine Hand.

»Es ist das Sonnenrad unseres Sonnengottes Lugh«, erwiderte Ceili. »Lugh beschützt Luguvalion. Das Sonnenrad hat acht Speichen. Die Speichen, die längs und quer verlaufen, zeigen in die vier Himmelsrichtungen. Dorthin, wo die Sonne aufgeht, dorthin, wo sie untergeht, dorthin, wo sie mittags steht, und dorthin, wo sie nie erscheint. Sie stehen auch für die vier Mondfeste: Imbolc, Beltaine, Lughnasadh und Samhain. Alle vier Speichen treffen sich im Mittelpunkt, und zwar so …« Ceili formte mit den Armen ein Kreuz. »Und die schräg stehenden Speichen …«

Ceili zögerte und sah nach unten auf das verbleibende X ihres Amuletts.

»… verweisen auf die Sonnenfeste der beiden Tagundnachtgleichen sowie Mittwinter und Mittsommer.«

Simons Blick richtete sich auf die Kerzenflamme, und er sagte: »Ich habe von diesen Leuten in Rom Neues über das Dasein von uns Menschen gelernt. Es ist etwas, das man an andere Menschen weitergeben soll. Aber nicht jeder möchte das hören. Du aber hörst mir zu, und deine Aufmerksamkeit zeigt mir, dass du mehr hören möchtest. Auch ich möchte mehr über das Menschsein und den Kreislauf des Daseins lernen und lehren. Aber das ist nicht alles … Ich habe eine Vision.«

»Eine Vision?«

»Ja, eine Vision und eine Mission!«

»Du sprichst in Rätseln«, sagte Ceili.

»Noch mehr Erklärungen würden jetzt zu weit führen, Ceili. Nur so viel: Ich bin auf einer Reise und nehme jeden mit, der mir zuhört und der mitkommen will. Diejenigen, die mitkommen, müssen alles zurücklassen. Für manche ist es eine Flucht!« Seine Stimme klang fest. Dann fuhr er nachdenklich fort: »Manche gehen auch nur einen Teil des Weges mit.

Irgendwo am Rand – ohne Überzeugung, Begeisterung, Ausdauer, Hingabe oder Leidenschaft. Sie haben nicht verstanden, wohin die Reise führen soll. Sie suchen bald nach einer Gelegenheit umzukehren. Und das ist gut so. Denn entweder sie haben dann gefunden, was sie suchen, oder es war der falsche Weg. – Für andere ist eine Rückkehr unmöglich.« Simon suchte Ceilis Augen.

»Du bist auf einer Reise?« Ceili suchte nach Bildern in ihrer Vorstellungswelt. Er sprach von einem Weg. Von einer Reise. Vom Aufbruch. Vom Zurücklassen. Es klang nach Unbekanntem. Nach Neuem. Nach einem anderen Leben. Aber mehr konnte sie sich darunter nicht vorstellen. »Wie weit ist Rom von Luguvalion entfernt?«, fragte sie schließlich.

Simon erklärte Ceili, dass die Welt ja ein Körper sei. Er käme vom Bein des Weltkörpers und sie von dessen Kopf. Dazwischen lägen viele Vollmonde und viele verschiedene Menschen mit unterschiedlichen Sitten, Riten und Gebräuchen. Außerdem galt es, auf einer Reise über den Weltkörper Gebirgszüge mit Schnee und Eis, Flüsse, Wälder, Schluchten und Täler zu überwinden. Es wäre stets zu warm oder zu kalt, zu hell oder zu dunkel, zu laut oder zu leise, zu feucht oder zu trocken. Er sah Ceili an, und seine Augen blitzten abenteuerlustig, als er ihr eröffnete, dass es genau diese Gegensätze des Weltkörpers seien, die ihn in Bewegung hielten. Er würde die Gegensätze, das Gute und das Böse, erforschen, um die Harmonie darin zu finden. Man müsse sich darauf einlassen.

Ceili wurde von der Seherin der Briganten aufgezogen. Veleda war weise und wurde immer wieder von Stammesoberen, Männern wie Frauen, aufgesucht, damit sie ihr Urteil in Streitfragen fällte. Die Seherin lebte mit Ceili in einem Turm im Wald. Veleda hielt Ceili stets dazu an, zu schweigen und möglichst unsichtbar zu sein – wie eine Nymphe oder eine Elfe. In ihrer Unsichtbarkeit und Schweigsamkeit sah und hörte die Seherin Ceili nicht, dafür sahen und hörten sie beide umso deutlicher die Pflanzen- und Tierwelt. Sie lebten eingebunden in den Kreislauf der Natur.

Ceili verrichtete Tag für Tag wortlos immer wieder die gleiche Arbeit: sich selbst und ihr Gewand waschen, Wasser holen, Kräuter sammeln, Kräuter schneiden, mischen, essen, trinken ...

Wenn sie die Kräuter und Gräser sammelten und in die verschiedenen Beutel fallen ließen, die Ceili mit sich trug, sprach die Seherin. Sie sprach jedoch nicht mit Ceili, sondern sie beschwor die Pflanzen und die unsichtbaren Götter sowie die Wesen, die darin lebten. Das Mädchen hörte die Seherin reden und beobachtete, wie die weise Frau den Geruch der Pflanzen einsog, wie sie ihre Farben und Formen in sich aufnahm und die Wurzeln befühlte. So lebte Ceili in der bunten Vielfalt der wilden Welt des Waldes mit den Feen, Elfen und Nymphen, mit seinem unermüdlichen Wachstum und der krabbelnden, kriechenden und keuchenden Tierwelt.

Der Lauf der Zeit jedoch erschwerte die Aufgabe des Unsichtbarseins. Denn Ceili war zwar feingliedrig, aber sie wuchs immer höher, genauso wie die Bäume. Als das Mondblut zwischen ihren Beinen zu fließen begann, brachte die Seherin Ceili am darauffolgenden Mondfest zur zeremoniellen Einweihung in die Riten und Gebräuche der Fruchtbarkeitsrituale in die nächste Siedlung. Ceilis Leben beinhaltete von jetzt an auch die Ausbildung zu einer mutigen Kämpferin. Wie viele Frauen ihres Stammes sollte sie später gemeinsam mit den Männern in die Schlacht ziehen. Mit der Zeit merkte Ceili, dass sie anders war als die anderen Frauen. Doch sie hatte gelernt, ihre Bedürfnisse zu unterdrücken. Sie hatte gelernt, folgsam zu sein und zu schweigen.

So wurden auch die Wünsche und Träume in ihrem schönen Kopf nicht genährt. Ceili ließ sie nicht zu. Sie schenkte ihnen genauso wenig Beachtung, wie Veleda oder die Stammesfrauen ihnen Beachtung schenkten.

Es belastete Ceili nicht, denn sie war es nicht anders gewohnt. Mit der Ausbildung zur Kämpferin, aber ohne je in eine Schlacht zu ziehen, kam sie schließlich, wie viele junge Keltinnen, als Sklavin in die Dienste eines Römers. Dort umgaben sie anstelle des Reichs der Pflanzen und Tiere die Mauern von dessen Haus, und anstelle der Verehrung ihrer Fruchtbarkeit diente ihr Körper der Lustbefriedigung der Römer.

Jetzt spürte sie, wie das Blut in ihren Kopf stieg. Wie es ihr heiß und kalt wurde, während sich ihr Entschluss festigte. Dieser Entschluss packte sie, fesselte sie und ließ sie nicht mehr los. Schließlich formulierte sie ihn laut: »Ich komme mit dir auf die Reise!«

Simons Augen funkelten, als er sie ansah, und er sagte: »Darauf habe ich gewartet, Ceili!«

»Wann gehen wir los?«, fragte sie erwartungsvoll.

»Du hast Zeit, es dir noch einmal zu überlegen. Ich habe noch Verpflichtungen in Luguvalion. Ich sage dir, wenn es so weit ist.«

Sie fasste sich ein Herz. Denn sie hegte schon lange einen Wunsch, der ihr als Brigantin und Sklavin verwehrt blieb. Sie hatte bei den Römern beobachtet, dass sie aneinandergereihten Zeichen einen Sinn gaben und damit Botschaften auf Papyrus übermittelten oder diese in Ton oder in Steine einritzten. Sie war fasziniert von dieser Art der Weitergabe von Mitteilungen.

»Kannst du lesen und schreiben?«, fragte sie Simon.

»Ja«, antwortete Simon. »Ich war in Rom auf einer Schule.«

»Kannst du es mir beibringen?«

Simon stutzte und sagte dann: »Selbstverständlich! Ich lehre dich das Schreiben und Lesen, und dann werden wir gemeinsam auf unsere Reise gehen, um unseren Verstand weiter mit Wissen zu füttern und um mehr über unser Dasein und den Kreislauf des Lebens zu erfahren. Aber du musst dir darüber im Klaren sein, Ceili, dass wir auch auf Irrwege gelangen werden, dass wir uns immer wieder verlaufen werden und dass Verwirrungen, Unsicherheiten und Ängste zu unseren Begleitern gehören werden. Genauso wie das Leben und der Tod.«

»Die Götter werden uns beistehen«, war sich Ceili sicher und fragte dann:»Wo sind all deine Gefährten?«

»Wir werden einige von ihnen wiedertreffen, wenn wir auf dem Kontinent sind. Nur Donatianus ist von Rom bis Luguvalion mit mir gereist.«

»Donatianus?«

»Ja, Donatianus. Wir haben die gesamte Reise zusammen zurückgelegt.«

»Dann ist er dein Anam Cara.«

»Mein Anam Cara?«, fragte Simon.

»Ja, dein Anam Cara, dein Seelenfreund. Mit ihm kannst du all deine Geheimnisse und Ängste teilen.«

»Mit Donatianus?«, Simon lachte.»Nein. Wir haben nicht geredet. Wir haben geschwiegen. Er ist mir ohne viele Worte gefolgt. Wir waren gemeinsam unterwegs und doch einsam.«

Plötzlich kam Ceili ein Gedanke. Sie überlegte, wie sie ihre Vorstellungen in Worte fassen sollte. Dann fragte sie:»Führt unsere Reise zum Nabel des Weltkörpers?«

Simon blickte Ceili fragend an.

Ceili fasste nach ihrem Amulett und fuhr fort:»Geht die Reise zur Mitte des Weltkörpers? Zum See der Früchte unserer Stammesgöttin Brigantia?«

Simons Augen wurden größer und größer. Dann erläuterte er:»Unsere Reise führt über das Meer zum Rumpf des Weltkörpers und dann …«, er überlegte kurz und kratzte sich am Kopf,»… wandern wir entlang der Flüsse oder lassen uns von ihnen über den Weltkörper tragen. Pater Rhenus wird es uns nicht so leicht machen wie auf meiner Reise nach Britannien, da wir gegen den Strom ankämpfen müssen. Aber mach dir keine Sorgen, das schaffen wir.«

»Pater Rhenus? Wer ist Pater Rhenus?«, fragte Ceili.

»Pater Rhenus ist der große Fluss, der den Rumpf des Weltkörpers durchquert.«

»Führt er uns zur Mitte des Weltkörpers?« Die Vorstellung ließ ihr Herz höherschlagen.

»Zur Mitte des Weltkörpers?«, wiederholte Simon und rieb sich die Stirn.

»Dort leben Ahnen meines Stammes«, sprudelte es jetzt aus Ceilis Mund. »Dort, beim Nabel des Weltkörpers, haben sich einst die Briganten niedergelassen, erzählen unsere Mythen. Dort liegt das Reich der Früchte unserer Heilgöttin Brigantia. Der See, so sagen die Mythen, trägt gar ihren Namen: Lacus Brigantiae. Und weißt du, was die Mythen noch sagen?« Ceili blickte Simon mit großen Augen an.

»Die Mythen sagen, dass dort die Fruchtbarkeitsrituale des Weltkörpers vollzogen werden. Stell dir vor: Die Fruchtbarkeitsrituale des Weltkörpers«, wiederholte sie langsam und betonte jedes einzelne Wort. »Weißt du, was das heißt?«, fragte sie sichtlich erregt und gab sogleich selbst die Antwort: »Es heißt, dort liegt der See der Fruchtbarkeit. Es heißt, dort wachsen die gesunden Früchte des Weltkörpers.«

Simons Augen funkelten fasziniert, und seine Freude war unübersehbar, als er schmunzelnd staunte: »Du kennst den Weltkörper ja besser als ich.« Dann besann er sich und sagte ernst: »Ich kenne einen großen See in der Mitte des Weltkörpers. Er befindet sich ungefähr auf der Hälfte des Weges zwischen Britannien und Rom. Er liegt zu Füßen der schneeweißen Alpes. Das sind riesige Berge mit Schnee und Eis. Wir haben gegen die Übermacht der Furcht und mit dem Tod gekämpft, als wir die tiefen Schluchten und die reisenden Flüsse auf Pfaden – glatt und zuweilen so schmal wie *ein* Fuß – begingen und morsche Brücken überquerten. Die Zeit der Ernte war schon fast vorbei, als wir dann endlich an das Ufer des Sees stießen. Himmel und Erde verschmolzen dort zum großen Universum. Man sah nicht, wo das Wasser aufhörte und wo das Land oder gar der große Kosmos anfingen. Man warnte uns, den See mit dem Boot zu überqueren, denn die Nebelgeister würden uns einhüllen, gefangen nehmen und uns in ihr Reich zerren. Eine ungezähmte Gegend mit wilden Gestalten, so erschien es uns.«

Ceili war fasziniert und drehte aufgeregt ihr Sonnenrad. »Himmel und Erde verschmolzen dort zum großen Universum?«

Simon griff nach Ceilis Sonnenrad und sagte: »Ja, zum großen Universum, so schien es mir zumindest. Der Anblick verwirrte mich. Denn im Universum herrscht Ordnung. Der Weltkörper jedoch ist chaotisch.« Eine Sorgenfalte durchzog seine glatte Stirn: »Voller Menschen, die von Hass, Neid, grausamen Riten und finsteren Mysterien gelenkt werden. Sie bekriegen sich, opfern sich gegenseitig, quälen und töten einander.«

Während er weitersprach, fuhr er mit seinem Finger das X auf ihrem Amulett nach. »Das X ist der erste Buchstabe, den du lernst. Weißt du, Ceili, ich bin auf der Suche nach der Harmonie, nach der Ordnung. Der Weltkörper stellt beides bereit. Aber wir Menschen zerstören unseren Kosmos. Wir töten, verletzen, vergewaltigen uns nicht nur gegenseitig, sondern auch den Weltkörper. Warum? Ich bin mir sicher, das Zeichen X wird uns bei der Beantwortung der Frage helfen. Verstehst du, was ich meine?«

Ceili schüttelte langsam den Kopf.

»Du und ich«, setzte Simon erneut an, »wir kommen aus entgegengesetzten Teilen des Weltkörpers. Du von ganz oben, ich von ganz unten. Dennoch gibt es da etwas, das uns eint. Aber was ist das? Noch wissen wir es nicht. Aber ich bin mir sicher, es steht im Zusammenhang mit dem X. In Rom, bei meinen Rettern, bin ich dem Zeichen zum ersten Mal begegnet. Sie waren nicht in der Lage, mir zu erklären, für was das Zeichen steht – vielleicht wollten sie es auch nicht – doch sie schickten mich los, Menschen ausfindig zu machen, die sich mit mir auf die Suche nach dem X begeben würden. Denn die geheimen Botschaften, die das X in sich trägt, hätten zwar gefährlichen Inhalt, würden aber zu guter Letzt sowohl der Menschheit als auch dem Weltkörper zugutekommen«, enthüllte er ihr, während sein Blick bedeutungsvoll von dem X im Sonnenrad zu Ceilis Augen wanderte. »Weißt du, dass diese Gedanken, die ich dir soeben mitteile, einem Aufstand gleichkommen? Einem Aufstand im Verborgenen? Einem Aufstand in deiner Seele und in meiner Seele, in der Seele der Menschheit? Auch du lässt alles Vertraute zurück, wenn du mit mir aufbrichst. Es ist ein Aufbruch und ein Ausbruch aus unserem gewohnten Leben. Wir gehen jedoch diesen Weg nicht allein, sondern wir suchen diejenigen, die dazu bereit sind, ihre Vergangenheit endgültig hinter sich zu lassen, um uns zu begleiten.«

Die Geister

Was hatte Ceili zu verlieren? Ihr Leben als unbedeutendes Mondfestkind? Ihr Leben als Sklavin? Das Leben in der Dunkelheit, im Nichtwissen? Nein, sie wollte ihren soeben entdeckten Schatz, ihren Verstand, bereichern und nutzen. Sie wollte lernen und sich Wissen aneignen. Und sie wollte reisen, mit Simon. Dorthin, wo die gesunden und heiligen Früchte der Göttin Brigantia wuchsen … wie die Früchte in ihrer Bauchhöhle …, dachte sie immer wieder. War dort etwa die Gebärmutter des Weltkörpers? Das war ihr Ziel! Der Weg zum Ursprung. Doch bis dahin sollten noch viele Mondzyklen vergehen.

Simon wurde ihr Lehrmeister. Er war oft zu Gast in dem Haus ihrer römischen Besitzer. Auch sie waren interessiert an seinen ungewöhnlichen Bemerkungen, ohne jedoch diese oder ihr eigenes Leben zu hinterfragen. Bereitwillig überließen sie ihm Ceili immer wieder als Geschenk für die Nacht. Doch diese Nächte nahmen einen anderen Verlauf, als die Schenkenden sich dies vorstellten.

Zuweilen, wenn die Dunkelheit hereinbrach, schlich sich Ceili aus dem Haus und traf sich mit Simon in den Wäldern um Luguvalion. Er verlangte dies von ihr. Er sagte, er gäbe ihr sein

Wissen weiter und lehre sie Schreiben, Lesen und Latein, und sie solle ihm dafür ihr Wissen weitergeben. Er wolle seinen Verstand mit den Kenntnissen ihres Volkes über die Heilkräfte der Pflanzen und Kräuter, den Lauf der Sterne und Planeten füttern.

Von jetzt an schlugen zwei Herzen in Ceilis Brust. Das Herz der Herkunft und das Herz der Zukunft.

Das Herz der Herkunft pulsierte ängstlich und zögerlich. Wie oft fühlte sie sich auf den düsteren Wegen zu den heimlichen Treffen mit Simon beobachtet? Ihr Gewissen wurde dann von Geistern heimgesucht, die sie verunsicherten und sie bedrohten, da sie dabei war, Veleda, ihren Stamm und die Traditionen zu verraten. Diese Geister waren dunkel und nicht abzuschütteln. Sie ließen sie zögern. Sie ließen sie zittern, nach Atem ringen. Sie trieben ihr den Schweiß aus den Poren.

Daneben schlug das Herz der Zukunft. Es schlug im Takt der Vorfreude, der Neugier und der Abenteuerlust auf die bevorstehende Reise in die unbekannte Welt, mit dem Lacus Brigantiae als Ziel vor Augen. Das Herz der Zukunft hatte eine Verbindung zu den Geistern des Mutes, welche die Kämpferin in ihr weckten und sie weiter in die Richtung ihres Lehrmeisters Simon trieben. Denn nur gemeinsam mit ihm würde es ihr gelingen, die unbekannte Welt zu entdecken und zum Nabel des Weltkörpers zu gelangen.

Jedes Mal, wenn sie Simon, an einen Baum gelehnt, in der Dunkelheit ausmachte, überfiel sie erneut die Angst. Denn in den Bäumen wohnten die Götter, die durch die Fruchtbarkeitsrituale und Opferungen versöhnlich gestimmt werden sollten. Und diese Götter wurden jetzt Zeugen ihres Stammesverrats, so fürchtete Ceili.

Simon hatte sie nie angerührt. Deshalb hütete sie sich, Simon in die Wirkung der Rauschmittel und der Aphrodisiaka einzuweihen. Denn diese, war sie sich sicher, würden die triebhaften Geister, welche die Lustgötter während der Fruchtbarkeitsrituale anfeuerten, auch in ihm wecken.

Als in einer der Nächte ein Gewitter in rasanter Geschwindigkeit herannahte, verabschiedete sich Ceili rasch von Simon.

Sie nahm den kürzesten Weg in Richtung Luguvalion, welcher am Síd, dem Feen- und Grabhügel, und an der Eiche vorbeiführte. Sie rannte so schnell, dass sie den menschlichen Körper übersah, der stöhnend unter den ausladenden Ästen des heiligen Baums am Boden lag. Sie stolperte darüber und fiel ins nasse Gras. Erschrocken rappelte sie sich auf, als seine Hand ihr Fußgelenk umfasste und mit kräftigem Griff festhielt. Sie war gefangen. Ihr Herz pochte bis zum Hals. Ihre Kehle schnürte sich zu. Nach Luft ringend starrte sie auf den Mann, der vor ihr lag. Er war dunkel bemalt und unbekleidet. Breite bronzene Reifen schmückten seine Oberarme und seine Handgelenke. An den Fingern, die sich in die Haut um ihren Knöchel gruben, glänzten große, gedrehte Ringe.

Als der Mann sich, ohne ihren Fuß loszulassen, schwerfällig auf die Unterarme stützte, erblickte sie den schweren bronzenen Halsring mit den beiden angehängten Spiralen. Außerdem erkannte sie das bronzene achtspeichige Rad des Sonnengottes Lugh, des Schutzgottes von Luguvalion, das er, wie sie, um den Hals trug.

Seltsame Geräusche drangen aus dem Mund des Mannes, als er in sich zusammensackte und sein Griff sich lockerte. Es dauerte eine Weile, bis sie die Geräusche zuordnen konnte: Er schluchzte.

Warum schluchzte dieser reich geschmückte Mann?

Wie sollte sie sich verhalten? Sie stand eine Weile regungslos, während er weiterhin ihren Fuß festhielt und schluchzte.

Um sie herum tobte der Wettergott Dagda. Die dunklen Regenwolken entleerten sich. Es donnerte und blitzte. Die Äste, Zweige und Blätter der heiligen Eiche vollführten einen stürmischen Tanz.

Ceili fühlte das Beben in seiner Hand. Sein kräftiger Körper wurde wieder und wieder von einem heftigen Schütteln erfasst.

Da tat Ceili etwas, das sie in der Gegenwart von Simon nicht zu tun gewagt hätte. Sie öffnete die Kordel, nahm ihr eingerissenes Schaffell ab und bedeckte den zitternden nackten Mann damit. Langsam löste sich sein Griff.

Sie kniete sich neben ihn. Ceili wusste, dass er kein Römer war, sondern ein Mann ihres Stammes – ein Brigant, ein reicher Brigant. Doch als Kind des Waldes und als Sklavin kannte sie nur wenige wohlhabende Menschen in Luguvalion. Außer ... dem König ... Ri Ghrian.

»Was ist mit dir?«, fragte sie vorsichtig. »Was quält dich?«

»Sie verfolgen mich ... Sie verfolgen mich ...«

Ceili bemühte sich, den kaum verständlichen Worten einen Sinn zu geben.

»Wer verfolgt dich?«, fragte sie mit klopfendem Herzen und blickte sich im Dunkeln um.

»Ich habe ..., ich habe ... sie gesehen ..., sie sind über mich ... hergefallen«, stammelte er.

»Wer ist über dich hergefallen?« Um ihn besser zu verstehen, legte sie ihr Ohr nah an seinen Mund.

»Die bösen Geister ..., die Ungeheuer ..., die Götter ...«

Ceili zögerte und strich ihm dann vorsichtig über den vom Regen nassen Kopf. Allmählich ließ das Zittern seines Körpers nach, und das Schütteln wurde seltener. Auch das Schluchzen war kaum noch zu hören. Stattdessen vernahm sie ein Schniefen und beobachtete, wie er langsam den Kopf hob. Sein einst kunstvoll hochdrapierter Haarschopf, der – gleich dem Kamm eines Hahnes – seine Macht und sein Ansehen erhöhen sollte, war in sich zusammengefallen.

Er bemühte sich, seinen Blick fest auf Ceilis Gesicht zu richten, doch es gelang ihm nicht.

»Wer ... bist du ...?«, brachte er langsam mit schwerer Zunge hervor. In einem Anflug von Panik begriff Ceili, dass er

33

im Rausch war. Mit Entsetzen nahm sie wahr, dass er auf ihre –
wenn auch bekleidete – Brust starrte. Sie kannte die von den
Tränken und dem Rauch geröteten Augen. Diesen animalischen
Blick, bevor ein berauschter Mann in wilder Erregung in ihren
Körper eindrang. Plötzlich fühlte sie sich nackt und ausgeliefert.
Nein, sie würde sich nicht von ihm anfassen lassen. Niemals.
Flucht war der einzige Gedanke, der sich ihrer Sinne be-
mächtigte. Sie sprang auf und lief. Sie stolperte, fiel ins nasse
Gras, rappelte sich wieder auf und rannte weiter, ohne sich
umzusehen.

Er blieb in der stürmischen Dunkelheit zurück. Allein das
Schaffell mit den Rissen gab seinem nackten Körper Schutz. Die
blaue Farbe auf seiner Haut vermengte sich mit den
Regentropfen zu blauen Perlen. An anderen Stellen wurde das
Blau vom Wasser verwaschen. Seine Augen hatten nicht auf ihre
Brust gestarrt, sondern auf das Amulett mit dem Sonnenrad, das
an dem Lederband um ihren Hals hing. Er dachte an Lugh, den
Sonnengott, an das Licht, an Lux, während allmählich die
Morgendämmerung einsetzte und die bösen Geister ihn
verließen.

Als Ceili davonrannte, verfolgte sie ein weiteres Augenpaar. Es war das Augenpaar des Druiden. Er hatte beobachtet,
wie sich Ceili neben seinem König niederließ, ihn mit ihrem
Schaffell bedeckte, wie sie ihn streichelte, wie sie mit sanfter
Stimme zu ihm sprach und wie sie plötzlich davongerannt war,
über ihr helles Gewand stolperte und dann gleich einer Nymphe
in der Dunkelheit verschwand. Wer war dieses Wesen? Wer war
dieses Wesen, das sich seines Königs annahm? Es stieg ein
Gefühl in ihm hoch, das einem Gebräu aus dunklen Vor-
ahnungen, Misstrauen, vermengt mit einem Schuss Eifersucht,
glich. Er würde seine Magie einsetzen, wenn nötig opfern, um
Hinweise auf die Bedeutung dieser nächtlichen Begebenheiten
zu erhalten.

In den nächsten Tagen wurde im römischen Teil von Luguvalion eine Sklavin als vermisst gemeldet und gesucht. Für denjenigen, der sie fand, wurde eine hohe Belohnung ausgesetzt, da sie nicht nur tüchtig, sondern auch schön war. Der Druide schöpfte Verdacht.

König Ghrian

Die Ursache

Ri Ghrian hatte seine Haare vor der Schlacht mit einem Gel aus Öl und Harz einschmieren und kunstvoll in Richtung des Himmels formen lassen. Er wirkte dadurch noch größer und mächtiger. Außerdem war er so den Gestirnen näher. Von seinem Stamm wurde er als König und damit als Repräsentant der göttlichen Sonne verehrt. Ghrian war athletisch gebaut. Seine kräftigen Muskeln zeichneten sich unter der blauen Bemalung ab, die mit dem Schweiß verschmolz, der sich unter seinem Kettenhemd gebildet hatte. Langsam und erschöpft stieg Ghrian vom Pferd. Als König, als Rex der Briganten, hatte er den Kampf gegen die Aufständischen seines Stammes geführt. Seine ihm treu ergebenen Kämpferinnen, die einen liebte er mehr, die anderen liebten ihn mehr, waren mutig schreiend den Gegnern entgegengerannt. Die Kinder waren in der von einem kreisrunden Wall umgebenen Siedlung zurückgeblieben.

Allein Ghealach hatte seinen Vater gebettelt, mitkämpfen zu dürfen. Der König konnte seinem Lieblingssohn keinen Wunsch abschlagen. Die großen blauen Augen, die dem Kosmos glichen, dieser sich im Wachstum befindende Körper, der sich prächtig entwickelte. Die Stimme, die soeben rauer und tiefer wurde. Der Junge war auf dem besten Weg, von einem Keimling zu einem kräftigen Baum voller Leben heranzuwachsen. Und den fruchtbaren Samen hierfür hatte Ghrian selbst gestreut. Das Kind war ein Geschenk der Götter.

Ghrian blickte jetzt auf den abgetrennten Kopf, der am Zaumzeug seines Pferdes hing. Es war der Kopf des jungen Mannes, der seinen Lieblingssohn getötet hatte. Es war der Kopf, der voller kühner Gedanken war. Er gehörte zu den mutigen Kämpfern. Er hatte Verstand und Wissen. Doch in diesem Kopf verbarg sich ein Ungetüm, das wie aus einem Logh, aus einem See, immer wieder auftauchte, erfüllt von Zorn und Hass. Es war der Kopf, der gleichfalls aus Ghrians Samen erwachsen war. Es war der Kopf seines ältesten Sohnes, der sich den Aufständischen angeschlossen und seinen jüngeren Bruder im Kampf erschlagen hatte. Es war dieses Ungetüm im Kopf des Älteren, das ihn dazu getrieben hatte, sich ihm, dem König, zu widersetzen. Das Ungetüm rief zum Kampf gegen den Vater auf. Zum Kampf gegen den kleinen Bruder, in dessen erster Schlacht. Es war das Ungetüm, das den Ältesten zu diesem feigen Töten des kleinen Bruders aufforderte. Der böse Geist saß in diesem Schädel und musste vernichtet werden. Es war des Königs Pflicht gewesen, das unberechenbare Ungetüm, das den Tod seines geliebten Jüngsten verantwortete, zu richten. Die Götter hatten seine Hand mit der Axt geführt. Er, der Ri, der König, hatte es getan, bevor der Druide Recht gesprochen hatte. Jetzt baumelte der Kopf am Hals des weißen Pferdes. Das strömende Blut färbte das Fell rot.

Der Ritus des Stammes der Briganten verlangte, dass die toten, kopflosen Körper der Söhne auf dem Feld liegen blieben, damit ihr Fleisch von den Greifvögeln, Krähen und Raben verschlungen wurde. Die Vögel waren die Verkörperung der dreifachen Göttin Morrígan. Sie brachten die Seelen der Toten zu den Göttern hinauf in den Himmel, um ihnen dort den Eintritt in die Anderswelt zu ermöglichen. Schließlich wurden Ghealachs Knochen gesammelt, im Grab arrangiert, und es wurde dem Jungen alles mitgegeben, was er auf seiner Reise in die Anderswelt benötigte: seine Lieblingsspeise, sein Hund, sein Pferd, sein Kettenhemd, die bronzene Fibel mit der Triskele und der Armreif, den er einst mit viel Stolz am Oberarm getragen hatte.

Mehr und mehr wurde Ri Ghrian, dem König von Luguvalion, bewusst, dass er seine Söhne in dieser Welt nicht mehr sehen würde. Seine Vorstellung von der kriegerischen

Zukunft, in die er mit ihnen ziehen wollte, gehörte der Vergangenheit an. Besonders die Nähe Ghealachs fehlte ihm. Mehr und mehr fielen die Geister der Rauschgetränke des Druiden über ihn her. Im Rausch verirrte sich der König zwischen der Welt seiner Wünsche und Träume und der wahren Welt der Worte und der Berührungen, der Vereinigungen, der Fruchtbarkeit, der Unendlichkeit des Kreislaufs.

Sein Herz schlug, sein Atem belebte seinen Geist, sein Phallus erfüllte seine Pflicht, und dennoch fühlte sich der König, der Ri, im seltenen Zustand der Nüchternheit, in seinem Reich leblos, allein, abgeschnitten von der Welt seines Stammes. Die Ängste vor dem herannahenden Herbst quälten ihn, denn die Kraft der Sonne würde nachlassen, und die Finsternis würde über das Licht triumphieren. Schließlich würde die eisige Kälte der stürmischen Wintermonate herrschen.

Ghrian sehnte mehr und mehr Samhain herbei. An Samhain fiel für eine Nacht der Schleier zwischen der Welt der Lebenden und der Toten. An Samhain würde er im Rausch mithilfe des Druiden in die Anderswelt eintreten, um zu den Seelen seiner Söhne zu gelangen. Doch zuvor feierten die Briganten mit dem Mondfest Lughnasadh den Beginn der Erntezeit, und bis Samhain würden noch beinahe drei Mondzyklen vergehen. Das erschien dem König zu lange.

»Was ist mit dir, Ghrian? Du warst immer ein weiser, umsichtiger König. Dein Wissen kommt dem eines Druiden nahe, dein Stamm hat dir Achtung und Gehorsam entgegengebracht. Und jetzt verrätst du seine Treue durch deine Gleichgültigkeit? Die Ernte wird armselig ausfallen. Du vernachlässigst deine Aufgaben und Pflichten als König. Ich suche vergeblich nach dem Feuer in deinen Augen. Wenn du nicht in unsere Welt zurückkehrst, werden wir einem anderen Stamm oder den Römern und ihren Göttern zum Opfer fallen. Du weißt, wenn du keine Kraft mehr hast, benötigen die Briganten einen neuen König, und sie werden dich opfern.«

»Führe mich in das Wissen ein, das sie das geheime nennen.« Ghrian suchte die Augen des Druiden.

»Du bist bereits in das Wissen über die Natur und das Universum eingewiesen«, antwortete der Druide, »aber du wendest es nicht an. Du erweist dich dessen als unwürdig.«

»Du weißt, welches Wissen ich meine. Du sollst mich in die geheimen Mysterien einweisen.«

»Du möchtest in die Geheimnisse der Druiden eingeweiht werden?« Der Druide lächelte überheblich. »Du weißt, das ist unmöglich. Du bist zwar der König und verfügst über viel Wissen. Wissen kann man sich aneignen. Zum Druiden wird man geboren. Ich sehe dich unglücklich, zerrissen, voller Ängste und Lethargie, Ghrian. Du hast deinen Weg verloren. Doch ich will dir dabei helfen, ihn wiederzufinden.

»Dann bring mich zu ihnen. Ich muss zu ihnen! Jetzt!«

Die untergehende Sonne hatte noch Kraft. Ihr Licht traf den kreisrunden, mit Gras bewachsenen Hügel. Die letzten Strahlen drangen voller Energie durch das Tor Π in den langen schmalen Gang des Síd ein. Sie trafen dort auf die Macht der Finsternis. Nicht schlagartig. Nein. Es war ein Vorgang, der rätselhaft vor sich ging. Unfassbar. Unauffällig. Geheimnisvoll. Der stille Kampf zwischen Licht und Finsternis zeichnete sich schweigend auf den Megalithen, den Steingiganten, ab, die den Gang flankierten. Als unsterbliche Beobachter ließen die senkrecht stehenden Hinkelsteine das unergründliche Machtspiel der beiden Rivalen Licht und Schatten über sich ergehen. Die Macht der Finsternis nahm von Steingigant zu Steingigant zu. Das Licht dagegen wurde schwächer. Das Spiel gehörte zum täglichen Kreislauf der Sonne. In der Nacht jedoch regierte allein die Dunkelheit.

Doch nicht immer.

Denn in bestimmten Nächten griff ein weiteres Element mit gleicher Macht in das verschwiegene Spiel von hell und dunkel ein: das Feuer.

Sein Rauch suchte und fand den Weg durch den Gang zur befreienden Luft nach draußen. Er verflüchtige sich, getragen vom Wind in Richtung Universum. Das Feuer dagegen verharrte lodernd im Zentrum der quadratförmigen Kammer mit den drei Nischen. Dort endete der Gang mit den Megalithen.

Die übereinandergeschichteten Steine der Mauern und der Deckenwölbung der Kammer im Zentrum des Grabhügels waren unbehauen – bis auf einen. Jener Stein war zu einem maskenhaften kahlen Kopf gemeißelt worden: Zwei vulvenförmige Augen starrten in den Raum. Eine kräftige Nase prangte zwischen den beiden ausgeprägten Wangenknochen, und geschlossene wulstige Lippen vollendeten das bedrohlich wirkende Gesicht: das Abbild des in Stein gehauenen Kopfes von Bel, dem Gott des Feuers.

Über dem zentralen Feuer hing ein reich geschmückter, brodelnder Bronzekessel. Dampf und Rauch verhüllten zwei schattenhafte Gestalten: den König und seinen Druiden.

Ri Ghrians Blick haftete auf einem weiteren Bronzekessel, der in einer der Nischen stand. Rauch und Rausch weiteten seine Adern und röteten seine Augen. Tränen sammelten sich und liefen über seine Wangen. Sein Atem ging unregelmäßig, und genauso unregelmäßig hoben und senkten sich die beiden bronzenen Spiralen, die an seinem kostbaren Halsring hingen. Der Schmuck des Königs wies ähnliche Ornamente auf wie der Kessel, den er mit den Augen zu fixieren suchte. Außer den Spiralen schmückten seinen Körper Armbänder und Ringe mit Triskelen, Symbolen für dreiköpfige Gottheiten mit Sonnenrädern, vierblättrigen Kleeblättern sowie Fruchtbarkeitssymbolen wie Brüste und kleine Phalli. Ansonsten bot er dem Gott Bel den Anblick eines nackten, mit Muskeln bepackten Körpers, mit seiner – jetzt erschlafften – Manneskraft. In einer lustvollen Zeremonie hatte er seinen Leib von den Frauen vor Betreten des Grabhügels blau bemalen lassen. Noch reckte sich sein von ihnen kunstvoll mit Öl und Harz geformtes Haar in Richtung Gewölbedecke.

Der Druide bewegte sich durch den nebeligen Rauch. Er trug ein langes, weißes Gewand, hatte einen langen, weißen Bart und am Hinterkopf lange, weiße Haare. Die vordere Hälfte seines Schädels war rasiert. Tänzelnd umkreiste er den zentralen Kessel über dem Feuer. Tatsächlich speiste der Druide den Bauch des Kessels zu Ehren des anwesenden Gottes Bel mit Bhel, dem Schwarzen Bilsenkraut. Außerdem schwammen in dem mit Blut, auch mit dem Mondblut der Frauen, vermengten Gebräu Knochen. Diesmal waren es die Knochen einer Ente, die er draußen vor dem Hügel geopfert hatte. Der Druide hatte das Tier schon einige Tage zuvor beobachtet. Denn wie kaum ein anderes Lebewesen verkörperte die Ente die vier Elemente Luft, Wasser, Erde und, durch das Eierlegen, Feuer, das Symbol des Lebens. Welche Zeichen und Spuren hatte das Tier beim Fliegen, beim Schwimmen, beim Laufen hinterlassen? Der Druide hatte den Todeskampf der Ente beobachtet und daraus gelesen. Er versuchte, die Stimmungen der Götter darin zu ergründen. Was hatten sie mit seinem König gemacht? Was hatten sie mit ihm vor? Wie sollten die Menschen der Siedlung weiterleben? Was der Druide an Omen gesehen hatte, ließ ihn erbleichen.

Manche Weissagungen würde er dem König und dem Volk mitteilen. Andere würde er für sich behalten.

Je mehr Kopf und Geist des Königs jetzt vernebelten, desto mehr reiste auch der Druide in die Welt der Schmerz- und Sorglosigkeit. Bel, der Gott, und Bhel, das berauschende Kraut, standen ihnen zur Seite. Sie kauten und tranken, rauchten, schluckten und spuckten. In welche Welt jeder für sich eintauchte, war wie alles um sie herum nebulös. Nur eines behielt Ri Ghrian im Rausch so weit als möglich und beinahe stets im Auge, und das war ein zweiter Kessel, der in der Nische dem Gang gegenüber stand.

Was barg der Kessel?

Das prächtig verzierte Gefäß war mit einer kalkhaltigen Lösung gefüllt, in der zwei gallertartige Massen schwammen. Es handelte sich um die Schöpfungen seines Samens, die im ewigen

Kreislauf des Seins weiterleben sollten. Sie waren in das Kalkgemisch eingelegt, um erhalten zu bleiben, damit Ghrian sie verehren konnte, damit er ihren Geistern begegnen konnte. Es waren die Gehirne seiner beiden Söhne.

Sie waren der Sitz ihrer Gedanken, ihrer Vorstellungen und ihrer Geister. Die Geister verweilten auf ihrer Reise durch die Anderswelt in dem Grabhügel der verstorbenen Ahnen, umgeben von Feen und Elfen.

Je mehr der König trank und rauchte, desto mehr Bilder entstanden in seinem Kopf. Es erschienen jedoch nicht die Bilder, die er sich erhofft hatte. Es gelang ihm trotz aller Bemühungen des Druiden nicht, in die Anderswelt zu den Geistern seiner Söhne vorzudringen. Selbst der Anblick der beiden Gehirne half ihm nicht dabei, in die Welt der Elfen und Feen zu gelangen.

Stattdessen wurde er in die Welt des Bösen gezerrt. Er schlug plötzlich gepeinigt um sich und schrie gequält auf.

»Siehst du sie?«, rief er dem Druiden zu. »Siehst du sie? Die Biester, die Ungeheuer, die bösen Geister. Da sind sie wieder. Sie quälen mich. Sie bedrohen mich. Ich sehe ihre gefletschten Zähne und ihre ausgefahrenen grässlichen Krallen. Sie wollen mich kratzen und beißen. Siehst du sie?«, wiederholte er gehetzt. »Hilf mir, befreie mich! Du hast die Macht und die Kraft! Nimm sie weg von mir! Vernichte sie!«

Die Augen des Druiden weiteten sich, und er erstarrte, während er Ghrians panische Gebärden verfolgte. Das war die Strafe der Götter. Er hatte es geahnt und dennoch hatte er gegen das Gebot ihrer Mysterien verstoßen, den Grabhügel einzig an den Mond- und Sonnenfesten zu betreten. Die Götter würden die bösen Geister nicht nur dem König, sondern auch ihm schicken.

Der Druide schloss die Augen, mied den starren Blick Bels, sammelte seine Sinne, packte den besessenen Ghrian und zerrte ihn weg von den Kesseln, durch den Gang in Richtung des großen Tores II.

Ghrian ließ den Druiden gewähren. Mit rauchiger Stimme stieß der benommene König hervor:»Du bist unfähig, Druide. Du bist nicht in der Lage, mich zu meinen Söhnen und zum Festmahl der Unsterblichen zu geleiten, Druide!«

»Wer bist du, Ghrian?« Der Druide ächzte unter der Last des Königs. Er schleppte ihn, verfolgt vom Rauch, entlang der schweigenden Megalithen hinaus in die Finsternis der Nacht. »*Ich* habe die Macht. Nicht *du*«, sagte er verächtlich. »*Ich* bin der Druide. *Ich* habe das geheime Wissen.«

Auch wenn es ihm im Zustand des Rausches schwerfiel, darauf zurückzugreifen.

»Welches Wissen von den Mysterien hast du? Was weißt du von unseren geheimen Kräften, von unseren geheimen Weisheiten?«, fragte er abschätzig. »Kümmere dich um dein Volk«, befahl er dem König und fügte hinzu:»Wir, die Druiden, sind die alleinigen Hüter des Wissens.«

Als sie das Tor Π zur Außenwelt erreichten, schlug ihnen eisige Kälte entgegen. Auch in der Finsternis der Nacht gab es kein Entkommen vor dem Zorn der Götter. Der Kosmos schien zu brodeln. Jetzt herrschte der Gott Dagda und bedrohte den Weltkörper mit seinen zerstörerischen Energien. Er warf seine Blitzbündel und schickte Donnerkeulen hinterher. Ghrian und dem Druiden liefen eiskalte Schauer über ihre Rücken, als sie sich gebeugt durch den Gewittersturm kämpften.

Es war so weit. Sie hatten den Síd mit den Geistern der Ahnen zu einer verbotenen Zeit betreten. Die höchste Strafe der erzürnten Götter würde über sie kommen. Jetzt trat die schlimmste Prophezeiung ein. Die größte Angst, die ihr Volk beherrschte, wurde Wirklichkeit: Der Himmel fiel ihnen auf den Kopf, war sich der Druide sicher.

Ceili und Ghrian

Die Verweigerung

Ceili veränderte Ri Ghrians Leben. Ganz allmählich. An Lughnasadh, dem Mondfest zu Beginn der Erntezeit – einige Tage nach dem nächtlichen Gewittersturm –, war sie zur Siedlung der Briganten gebracht worden. Keltische Männer hatten sie am Fluss aufgespürt. Sie vermuteten, die junge Frau sei die entlaufene Sklavin, die die Römer suchten, und da sie nicht wussten, wie sie weiter mit ihr verfahren sollten, fragten sie ihren König um Rat. Ri Ghrian ließ sie in den Rundturm bringen.

Das Licht der Sonne fiel durch das Fenster und umspielte sanft ihre unbedeckten Körperteile. Eine schimmernde Haut, hell, glatt, sanft, jung. Ghrians forschender Blick glitt über ihre langen rotblonden Haare, ihre grünblauen Augen, ihre zierliche Nase und den Mund mit den sinnlichen Lippen. Seine Augen wanderten über den wohlgeformten Hals und hielten inne. Da war das Amulett. Das Amulett mit dem Sonnenrad des Gottes Lugh. Er verband es mit der Erinnerung an eine sanfte Berührung, mit einer einfühlsamen Stimme und dann … ja, und dann folgte das Gefühl der Verlassenheit, der Einsamkeit und der zurückkehrenden Kälte. Allein das Fell … ja, das rissige Schaffell … war zurückgeblieben.

Jetzt wanderte sein Blick weiter. Ein helles Tuch, wohl der Teil eines Gewands, bedeckte ihren Körper. Doch das Tuch war zerrissen, ein Teil des Stoffes fehlte. Es war schmal, zu schmal, um ihre Brüste und die Scham vollständig zu bedecken. So bildete es eine Diagonale von ihrer rechten Schulter zu ihrer linken Hüfte, auf deren Höhe eine schlichte Fibel Vorder- und Hinterseite zusammenfasste. Ihre linke Brust, unter welcher ihr Herz pochte, blieb unbedeckt. Seine Augen entschieden sich nun für den weiteren Weg über ihre linke Körperhälfte. War es ihr unangenehm, als sein Blick auf ihrer Brust verharrte? Er konnte nicht anders. Denn diese war von einer Vollkommenheit, wie er sie selten bei einer Frau gesehen hatte, und er hatte schon eine Vielzahl an Brüsten gesehen. Vielleicht stand die herausragende Modellierung der Brust im Gegensatz zu der knochigen Rippe darunter, hob sie stärker hervor, betonte diese göttliche Brust, die Nahrungsquelle mit der zarten Knospe als Sauger. Die Rippe hingegen, der deutlich sichtbar noch mehrere folgten, zeugte davon, dass die junge Frau Hunger litt. Ihre ganze Erscheinung wirkte auf ihn zerbrechlich und verletzlich. Ihr Anblick bewegte Ghrian auf rätselhafte Weise.

Sie ist es! Sie ist es!, wusste er plötzlich.

Es war Lughnasadh! Lughnasadh, das Mondfest! Ein wohliger Schauer der Vorfreude nährte den Strom in seinem Inneren. Lange hatte er diese prickelnden Energien nicht mehr gespürt. Es war Lughnasadh, das Fest der Fruchtbarkeit, der Empfängnis. Er würde sie für die Vereinigung schmücken lassen, und die Götter würden seine Lüste und seine Triebe mit höchstem Wohlgefallen unterstützen.

»Bringt ihr Kleidung, eine gebratene Taube und Wein.« Es gefiel ihm nicht, dass sie zitterte. Auch sie sollte in guter Stimmung sein. Die Erfahrung hatte ihm gelehrt, dass dies seine Lust und die Fruchtbarkeit seines Samens steigerte.

»Wer bist du?«, fragte Ri Ghrian.

Sie schwieg.

»Wie nennt dich dein Klan?«

Wieder schwieg sie.

»Welchem Klan gehörst du an? Ich kenne dich nicht.«

Die Antwort blieb aus.

Ceilis Schweigen und ihre abweisende Art ließen Ghrian weiter aufmerken. Seine Neugier wuchs. Es war eine Neugier, die das Innere ihres Wesens betraf. Im Gegensatz zu dem sinnlichen Entziffern ihres halb nackten Körpers konnte er ihre Gedanken nicht lesen. Nachdenklich streichelte er den Wolfshund, der sich an seine Beine schmiegte. Die reich verzierten Reife aus kostbarer Bronze an seinem Handgelenk schlugen dabei gegeneinander und erzeugten rhythmische Töne, die galoppierenden Herzschlägen glichen. Er sah sie an und fragte sich im Stillen: Hatte sie ihn, den König, in jener Nacht erkannt? Wie konnte es ihm gelingen, ihr Inneres genauso zu erforschen wie ihr Äußeres?

Da war etwas. Eine Energie, die sie ausstrahlte und die ihn davon abhielt, ihr zu nahe zu treten. Sein Blick verfing sich in ihren rotblonden Locken. Was verbarg sich in diesem Kopf? Welche Gedanken gingen in ihm vor? Was dachte sie über ihn, Ghrian, den König?

Es herrschte erneut Schweigen im Turm, bis die gebratene Taube und der Wein gebracht wurden. Ghrian gab den Wächtern ein Zeichen, den Turm zu verlassen. Die Zeit der Stille verging. Dann sagte Ghrian leise: »Ich erkenne immer wieder, dass man dem Schweigen zuhören kann. Es kommt darauf an, wer schweigt. Aber dein Schweigen erzählt mir von einem sonderbaren Universum. Iss und trink jetzt. Nimm das Fell und wickle dich darin ein.«

Er griff nach dem Fell, das über der Lehne des Stuhls hing, auf dem er soeben noch gesessen hatte, und reichte es Ceili. Sie atmete tief durch und schloss für einige Augenblicke die Lider, als sie die vertrauten Risse ihres Schaffells erkannte. Es war eine wohlige Dunkelheit, die sie umgab, während sie seine Körperwärme darin noch fühlte und ihren Körper damit wärmte.

»Ri Ghrian, Ri Ghrian ...« Laute Stimmen drangen aus dem belebten Ring der Siedlung in den kreisrunden Turm. »Die Götter warten nicht gern. Das Feuer auf dem Feenhügel ... Es ist Zeit ... Es muss angefacht werden ...«

Die Menschen der Siedlung waren in ausgelassener Feierstimmung. Allein an Lughnasadh sahen sie über die Schwäche und Tatenlosigkeit ihres Königs während der letzten Mondphasen hinweg.

Was war nur aus dem einst tapferen Krieger und fürsorglichen Herrscher ihres Stammes geworden? Er hatte seinen eignen Sohn geköpft. Aber die Briganten verstanden seine Beweggründe und verziehen ihm das. Denn der Sohn war von bösen Geistern besessen gewesen, die ihn dazu getrieben hatten, den eigenen Bruder in die Anderswelt zu befördern. Die Geister der abgeschlagenen Köpfe, so schien es jedoch, hatten sich jetzt im Kopf des Königs niedergelassen. Sie kämpften in seinem Geist gegeneinander. Sie zerrissen ihn, und er war nicht mehr in der Lage, seine Pflichten als König zu erfüllen.

Nun gut, dachte Ghrian jetzt, sie mag eine entlaufene Sklavin aus dem Besitz eines Römers sein. Aber sie ist offensichtlich eine schöne Brigantin. Er erließ den Befehl, seine Frauen sollten Ceili für den Abend schmücken und für die rituellen Feierlichkeiten vorbereiten.

Als Ceili die Anweisungen des Königs vernahm, sackten ihre schlanken Beine unter ihr weg. Gleich einem getroffenen Reh fiel sie mit einem dumpfen Schlag zu Boden. Ghrians Wolfshund schreckte auf, und der König selbst sprang Ceili helfend zur Seite.

Erzürnt über den plötzlichen Schwindel und die eigene Schwäche, bäumte sich Ceili auf und schlug unerwartet um sich. Ihre Augen blitzten wild und traten wütend aus den Höhlen.

»Fass mich nicht an!«, drohte sie dem König.

Ghrian wich zurück und beobachtete, wie sie sich aufrappelte, das Fell erneut um ihren Körper schlang und zum Turmfenster hinaus in Richtung Sonne blickte. Dabei bewegte sie lautlos ihre Lippen. Immer wieder atmete sie tief ein und wieder aus. Ghrians Wolfshund beäugte sie mit einem sonderbaren Grummeln. Seufzte oder knurrte er? Schließlich erhob sich das Tier, schüttelte sich, lief zu ihr und schmiegte sein raues Fell an ihren Körper.

Nach einer Weile, in der sie in Stille verharrten, fragte Ghrian, der auch das Verhalten seines Hundes beobachtet hatte, mit ruhiger Stimme: »Was ist mit dir?«

»Ich werde nicht an Lughnasadh teilnehmen.«
Ceili klang fest entschlossen.
Ghrian stutzte.
»Warum nicht?«, fragte er. Seine Vorfreude auf das Fest
verebbte, und sein Unmut wuchs.
»Ich fühle mich nicht wohl.« Ceili wich Ghrians Blick aus.
»Der Druide braut auf dem Hügel den Rauschtrunk«,
entgegnete Ri Ghrian beherrscht. »Er wird einen der Hunde
opfern, das wird deinen Geist und deinen Körper für die heilige
Handlung in einen fruchtbaren Zustand versetzen.«
»Ich nehme nicht teil!«, entgegnete sie, dachte an Simons
Lehrstunden und zitterte am ganzen Leib. Sie widerstand dem
Willen des Königs!
»Du wirst teilnehmen! Oder willst du den König und die
Götter gegen dich aufbringen?«
Ceili schwieg. Sie kannte den Ablauf der Fruchtbarkeits-
rituale. Zunächst würden die Frauen feststellen, dass sie nicht
blutete, und damit war es unmöglich, sich dem Ritual und dem
Mysterium der Manneskraft zu entziehen. Es gehörte zu
Lughnasadh, zum Kreislauf von Leben, Sterben und Wieder-
geburt.
Aber sie hatte es sich geschworen: Nie wieder würde sie
ihren Körper zur Verfügung stellen.
Ghrian war es nicht gewohnt, mit einer Frau über die
Verweigerung der Rituale und Mysterien seines Stammes zu
streiten. Doch sie war anders als jede Frau, die bisher in sein
Leben getreten war. Sie war zwar vom Stamm der Briganten,
aber dennoch von einem fremden Geist durchdrungen.
Ri Ghrian entschied, Ceili nicht zu zwingen, an
Lughnasadh teilzunehmen. Er entschied aber auch, dass sie die
Siedlung nicht verlassen dürfe. Diese rätselhafte junge Frau er-
schien ihm wie eine geheimnisvolle Pflanze, deren Zusammen-
setzung und Wirkung er zu erforschen suchte.
Als er den Turm verließ, kam ihm seine kranke Tochter in
den Sinn. Das Kind ... sollte er nun auch noch das Mädchen

verlieren? Der Druide hatte ihm geraten, den Wolfshund zu opfern. Das würde die Götter besänftigen und seine Tochter retten. Er befahl, den Hund zu schmücken und ihn dem Druiden zu bringen. Der Wolfshund leckte ihm, während er den Befehl erteilte, treu ergeben die Hand.

Die Verwandlung

Wieder waren die Träume des Königs nach den Feierlichkeiten von Lughnasadh von Schreien und rollenden Köpfen erfüllt gewesen. Wieder war er nachts in Schweiß gebadet erwacht. Jetzt verlor sich sein suchender Blick nach seinem Hund im Nichts, denn das Tier gehörte bereits den Göttern.

Allein die Luft, die aus der Holzhütte drang, in der seine Tochter gegen das Feuer in ihrem Körper kämpfte, war von einem heilenden Duft erfüllt. Ghrian sog den wohltuenden Geruch tief in sich hinein.

Neben dem Geruch drangen Stimmen aus der Hütte. Als Ghrian eintrat, wurde es still.

»Geht es ihr besser?«, fragte er, da erblickte er Ceili.

»Was treibt sie am Lager meiner Tochter?«

»In unserer Tochter tobt immer noch das ungesunde Feuer, Ri Ghrian. Die Götter ließen sich durch die Mysterien des Druiden nicht besänftigen. Auch das Opfer deines Hundes hat sie nicht wohlwollend gestimmt. Der Druide empfängt uns heute nicht. Aus seiner Hütte steigt der Rauch, und er rührt sich nicht. Er ist immer noch in seinem nicht endenden Rausch, und wenn er die Götter nicht erneut zu besänftigen sucht, heilen sie unsere Tochter nicht«, sagte die Hauptfrau verzweifelt. »Das Kind ist noch zu jung für die Anderswelt, und *sie* sagt«, dabei deutete sie auf Ceili, »sie hofft, sie kann unserer Tochter mit der Kraft der Heilpflanzen helfen. Sie sagt, sie ist bei der Seherin im Wald aufgewachsen und hat bei der weisen Frau gelernt. Sie meint, sie benötigt den berauschten Druiden nicht.«

Ri Ghrian fühlte, wie ihm das Blut in den Kopf stieg, während er beobachtete, wie Ceili seiner vom Fieber glühenden Tochter große Blätter, getränkt in duftende Kräutersäfte, auf die Stirn legte. Dann nahm sie selbst einen kleinen Schluck von dem zubereiteten Trank, bevor sie ihn dem Mädchen einflößte.

Eigentlich wollte er Ceili anschreien und aus der Hütte jagen. Wie konnte sie es wagen, ihre Heilkraft über die des Druiden zu stellen? Doch wider seinen Willen starrte er Ceili unentwegt an. Wider seinen Willen klang seine Stimme ruhig, viel zu ruhig, als er endlich befahl, sie solle die Hütte verlassen und der Druide möge die Feierlichkeiten für den Vollzug der Mysterien und das Opfer eines Hasen vorbereiten. Was war es, das sein Inneres derart veränderte? Diese Frau übte eine Macht über ihn aus, die seine Wut in Sanftmut verwandelte.

Ceili stand folgsam auf, strich dem Kind über die Wange und verließ die Hütte. Demütig folgten auch die anderen Frauen den Anweisungen des Königs.

Die rot unterlaufenen Augen des Druiden waren mit Misstrauen gefüllt, als er aus seiner Hütte kroch und dem König begegnete.

»Die Götter wollen nicht nur deinen Hund. Was wollen sie mit einem lächerlichen Hasen? Sie wollen dein Pferd«, sagte er und schwankte im Vorbeigehen.

Ghrian hatte stets Hochachtung vor dem Wissen des Druiden und seinen heiligen Weisheiten gehabt. Allein der Druide kannte die Geheimnisse der Gottheiten und verstand deren Sprache. Er stellte die Verbindung zu den Göttern her, damit sie den Sterbenden und den Verstorbenen wohlgesonnen waren. Doch, so schien es Ghrian, seit seine Söhne die Reise in die Anderswelt angetreten hatten, war kein Verlass mehr auf seine Fähigkeiten. Und jetzt würden die Götter, wie der Druide glaubte, auch noch das Opfer seines Pferdes verlangen?

Als Ghrian die Weide erreichte, hob der Hengst den Kopf und wieherte. Der muskulöse Schimmel trabte durch die Herde, vorbei an Ziegen, Eseln und Rindern und lief dem König zur Begrüßung entgegen.

»Es ist ein schönes Pferd«, hörte der König eine Stimme aus dem Hintergrund. Er drehte sich um und erkannte Ceili.

»Er gefällt dir?«, fragte er.

Das Pferd reckte seinen Hals an Ri Ghrian vorbei und suchte vertrauensvoll Ceilis ausgestreckte Hand. Ceili fühlte den sanften Hauch der Nüstern und schob die andere Hand unter die lange Mähne des Tieres.

»Er hat einen weisen Kopf«, sagte sie.

»Ja«, bestätigte Ghrian und lächelte, ohne es zu wollen. Auch die Anziehungskraft, die sie auf seine Tiere hatte, verwirrte ihn.

»Was geht wohl in seinem Kopf vor?«, fragte Ceili. »Ob er fühlt, was ihm bevorsteht?«

»Er reist mithilfe des Druiden in die Anderswelt. Er ist ein Geschenk für die Götter. Warum fragst du?«

»Er wird Schmerzen haben.«

»Der Hengst wird geopfert, damit das Kind gesund wird. Das Opfer des Pferdes wird dem Druiden mehr Ansehen in den Augen der Götter verleihen. Die Göttin Epona wird den Hengst empfangen und dem Druiden als Dank dafür die Kräfte verleihen, die er benötigt, um das Mädchen zu heilen.«

»Das Pferd wird den Göttern auch nicht genügen«, erwiderte Ceili mutig. Dann zögerte sie. Sie überlegte, fasste sich an den Hals und nahm das Amulett, das sie trug, zwischen ihre Finger. Wieder erblickte Ghrian das Sonnenrad mit den acht Speichen.

»Überlege dir, ob du deinen Hengst opferst. Wenn du alles opferst, was dir lieb ist, werden deine Traurigkeit und dein Leid nicht nachlassen.«

»Was verstehst du schon von Traurigkeit und Leid?«

»Das Kind wird nicht gesund werden, wenn du das Pferd opferst. Es wird gesund, wenn du deine Tochter pflegst und dich um sie kümmerst. Sieh dir den Druiden an! Er ist stets in der Welt des Rausches. Er darf in diesem Zustand nicht Hand an das kranke Kind legen. Wenn er ihm seine Heiltränke in einer falschen Menge einflößt oder diese gar mit unheilvollen Zutaten bereitet, wandert es schneller ins Reich der Ahnen, als du das willst.«

»Du erlaubst dir wirklich, die Heilkräfte des Druiden anzuzweifeln?«

Ri Ghrian sah Ceili fassungslos an. Wie konnte dieses unbedeutende Mondkind es wagen, auch nur zu denken, dass das Verhältnis des Druiden zu den Göttern gestört sei? Der Druide allein war dazu in der Lage, mit den Göttern zu verhandeln. Nicht einmal er, der König, konnte deren Vorsehungen deuten. Das stand allein in der Macht des Druiden.

»Du begibst dich mit deinen Worten und deinem Handeln in große Gefahr.« Ri Ghrians Wut steigerte sich mit jedem folgenden Wort. »Und das nicht nur als entlaufene Sklavin. Du hast dich mir, dem König, an Lughnasadh verweigert, und ich habe es dir durchgehen lassen.«

Er lachte verächtlich über sich selbst.

»Dann hast du es gewagt, unerlaubt die Hütte der Tochter des Königs zu betreten und das Kind mit dem vorgeblichen Wissen einer Seherin zu behandeln. Und jetzt misstraust du den Fähigkeiten des Druiden?«

Ri Ghrians Hände verkrampften sich zu Fäusten. Wer war sie, dachte er, um Fassung ringend, diese entlaufene Sklavin? Mit Erleichterung stellte er fest, dass sie ihn endlich so weit getrieben hatte, dass er sich dazu in der Lage fühlte, ihr wie ein Mann, wie der König, entgegenzutreten. Seine Stimme wurde rau, ja heiser, als er seiner Erregung weiter freien Lauf ließ: »Du erdreistest dich, sein heiliges Wissen infrage zu stellen? Die heiligen Weisheiten, welche das Wissen um die Mysterien der Götter, der Gestirne, des Lebens, der Natur, der Menschen, des Daseins umfassen? Wie kannst du es wagen, diese heiligen Geheimnisse, die mit einem Eid der Verschwiegenheit auf Leben und Tod besiegelt werden, für machtlos zu erklären? Untersteh dich, den Hüter der heiligen Geheimnisse als einen Mann des Rausches zu verleumden! Er ist in die Geheimnisse der Götter eingeweiht. Du bist es nicht!«

Endlich hatte er wie ein König gesprochen.

Und dennoch schien seine Kehle immer noch wie zugeschnürt. Nur mühsam hatte er die letzten Worte hervorgebracht. Er fühlte sich nicht befreit. Im Gegenteil. Während des folgenden Schweigens wurde ihm bewusst, dass der Kosmos seines Königreichs schon lange brüchig und der Glaube an die unantastbaren heiligen Geheimnisse des Druiden seines Stammes tiefe Risse hatte.

»Ich habe bei der Seherin viele Weisheiten über die heilenden Kräfte der Natur erlernt«, unterbrach Ceili die Stille. »Im Wald haben die Pflanzen und Tiere uns geholfen, und wir haben ihnen geholfen. Wir haben uns gegenseitig gepflegt. Außerdem«, fügte sie langsam hinzu, »gibt es da noch etwas. Es ist weit weg. In einem anderen Teil des Weltkörpers, und dennoch gehört es zu dir und zu mir.«

Sie schwieg erneut. Unbeirrt beobachtete sie seine Reaktion. Sie erinnerte sich daran, wie sie ihn in jener von den zürnenden Göttern beherrschten Nacht unter der Eiche vor dem Feenhügel vorgefunden hatte, wie er zu ihren Füßen gelegen war und sich Hilfe suchend und schluchzend an ihr festgeklammert hatte.

Wieder verwirrte sie ihn mit dem, was sie sagte. Sie ignorierte, dass er der König war. Ihr Blick schien bis tief in sein Inneres zu dringen. Erkannte sie das unfassbare Chaos, das die Geister anrichteten, die in ihm wüteten? Sah sie die Geister, die seinem Gehirn die Ordnung und die Weitsicht entrissen, sodass stattdessen Finsternis sein Inneres beherrschte? Sah sie, wie die zerstörerischen Geister dabei waren, all seine Kräfte in einem Schattendasein ihrer selbst aufzulösen? Wie sie dabei waren, seine würdevolle Ausstrahlung zu vernichten und ihm damit auch die Achtung zu rauben, die ihm sein Volk stets entgegengebracht hatte?

»Wovon sprichst du?«, fragte er, darum bemüht, seiner Stimme Festigkeit zu verleihen.

»Ich spreche von dem See unserer erhabenen Stammesgöttin am Nabel des Weltkörpers.«

»Du sprichst von den Mythen der Fruchtbarkeit um den See von Brigantia?«

»Ja«, sagte Ceili, und ein Lächeln huschte über ihre Lippen. »Ein Römer war dort.«

»Ein Römer war dort?«, wiederholte der König ungläubig. Ihr vorsichtiges Lächeln ließ seine Wut weichen, ihre Worte weckten seine Aufmerksamkeit.

»Er war dort, wo unsere Ahnen leben? Er war dort, an jenem fernen Ort des Weltkörpers? Wer ist dieser Römer?«

»Er heißt Simon. Er ist ein Römer und doch kein Römer. Er ist anders als die anderen Römer. Er kommt aus Rom und hat den Weltkörper überquert. Aber er geht mit anderen Augen durch die Welt als die übrigen Römer. Er hat sie weit offen …«, sie brach ab und überlegte, »… irgendwie sieht er anders«, betonte sie noch einmal. »Er sieht mehr. Es ist eigenartig, aber es scheint mir, als würde er seinen Blick viel mehr auf die Menschen richten als auf die Götter.« Ihre Stimme klang vorsichtig, ja leise, als sie hinzufügte: »Er sucht Menschen. Er sucht besondere Menschen … Und er sagte«, fuhr sie nun langsam fort, »er hat gesehen, wie der heilige See, der Lacus Brigantiae, und der Himmel zum Universum verschmelzen. Simon«, jetzt leuchteten Ceilis Augen, und sie beobachtete, wie das Gesicht des Königs sich weiter erhellte, »hat noch vieles mehr vom Weltkörper berichtet.«

Wieder drehte sie das Amulett an dem Lederband.

»Er sprach von Aufbruch und von einer langen Reise an den See von Brigantia und er deutete die Geheimnisse an, die das

X birgt, das auch ein Bestandteil unseres Sonnenrads ist ... Aber frag ihn selbst. Er ist in Luguvalion.«

Der König schwieg. Sein Herz hingegen klopfte laut, und er beobachtete den Hengst, der inzwischen sein edles Haupt an Ceilis Brust drückte. Er dachte an das Bild, das er am Morgen gesehen hatte: Ceili am Lager seiner Tochter. Er sah die Fürsorglichkeit in den Augen der Brigantin, während sie sich um das Mädchen kümmerte. Wieder verließen die Worte seinen Mund schneller, als der Zweifel es verhindern konnte.

»Geh, sieh nach, was der Druide mit dem Kind macht, und berichte es mir.«

»Ich gehe zu deiner Tochter unter einer Bedingung: Ich pflege sie allein. Der Druide legt weder Hand an sie noch an ein weiteres Opfer.«

Ghrian atmete tief ein und wieder aus und sagte dann: »Wenn es ihr nach Sonnenaufgang besser geht, werde ich das Pferd nicht opfern. Wenn nicht, werde ich den Druiden anheißen, die Götter mit dem Opfer meines Pferdes milde zu stimmen. Das Kind hat einen guten Geist in seinem Kopf, wie mein Sohn Ghealach ihn auch hatte. Du hast gehört, was die Frauen gesagt haben. Das Kind ist noch nicht reif für die Anderswelt. An Samhain will ich in der Anderswelt nur mit meinen Söhnen zusammentreffen. Nicht mit meiner Tochter.«

Der König ließ die Vorbereitungen für die Zeremonie der Opfer abbrechen. Der Hase wurde in die Freiheit entlassen. Der Hengst blieb auf der Weide. Der Druide war noch immer benommen. Sein Wissen um die geheimen Mysterien war weiterhin von den Kräutern des Vergessens getrübt und seine Verständigung mit den Göttern gestört.

Auf Anweisung des Königs durfte sich allein Ceili um das kranke Kind kümmern.

Ceili ging zu dem inzwischen bewusstlosen Mädchen in die Hütte. Sie flößte der Kranken Tränke ein, die sie – nach Veledas Rezepten – aus Kräutern und Wurzeln mischte. Sie legte ihr Umschläge auf die Stirn und um die Waden. Sie besprach, beschwor, pflegte und streichelte das Kind von Sonnenuntergang bis zur Morgendämmerung. Dann öffnete die Kleine endlich die Augen.

Im selben Augenblick hörte Ceili hinter sich ein Geräusch. Aus den Augenwinkeln erkannte sie den Druiden, der in der Tür zur Hütte stand. Seine raue Stimme klang bedrohlich.

»Ich bin der alleinige Hüter des Wissens. Ich allein bin in die Mysterien eingeweiht. Ich allein habe die Macht, die Götter milde zu stimmen. Es liegt allein in meinem Willen, das Kind des Königs zu heilen.« Er lachte böse. »Verschwinde von diesem Ort, oder es wird den kommenden Tag nicht erleben!«

Ceili zuckte zusammen.

»Ich weiß, dass du die entlaufene Sklavin bist. Verschwinde endlich, sonst wirst auch *du* den Tag nicht mehr erleben!«, drohte er weiter, und seine Augen verengten sich zu gefährlichen Schlitzen. »Und wenn ich dich nicht den Römern ausliefere, dann werde ich dafür sorgen, dass du den Göttern geopfert wirst. Ich werde an der Art deines Zusammenbrechens, wenn das Messer in dein Zwerchfell dringt, an deinen Zuckungen und an den Strömen deines Blutes erkennen, wie dein Opfer von den Göttern aufgenommen wird. Ich werde daraus lesen, wie sie über das weitere Schicksal unseres unfähigen Königs und unseres Stammes entscheiden werden.«

Ceili begann zu zittern. Sie wusste, sie konnte gegen die Drohungen des Druiden nichts ausrichten; er würde all das, was er prophezeite, wahr machen. Wortlos erhob sie sich, nahm ihr Schaffell, drängte sich an dem Druiden vorbei und schlich sich in der Dämmerung aus Luguvalion davon.

Das Kind starb. Ceili war verschwunden, und der Druide hatte leichtes Spiel. Er schürte den Hass des Volkes, wann immer sich die Gelegenheit dazu bot. Es dauerte nicht lange, bis die Briganten ihrem König die anhaltende Schwäche nicht mehr verziehen. Der Stamm verschwor sich mehr und mehr gegen Ri

Ghrian. Schließlich schoben die Briganten ihm die Verantwortung für den Tod der Tochter und der Söhne zu und bezichtigten Ceili der schwarzen Magie. Zuletzt ächtete das Volk seinen König als Verräter.

Ri Ghrian ließ nach Ceili suchen. Doch Mutter Erde hatte sie verschluckt – wie eine Fee oder eine Nymphe.

Ghrians offener Blick und seine Umsicht als Regent seines Stammes waren durch den Tod seiner Söhne getrübt worden. Er sah nichts mehr außer seinem eigenen Schmerz. Immer wieder grübelte er darüber nach, ob er seine Söhne je in der Anderswelt treffen würde und in welcher Gestalt ihre Seelen nach der Wanderung durch den Feenhügel wiedergeboren würden. Jetzt war auch seine Tochter gestorben, und sein Volk und seine Frauen hatten sich unter dem Einfluss des Druiden gegen ihn verschworen. Den einzigen Ausweg, den er aus seinem Schmerz heraus sah, war, sich selbst den Dolchstoß zu geben, um endgültig in die Anderswelt zu seinen Kindern zu reisen. Denn vor der Anderswelt hatte er keine Furcht. Dort lebten gute und böse Feen, Elfen und Nymphen genauso wie in der diesseitigen Welt. Doch dort hatte er zumindest die Möglichkeit, dem Wissen und den Weisheiten der Ahnen und der Verstorbenen nahezukommen.

Allerdings hielt ihn etwas zurück, diesen endgültigen Schritt zu gehen. Ceili war in sein Leben getreten.

Es geschah etwas in Ghrians Gehirn, das seinen Schmerz veränderte. Ceili hatte sich wie ein Vogelweibchen in seinem Gehirn eingenistet. Es schien beinahe, als würde sie in seinem Gehirn ihre Gedanken ausbrüten. Ghrian stellte sich vor, dass sich ihrer beider Gedanken miteinander vereinigten und zusammen hinaus in die Welt flogen.

Ghrian hoffte auf ihre Rückkehr. Doch Ceili blieb verschwunden. Ihre Worte aber wirkten weiter in seinem Kopf.

Wenn du mehr erfahren willst, lass nach Simon rufen, hatte sie gesagt. Simon, der Römer, der gesehen hatte, wie der heilige

See ihrer Stammesgöttin Brigantia mit dem Himmel zum Universum verschmolz. Der Römer, der anders war. Der Römer, der besondere Menschen suchte. Was verbarg sich hinter Ceilis rätselhaften Andeutungen?

Die Reise ins Ungewisse

Righ

Welten, Vorstellungen, Götter prallten aufeinander und auf den einen Gott. Die Söhne der Götter wurden gegeneinander ausgespielt, göttliche Kräfte erhielten Zauberkräfte, und Zauberkräfte erhielten göttliche Kräfte. Mysterien und Magie verzauberten sich gegenseitig.

Es war ein Aufbruch in eine Welt des Ungewissen, des Verworrenen, des Verborgenen, von Licht und Schatten. Worauf hatte er sich eingelassen?

Die äußere Welt veränderte sich ohne Unterlass, und in seiner inneren Welt – seinem Verstand, seiner Seele, seinem Geist – herrschte weiterhin Chaos. Glück und Schmerz, Freude und Leid, Gemeinsamkeit und Einsamkeit kämpften gegeneinander, lagen nebeneinander, gingen ineinander über. Vieles war fremd. Einiges war vertraut. Anderes würde vertraut werden.

Der Römer Simon hatte auch Ghrian die Augen geöffnet und ihm eine neue Wahrnehmung das irdische Leben betreffend verliehen. Fasziniert von dessen kuriosen Gedanken und von dessen vom Unmenschlichen befreiten Vorstellungen schloss sich Ghrian der Wanderung in eine geheimnisvolle Welt an. Diese Welt bestand aus Bildern, die er so nie gesehen hatte oder sich vorzustellen gewagt hätte. Die Bilder und Vorstellungen mündeten in einer Vision – in einer Vision von der Welt, ihrem Körper und von der darin verborgenen Harmonie, die schon viel zu lange vom herrschenden Chaos unterdrückt wurde. Die Welt, die Simon visionierte, war voller Eintracht und Einklang mit und unter den Menschen. Der Weg dorthin, prophezeite Simon, wäre jedoch beschwerlich. Herausforderungen, Hindernisse und Unsicherheiten würden sie erwarten. Es sei eine gefährliche Reise voller Abenteuer, verbunden mit Furcht, Leid und Tod, aber auch mit Liebe und Freude. Und genau das würde ja das

Leben, das Dasein, auf dem Weltkörper zum Pulsieren bringen – aber auch dessen Rhythmus stören.

Um die Vision von der Harmonie zwischen Welt und Mensch zu verfolgen, mussten die Gleichgesinnten ihr bisheriges Leben aufgeben, sich verbünden und sich dann bedingungslos auf die Reise ins Ungewisse einlassen. So auch der König. Ri Ghrian war die Möglichkeit zur Rückkehr nicht mehr gegeben. Er hatte sich nach reiflichen Überlegungen zum Aufbruch entschlossen. Eigentlich war es ein Ausbruch. Ein Ausbruch aus den Zwängen und Riten seines Lebens als König. Zwar holten ihn immer wieder zermürbende Zweifel über seinen Entschluss ein. Doch die Vision barg eine Herausforderung, die auch in ihm die notwendige Leidenschaft, die Begeisterung und die Neugier weckte. Er wollte den verwundbaren Weltkörper und die Menschen, die ihr Unwesen darauf trieben, erforschen, um dann einen Beitrag zur Wiederherstellung der Harmonie zu leisten. Es trieb ihn noch eine weitere Vorstellung, sich der Herausforderung zu stellen: Er war fasziniert von der Idee, zum heiligen See ihrer Stammesgöttin Brigantia zu gelangen. Denn der See war ja der fruchtbare Mittelpunkt dieses empfindsamen Weltkörpers. Dort, so hieß es in den Mythen, entsprangen die gesunden Früchte in unerschöpflichen Mengen.

Er war nicht mehr der König. Er war nicht mehr Ri Ghrian.

Er nannte sich nun Righ und hatte alles aufgegeben: seinen Stamm, seine Brüder, seine Schwestern, seine Frauen, seine Sprösslinge, seine Krieger, seine Ländereien, die Siedlung, sein Haus, den Druiden. Er hatte den Arm- und Halsschmuck aus Bronze abgelegt. Sein Schwert, seine Rüstung, sein Pferd, ohne es zu opfern, zurückgelassen. Nur eines hatte er aus seinem früheren Leben behalten, versteckt unter dem hellen langen Gewand. Es war das bronzene Amulett mit dem Sonnenrad des Sonnengottes Lugh. Simon hatte gesagt, er solle es weiterhin tragen, denn es würde ein geheimnisvolles Zeichen in sich bergen:

Das X. Es sei ein simples Zeichen. Doch es gäbe Hinweise, wusste Simon, auf weltbewegende Auslegungen des Zeichens. Simon war sich sicher, sie würden, wenn sie die Ohren und die Augen offenhielten, auf ihrer Reise immer wieder auf das X stoßen. Das X würde sie auf dem gesamten Weltkörper mit denjenigen Menschen verbinden, die die gleichen guten Absichten verfolgten wie sie. Denn das X barg den Schlüssel zur Verwirklichung ihrer Vision.

Simon hatte in Erfahrung gebracht, dass Platon, ein Grieche, ihnen bei der Entschlüsselung der im X enthaltenen Botschaften weiterhelfen könne. Sie würden ihn in der Bibliothek von Lutetia finden.

Was Righ außerdem beflügelte, Simon vorbehaltlos zu folgen, war die Aussicht, dass er auf der Reise Ceili wiedersehen würde. Das Amulett mit dem Sonnenrad erinnerte ihn an sie. In den Vorstellungen von Ceili suchte er immer wieder Zuflucht. Womöglich hatte die junge Frau etwas geweckt, das sich tief in seinem Inneren verbarg und ihm die entscheidende Kraft zum endgültigen Aufbruch verlieh.

Was auch immer es war … Er sehnte sich danach, sie wiederzusehen.

So verließen sie die Insel Britannia, überquerten das Meer und gingen in Gallia wieder an Land. Wie Britannien war auch Gallien einst von keltischen Stämmen besiedelt worden. Während der vergangenen 300 Jahre hatten dann die Römer nach und nach Gallien besetzt. Oppidum Lutetia Parisiorum war das erste Ziel ihrer gemeinsamen Reise.

Marcus

»Salve!« Das Gesicht eines Mannes mit gutmütigem Blick schwebte über Righs Augen, als er sie einen Spalt weit öffnete. Das nasse Tuch kühlte seine schmerzende Stirn. Es tat wohl. Sein Mund war ausgetrocknet, die Lippen aufgesprungen, und sein

Kopf brummte. Sein Körper fühlte sich an wie ein Planet ohne Wasser. Ohne Wasser fehlte ihm genauso die Energie wie den Tieren, Pflanzen und Mineralien. Tiere folgten ihrem Instinkt, der sie entlang der unterirdischen Wasserströme führte, und die Menschen wiederum folgten den Spuren der Tiere, um zu den Wasserstellen zu gelangen. Wie aber sollte er hier, spukte es durch seinen Kopf, die Spuren der Tiere finden?

»Trink ein paar Schlucke, dann wird es dir schnell besser gehen.«

Das Befeuchten der Lippen war genauso erfrischend wie der kalte, mit Wasser vermischte Wein, der seine Kehle hinunterlief. Wo war er? Der Fremde half ihm, sich aufzurichten.

Righ blickte sich um. Er konnte kaum glauben, was er sah. Nie in seinem Leben war er in solch einem Raum, einem Haus, einem Tempel, was auch immer es war, gewesen. Wo sollte er zuerst hinblicken? Am Boden bildeten viele verschiedenfarbige kleine Steinchen Bilder und Muster: Delfine, kleine Kinder mit Flügeln, Ranken, geometrische Figuren. Die Wände bestanden aus schneeweißen Steinblöcken, die Decke wurde von wohlgeformten Säulen, die mit filigran gemeißelten Pflanzenranken verziert waren, gestützt. In den Nischen standen Statuen, die doppelt so groß waren wie die Menschen selbst. In der Mitte des Raumes war ein großes Wasserbecken eingelassen, in dem Männer badeten, sich verlustierten, gegenseitig verwöhnten, sich wuschen.

»Wo bin ich?«

»Wo du bist? In den Thermen von Lutetia.« Der Mann antwortete in der keltischen Sprache Righs, jedoch mit einem eigenartigen Akzent.

»In den Thermen von Lutetia? Thermen?«

»In der Badeanstalt, die die Römer in Lutetia gebaut haben. Die Menschen baden hier, treffen sich und entspannen. Jetzt, wo du wach bist, werden wir dir eine Heilbehandlung zukommen lassen. Du wirst sehen, es wird dir guttun, und danach lassen wir dir ein leichtes Mahl bringen. Dann geht es dir noch besser. Und dann kommst du in die Bibliothek. Dort können wir ungestört reden.« Er lächelte freundlich.

Ob Anderswelt oder andere Welt – Righ war zu schwach, um zu widersprechen. Wasser gab es hier reichlich – aber eine Quelle? Wo war eine Heilquelle, die die Energie hatte, einen Fels zu durchdringen? Ein pumpendes Herz der Erde, dessen Kräfte vom Universum gespeist wurden? Wo sprudelten die Heilkräfte der Naturgötter? Wo war der Druide, der Vermittler zwischen den Göttern und den Menschen? Righs Seele verlangte nach einer Quelle. Einer Quelle, an der Brigantia ihm mit ihren Kräften den heilenden Energiefluss des Blutes in seinen Adern zurückgeben würde. Brigantia, die Schutzgöttin der Briganten, seines Stammes ... seines Stammes, dachte er wehmütig. Er hatte alles zurückgelassen, besann er sich. Er war auf der Reise ... zum heiligen See der Schutzgöttin.

»Du bist Righ«, sagte der Mann, der eine schlichte Toga trug.

Ghrian? Righ?, fragte er sich selbst. Er war zu sehr damit beschäftigt, sich selbst wahrzunehmen, um sich darüber zu wundern, woher der Fremde seinen Namen kannte. Das Gewand, das er trug, war sauber und glich dem eines Römers. Er wusste nicht mehr, wer sich darin verbarg, wer er wirklich war.

»Mein Name ist Marcus«, stellte sich der Fremde vor.

Alles geschah, wie Marcus es vorhergesagt hatte. Die Heilbehandlung umfasste mehrere Bäder in verschiedenen, tief eingelassenen Becken. Darstellungen von Meereswesen, gefertigt aus kleinsten Steinchen, schmückten den Boden der Becken. Ein Sklave begleitete Righ und half ihm jedes Mal beim Einstieg in die Steinbecken. Mal war die Wassertemperatur kalt, mal lauwarm, mal heiß. Immer wieder knetete und klopfte der Sklave Righs Körper – mit Vorsicht wegen der blauen Flecken und Kratzer. Als er ihm zwischen die Beine griff, winkte Righ ab. Er war nicht in der Stimmung zu einer solchen Erregung, auch wenn um ihn herum ein Phallusfest vollzogen wurde.

Ermattet von den Badegängen und den Ereignissen der vergangenen Tage und Wochen fiel Righ im Ruheraum in einen erholsamen Schlaf, bis der Sklave ihn weckte und ihm mitteilte, dass der Bibliothecarius auf ihn warte.

Righ fühlte sich frisch und ausgeschlafen. Bibliothek …, überlegte er. Dort, hatte Marcus angekündigt, würden sie ungestört reden können. Jetzt kam ihm Simon in den Sinn. Der hatte gesagt, in der Bibliothek von Lutetia würden sie auf Platon, den Griechen stoßen, der ihnen weitere Hinweise auf das geheimnisvolle X geben würde. Die Energie kam zurück, und Righs neues Leben nahm wieder Fahrt auf. Aber wo war Simon?

Der Wächter der Bibliothek öffnete die Tür. Marcus saß an einem Tisch und schrieb.

Der Raum war nicht allzu groß, quadratisch und hatte ein Gewölbe. In die vier Ecken waren halbrunde Nischen eingelassen, in denen auf Konsolen die Büsten von vier Männern standen. Vor den Wänden erhoben sich vier menschengroße Kästen mit Türen und mächtigen Schlössern davor. Righ fühlte den Blick von Marcus auf sich ruhen.

»Gefällt dir, was du siehst?«, fragte der Bibliothecarius und stand auf, um Righ zu begrüßen.

»Ich sehe dein Abbild.« Righ humpelte in Richtung einer Büste, welche die Physiognomie von Marcus aufwies. Er blickte von dort zu Marcus und wieder zur Büste.

»Bist du ein Gott?«, fragte er und musterte den Mann mit dem gepflegten Bart und dem kurz geschnittenen Haar. Righ war selbst nicht sicher, ob er diese Frage ernst gemeint hatte. Die Römer schufen Bilder von ihren Göttern. Im römischen Lager von Luguvalion hatte er jedoch nie das Abbild eines lebenden Menschen gesehen. Aber Luguvalion war weit weg, und er war hier in einer anderen Welt.

Marcus wehrte ab und sagte dann: »Ich zeige dir etwas anderes.« Während er sprach, lenkte er seinen Blick auf das

Sonnenrad des Sonnengottes Lugh, das an dem Lederband um Righs Hals hing und auf der Toga auflag.

»Servus superiores«, sagte er zu dem Wächter, »öffne den Schrank!«

Der Obersklave, wie Marcus den Bibliothekswärter nannte, griff nach einem der Schlüssel, die an einem Strick hingen, der sein Gewand umgürtete. Er steckte ihn in das mächtige Schloss des Schranks neben der Büste von Marcus, drehte den Schlüssel mit einem lauten Quietschen und öffnete mit einem noch lauteren Knarren die beiden Schranktüren. Righs Augen weiteten sich. Da lag ein außergewöhnlicher Schatz vor ihm.

Mehrere Regale unterteilten den Schrank. Auf den Brettern schmiegte sich fein säuberlich eine Schriftrolle an die andere. Sie lagen nicht nur nebeneinander. Sie lagen auch übereinander. Wie viele Buchstaben, Worte, Sätze, Gedanken, Vorstellungen, Bilder mochten sich darin verbergen?

Durch die römische Besatzung von Luguvalion hatte Righ als König Latein sowie das Lesen und Schreiben gelernt. Das Griechische bereitete ihm jedoch große Schwierigkeiten. Jetzt stand er gebannt vor den Rollen. Schließlich fasste er sich, näherte sich ehrfürchtig, um die Titel der Schriften zu lesen. Die beiden unteren Regale enthielten die Werke in lateinischer Sprache und die beiden oberen Regale diejenigen mit griechischen Schriftzügen.

»Die Beschriftungen übernimmt unser Servus superiores. Er ist des Schreibens, Lesens, des Lateinischen und des Griechischen kundig«, erläuterte Marcus mit einem anerkennenden Blick zu dem Bibliothekswächter und fügte dann stolz hinzu: »Viele Abschriften haben wir gemeinsam vorgenommen.«

Dann lächelte er in Richtung des Obersklaven und gestand: »Allerdings kann er besser Griechisch als ich.« Er hielt kurz inne, schließlich fuhr er fort: »Wir wollen hier das Wissen aus aller Welt zusammentragen. Wie in der großen Bibliothek von Alexandria in Ägypten. Viele Reisende leihen uns ihre Schriften, wir kopieren sie und geben sie ihnen wieder zurück.« Righ überlegte fieberhaft, wer dieser Marcus war. Warum kannte er seinen Namen? Warum vertraute er ihm und warum entführte er ihn in diese Welt der Schriftrollen, der Buchstaben und Zeichen, in die Welt dieses geistigen Universums?

Seine Augen hafteten schließlich auf den griechischen Zeichen Πλάτωνα, Τίμαιος, die er auf einer der Beschriftungen der Rollen ausmachte. Righ las die lateinischen Buchstaben, die fein säuberlich unter die griechischen Zeichen gesetzt worden waren: »Platon, *Timaios*.«

Als er seine Sprache wiederfand, zeigte er darauf: »Diese Rolle – kann ich sie ansehen?«

»Du kennst Platon?«, fragte Marcus interessiert.

»Ja …«, sagte Righ langsam, und ohne den Blick von der Rolle abzuwenden fügte er nachdenklich hinzu: »Ein Römer in Luguvalion hat von einem Griechen mit diesem Namen berichtet.«

Marcus nahm die Schrift und rollte den Papyrus auf.

»Der Servus superiores und ich, wir haben lange daran gesessen, den Text vom Griechischen ins Lateinische zu übersetzen«, erklärte er stolz. »Es war nicht immer einfach, alles richtig zu verstehen. Schließlich liegen zwischen der Zeit der Abfassung und unserer Übersetzung mehrere Hundert Jahre. Außerdem hat Platon die Schrift in einem Teil des Weltkörpers abgefasst, der mehrere Reisemonate von hier entfernt liegt. Aber er hätte es auch heute und hier schreiben können. Das Werk ist zeitlos.«

Platon war demnach kein lebender Mensch, den sie in der Bibliothek aufsuchen sollten. Hinter dem Namen Platon verbargen sich Buchstaben und Zeichen, welche den Griechen, seine Ideen und Gedanken für die ganze Welt unsterblich machten. Das war es wohl, was Marcus mit *zeitlos* ausdrücken wollte. Righ war fasziniert, denn die Weisheiten und das Wissen der Druiden seines Volkes wurden nie aufgeschrieben. Im Gegenteil, die universal gebildeten Männer verpflichteten sich durch einen Eid, darüber zu schweigen.

Simon hatte gesagt, bei Platon würde man weitere Hinweise auf das X finden. Das X, das ein Bestandteil des Amuletts war, des Amuletts des Sonnengottes Lugh, das um seinen und um Ceilis Hals hing. Das X, das alle Menschen des Weltkörpers miteinander verband, die die Vision hatten, die Harmonie zwischen Welt und Mensch wiederherzustellen. Righs Hand zitterte vor Aufregung, als er jetzt darum bat, die Schriftrolle einsehen zu dürfen, um darin nach der universellen und womöglich bahnbrechenden Bedeutung zu suchen, die sich hinter dem X verbarg.

»Nicht jetzt«, sagte Marcus und rollte die Schrift wieder zusammen. »Es ist jetzt nicht an der Zeit zu lesen. Der Text ist schwierig und nicht einfach zu verstehen. Du wirst Ruhe dafür benötigen.«

Dann sagte Marcus unvermittelt: »Du meinst Simon. Der Römer hat dir von Platon erzählt.« Er setzte kurz ab und fügte dann hinzu: »Du warst einst König der Briganten?«

Erstaunt fragte Righ: »Du kennst Simon?«

»Simon hat dich nach dem Überfall zu mir in die Thermen gebracht.«

»Ach ja, der Überfall ...«

Es waren Halunken gewesen, erinnerte sich Righ dumpf. Habenichtse, die auf Habenichtse gestoßen waren. Die Erinnerung reichte bis zu dem Schlag auf seinen Hinterkopf zurück, dessen Schmerz er nicht mehr empfunden hatte. Alles war plötzlich schwarz geworden. Die Schrammen, die noch von dem Überfall zeugten, waren bereits am Verheilen, und die blauen Flecken und Kratzer bildeten sich zurück.

»Wo ist Simon?«, fragte Righ.

Marcus überging Righs Frage und musterte den Briganten von Kopf bis Fuß.

»Wirst du reiten können?«

Righ hatte seit vielen Monden kein Pferd mehr bestiegen. Seine zwei Beine waren seine Träger gewesen. Die Schwielen an den Füßen hatten sich inzwischen zu kräftigen Hornhäuten umgebildet.

»Und was ist mit dem Platon?«, fragte Righ, und das X drehte durch seinen Kopf wie ein + in einem Rad.

»Wir nehmen ihn mit«, entschied Marcus.

Ein Sklave hielt zwei Pferde bereit. Er half dem Briganten auf eines der beiden Tiere, während Marcus sich auf das andere schwang. Sie ritten durch Oppidum Lutetia, und Righ war überwältigt vom Anblick der Stadt, die später Paris heißen sollte. Er vergaß alles, was seinem Körper und seiner Seele Schmerzen bereitete, und ließ sich von der Faszination, die von der römischen Stadt ausging, treiben. Ein Haus aus Stein reihte sich an das nächste, sodass sich Straßenschluchten bildeten. Hin und wieder waren Türen und Tore weit geöffnet und gaben den Blick in bunt bemalte Höfe mit Wasserbecken frei, die von Säulen mit üppig verzierten Kapitellen, den Säulenköpfen, umgeben waren. Marcus nannte diese reich geschmückten Innenhöfe Atrien. Dahinter ließen sich Gärten mit Blumen in allen Farben, grünen Wiesen, Brunnen und Bäumen erahnen.

Reges Treiben herrschte in der Stadt. Händler, Käufer, Frauen, Männer, Kinder ritten und liefen über die gepflasterten Straßen. Keiner galoppierte. Alles schien geordnet. Sie passierten das Theater. Marcus erläuterte, dass dort 17 000 Menschen Platz fanden, um den Reiterspielen, Schauspielen, Wettkämpfen und Spektakeln aller Art beizuwohnen.

»Der Tempel ist Jupiter geweiht.« Das gigantische, rechteckige Bauwerk war von massiven Säulen umgeben. Ein dreieckiger Giebel schmückte die Schmalseite. Darauf waren kämpfende Götter zu erkennen. Obwohl sie weit über der Erde schwebten, erschienen sie immer noch lebensgroß.

»Was sind das für Menschen, die das Wissen haben, solche Bauwerke zu errichten? Sie treten in einen Wettstreit mit der

Natur, mit unseren Bäumen, Wäldern, mit dem Kosmos, den Schöpfungen der Naturgötter. Oder wie siehst du das, Marcus?«, fragte Righ, hin- und hergerissen zwischen Bewunderung und Befürchtungen.

»Nun«, warf Marcus ein, »die Baumeister nutzen ihren Scharfsinn, um zu konstruieren und zu bauen. Sie verwenden die Harmonien, die man in der Natur und im Kosmos findet, zum Bau der Tempel und Thermen. Sie suchen danach, die kosmische Ordnung mit Zahlen und Proportionen auszudrücken.«

Rauch stieg vom Altar vor dem Tempel auf.

»Sie haben wieder geopfert«, stellte Marcus mit besorgter Miene fest. »Die Stadt ist in Aufruhr. Beinahe jeden Tag opfern die Priester Lämmer, und die Götter erhören sie dennoch nicht. Sie lassen sich nicht besänftigen. Im Gegenteil … «

»Was ist los? Warum sind die Götter wütend? Welches Unglück schicken sie?«, fragte Righ und zügelte sein tänzelndes Pferd.

»Die Götter schicken dem Volk von Lutetia und auch dem Vieh das Malum, das Schlechte, die Plage, das hohe Fieber, an dem viele erkranken und sterben.«

Bald überquerten sie eine Holzbrücke, und die Welt veränderte sich. Es schien Righ, als würde die Brücke ihn zurück in seine Heimat führen.

»*Unser* Lutetia«, betonte Marcus und warf Righ den Blick eines Verbündeten zu, »liegt auf einer Insel.« Es war die Insel, auf der 1000 Jahre später die Kathedrale Notre-Dame errichtet werden sollte.

Im Gegensatz zu dem römischen Teil des Oppidum gab es hier im gallischen Viertel runde Lehmbauten mit Strohdächern, die den Häusern und Hütten von Luguvalion glichen. Die Menschen sprachen Keltisch mit einem eigenen Akzent. Marcus und Righ erreichten eine Gegend der Insel, deren größere Häuser davon zeugten, dass hier die wohlhabenden Gallier lebten.

»Die Römer von heute denken nur ans Erobern«, seufzte Marcus, als er vor seinem großen Lehmhaus vom Pferd stieg.

»Sie haben unser Gallien besetzt und zerstören unsere Sitten und Gebräuche. Sie verbinden unsere Druiden nur mit blutigen Riten und Menschenopfern. Sie würdigen sie nicht als Denker, als Philosophen. Die Römer unterschätzen das Wissen unserer Druiden.«

»Nein, ich sehe das anders«, widersprach Righ heftig und sprang so schwungvoll vom Pferderücken, dass ein heftiger Schmerz seinen geschundenen Körper durchzuckte.

»Die Römer haben Angst vor der Weisheit der Druiden. Sie wollen das geheime Wissen auslöschen und das Druidentum zum Aussterben bringen. Wir müssen das verhindern.«

»Ja, du magst recht haben«, erwiderte Marcus nachdenklich und fügte dann hinzu: »Und unsere Druiden fürchten die Missachtung, die Herabsetzung, ja die Enthüllung der heiligen Mysterien und des heiligen Wissens. Und das nicht zu Unrecht. Hier in der Gegend werden oft ausschweifende Orgien gefeiert, die nichts mehr mit den heiligen Weisheiten und dem Vollzug der Mysterien und Riten der Druiden zu tun haben. Dennoch nennen sich diejenigen, die die Opfer darbringen, Priester. Sie missbrauchen die heiligen Riten und Mysterien und legen sie unter dem Deckmantel des Druidentums falsch aus. *Wir* wollen diese Exzesse eindämmen. Wir stehen noch am Anfang unserer gemeinsamen Reise, aber wir werden unseren Visionen folgen. Es geht um die Wiederherstellung des Gleichgewichts von Universum und Erde. Von Makrokosmos und Mikrokosmos. Wir sind auf der Suche nach der Ordnung im Menschen. Ohne die Hilfe der Druiden finden wir die Ordnung nicht. Oder wie denkst du darüber, Righ?«

Er spricht wie Simon, schwirrte es Righ durch den Kopf. Was hatte Marcus gesagt, sie stünden noch am Anfang ihrer gemeinsamen Reise? *Gemeinsam?*

Dru, der gallische Druide

Der Druide der Briganten verjagte Ceili aus Luguvalion, und die Römer suchten sie als entflohene Sklavin. Simon bot Ceili Zuflucht und unterrichtete sie heimlich weiter. Schließlich konnte er sie nicht länger versteckt halten, und so vertraute er die junge Brigantin einem römischen Kaufmannszug an.

»Wir sehen uns bei Dru oder in Lutetia wieder und begeben uns dann auf die gemeinsame Reise zu dem heiligen See deiner Göttin Brigantia«, versprach Simon beim Abschied. Dru, der gallische Druide vom Festland, würde sie in seinem Dorf aufnehmen. Sie müsse nur ihr Amulett zeigen und X sagen. Er würde das Zeichen erkennen. Denn Simon hätte auch ihm von dem X berichtet, und auch Dru habe sich ihrer Vision von der Weltveränderung verschrieben. Er sei ein weiser Mann, aber auch ein Suchender, ein Gleichgesinnter. In seiner Obhut solle Ceili warten, bis Simon nachkam.

Ceili fuhr mit den Kaufleuten zur Küste und überquerte von dort aus das stürmische Meer. Geschwächt von der Überfahrt und von ansteigendem Fieber erreichte sie endlich den sicheren Hafen. Sie verabschiedete sich von den Kaufleuten, die weiter Richtung Rom zogen, und machte sich auf, das gallische Dorf zu suchen. Es sollte in der Nähe des Küstenorts liegen, in dem sie von Bord gegangen war.

Ceili suchte und suchte. Irgendwann flutete das Meer das Land. Irgendwann fiel Ceili vor Erschöpfung einfach um. Und es war der gallische Druide, der sie fand. Er fand sie nicht weit von seinem Dorf, das es nicht mehr gab. Als sie ihn am weißen Bart und dem langen weißen Haar erkannte, fasste sie krampfhaft nach dem Amulett um ihren Hals und murmelte kaum vernehmbar: »X.«

Dru brachte Ceili in eine der zerstörten Hütten, die er notdürftig hergerichtet hatte. Der Druide pflegte und umsorgte die Brigantin mit all seinen Heilkünsten. Schließlich kam sie wieder zu Kräften und hätte ihre Stimme gebrauchen können. Doch sie schwieg.

Denn auch Dru verrichtete seine Tätigkeiten meist schweigend. Das heißt, zuweilen murmelte er vor sich hin. Seine Laute irritierten Ceili zunächst. Sprach er mit ihr oder nicht? Sollte sie ihm antworten oder nicht? Sollte sie die Laute, die seine Lippen unter seinem langen weißen Bart formten, verstehen oder nicht? Manchmal klang es wie ein Singsang, dann wie ein klagendes Rauschen, das sich mit dem des Meeres verband, dessen Geschichten unermüdlich in das Innere der runden Hütte drangen. Womöglich sprach der Druide mit dem Meer und teilte seine Stimmungen mit dem Ozean. Denn die Stimme des Meeres klang mal leise, mal laut, mal traurig, mal wütend. Genauso wie die des Druiden. Doch das stete Rauschen und die Rituale, die der Druide und das Meer täglich vollzogen, gaben Ceili mehr und mehr ein Gefühl der Ruhe. Immer wieder beobachtete sie von der Düne aus den Wechsel der Gezeiten, den gleichmäßigen Rhythmus der Wellen, die niemals zum Stillstand kamen. Nichts konnte sich ihnen entgegensetzen. Nichts konnte ihrer Kraft etwas anhaben. Allein die Launen der Luft, des Windes, des Sturms regierten die Höhen und Tiefen des wogenden Ozeans genauso wie den Tanz der feinen Sandkörner und der Grashalme an seinem Ufer.

Ceili fühlte sich wohl. Obwohl sie in der Fremde war, umgab sie stets die Vertrautheit des Universums. Die Sonne ordnete wie gewohnt den Tagesablauf, und während der Dunkelheit der Nacht erblickte sie die bekannten Gestirne.

»Komm mit, Ceili«, sagte der Druide eines Tages. Ceili sah ihn erstaunt an. Was wollte er von ihr? Wo wollte er sie hinführen? Sie lebten nun schon einige Zeit miteinander, und dennoch lebte jeder für sich und ging seiner Wege. Und jetzt wollte er, dass sie ihn begleitete?

Sie folgte ihm.

Sie liefen durch den weichen Sand zum Ozean, der damit beschäftigt war, die Küste zu fluten.

»Es ist der Mond ... Es ist der Mond, der den Ozean wegzieht und wiederbringt, wegzieht und wiederbringt«, erklärte der Druide, und seine Worte sprudelten plötzlich wie das flutende Meer. Seine Aussprache klang anders als ihre. Doch Ceili lernte schnell, sie zu verstehen.

»Es ist die kosmische Ordnung«, fuhr er fort, »die sich im Ozean wiederfindet und ihn im Zyklus bewegt – genauso wie das Mondblut, das zwischen deinen Beinen fließt, Ceili. Der Mond und die Gestirne haben offensichtlich die Kraft, unser irdisches Leben zu beeinflussen ... Komm weiter«, sagte er, als ihre Füße in das erfrischende Reich des Meeres eintauchten. »An der Küste lernen wir vieles von dem, was wir wissen müssen. Hier verbindet sich das Universum mit der Weite unseres Weltkörpers. Fühlst du es?«

Ceili schloss die Augen. Sie lauschte dem Rauschen. Sie spürte, wie sich der weiche, sandige Meeresboden ihren Füßen anpasste und die hereinbrechenden Wellen in steter Wiederkehr ihre Beine umspülten.

»Es ist die kosmische Ordnung der Himmelskörper, die in geordneten Bahnen um unsere Erde kreisen: die Sonne, der Mond, die Planeten, die Gestirne. Wir bestehen aus Sternenstaub. Folglich existieren die Ordnung und die Harmonie des Universums auch in uns Menschen. Wusstest du das, Ceili?«

Ceili wusste es nicht. Simon hatte ihr gelehrt, ihren Verstand zu finden und ihn mit Buchstaben und mit lateinischen Worten zu füllen, und Dru sprach von der Ordnung des Universums, die in ihr verborgen lag. Was gab es alles zwischen Himmel und Erde zu entdecken, das sie in sich selbst finden konnte, das alle Menschen in sich selbst finden konnten?, wunderte sie sich.

Das Anrollen einer donnernden Welle ließ sie beide einige Schritte zurückspringen. Drus Stimme wurde lauter, um gegen das Rauschen des zunehmenden Windes und des Meeres anzukämpfen.

»Aber wer weiß das schon?«, rief er. »Wer will das wissen? Die wenigsten suchen die Ordnung und die Harmonie.«

Der Wind drehte und trug die Worte des Druiden zu Ceili.

»Die meisten Menschen streben nach Macht und Reichtum, und das ist mit der Unterdrückung und Armut anderer verbunden. In der Macht und im Reichtum finden wir die Harmonie nicht. Wir müssen die Harmonie entdecken und erforschen. Der Kosmos hält sie für uns bereit. Aber er hütet seine Geheimnisse. Es sind geheime Weisheiten. Heilige Weisheiten, die er birgt. Wir Druiden schwören bei unserem Leben, dass wir den Kosmos nicht verraten. Wir halten die heiligen Weisheiten, die der Kosmos uns lehrt, geheim, so wie er es von uns verlangt.«

Er hielt inne, und sie wateten durch das sich allmählich zurückziehende Meer zum Ufer. Dann fragte er: »Was hast du vom Druiden deines Stammes gelernt?«

»Nichts«, erwiderte Ceili. »Der Druide meines Stammes war stets im Rausch.«

Sie konnte sich nicht vorstellen, wie jene vom Chaos beherrschte Gestalt das heilige Wissen von der Ordnung und der Harmonie des Universums hüten sollte.

»Weißt du, Ceili«, sagte Dru, »nur diejenigen Druiden, die alle Mysterien durchlaufen, die alle Riten vollzogen haben, erreichen den innersten und geheimsten Kreis des Wissens. Dort anzukommen, wird nur wenigen Druiden zuteil. Doch das heilige Wissen ist nicht nur Druiden vorbehalten. Es wird von Eingeweihten auf der ganzen Welt an die Auserwählten weitergegeben und das seit Urzeiten. Es ist das heilige Wissen, das den Weltkörper eint.«

Er holte einen tiefen Atemzug, sog die stürmische Luft, die vom Ozean her wehte, tief durch die Nase ein, ließ sie durch seinen Körper kreisen und atmete sie durch den Mund wieder aus. Sein Blick senkte sich zu Boden, und er schüttelte den Kopf.

Plötzlich begann er heftig zu zittern, sein ganzer Körper schien zu beben.

Ceili erschrak. Was war mit ihm geschehen?

Sie hielt stets den gebührenden Abstand zu ihm und hatte ihn nie berührt. Doch jetzt befand sie sich in einer misslichen Lage. Einerseits hatte sie das Bedürfnis ihn anzufassen, um zu spüren, was in ihm vorging. Andererseits riet ihr eine innere Stimme, sich zurückzuhalten. So fragte sie nur leise: »Dru, ehrwürdiger Lehrmeister, was ist los?«

Er rang um Fassung, dann brach es aus dem Druiden heraus. Er sprach von jener Nacht der Katastrophe. Die Römer erschienen aus dem Nichts und wüteten überall. Hemmungslos fielen sie über das friedliche Dorf her. Ihre Fackeln setzten die schlichten Hütten in Brand. Ihre Schwerter bedrohten, verletzten und töteten die Bewohner des Dorfes. Die wenigen Überlebenden flohen mit Hab und Gut. Beinahe gleichzeitig zerstörten die Römer die einflussreiche Druidenschule von Autricum. Ihr Vernichtungsfeldzug galt dem Wissen und den uralten Weisheiten, den Ritualen und den Mysterien der Druiden und deren Stämme. Zahlreiche Druidenleben wurden in jener Nacht in Gallien ausgelöscht und die Kultstätten genauso wie die heiligen Bäume skrupellos vernichtet und gefällt. Doch, prophezeite Dru und sein Kampfgeist kehrte zurück, es gäbe Köpfe, in denen das Geheimwissen überlebte. Und solange diese Köpfe ihr Wissen hüteten, und es an Adepten weitergaben – wie es seit einer Unendlichkeit von Sonnenkreisläufen gehandhabt wurde –, könnte keine Macht, die heiligen Weisheiten auslöschen. Er sagte, es sei an der Zeit, einen Mantel des Schweigens um die Existenz des Druidentums und der heiligen Weisheiten zu legen. Da er nach Lutetia reisen würde, hätte er seinen vorderen Kopf nicht mehr rasiert. Die Druidenrasur brächte ihm nur Spott und Unannehmlichkeiten bei den Römern ein.

Nachdem der Druide Ceili so unerwartet sein Leid ausgeschüttet hatte, verschwand er für einige Tage. Irgendwann suchte Ceili den Druiden und fand ihn allein auf einem

Grabhügel. Sie sah, dass er im Rausch war und seine Mysterien mit Anrufungen in Richtung Mond vollzog. Immer wieder entfachte er das Feuer, beobachtete den Rauch, beobachtete die Kräuter, die er in die Luft warf, suchte in der Dunkelheit des Universums. Er war verzweifelt. Es schien, als wollte er nicht wahrhaben, was er sah.

Als er am nächsten Tag zu ihrer notdürftig hergerichteten Hütte zurückkehrte, war er nüchtern und sagte: »Die Kriege, die Besatzung durch die Römer, die neue Sprache, die käufliche Lust, die massiv gegen die Verehrung der weiblichen Mysterien verstößt, all das zwingt uns zur Vorsicht. Unsere Werte, unser Wissen und unsere Traditionen verlieren an Bedeutung. Doch wir Druiden haben dem Kosmos den Schwur geleistet, seine Geheimnisse zu wahren und an Würdige weiterzugeben.«

Er hielt kurz inne, dann fuhr er mit entschlossener Stimme fort: »Wir werden unseren Schwur niemals brechen. Wie ich dir bereits gesagt habe, gibt es Menschen, die keine Druiden sind, aber sie sind dennoch auf der Suche nach der kosmischen Ordnung im irdischen Chaos. Der Römer Simon, du kennst ihn, ist einer von ihnen. Wir reisen nach Lutetia und werden ihn dort treffen.«

Dru verurteilte viele Opferriten der Vorfahren, vor allem die grausamen Menschen- und Tieropfer.

Der Druide lehnte auch den Kampf und das sich gegenseitige Bekriegen von Menschen ab.

Was Dru schützen wollte, war das heilige Wissen um die Harmonie. Sie erfüllte das Universum, den Makrokosmos. Sie war aber auch auf Erden, in Pflanzen, Tieren und im Menschen angelegt. Doch der Mensch war dabei, die ordnenden Harmonien zu zerstören. Er brachte den Kreislauf des Lebens auf dem Weltkörper in große Gefahren. Der Druide wusste, dass eine Weltveränderung dringend notwendig war. Dru gehörte zu denjenigen, die die Bedrohung nicht nur erkannten, sondern es sich zur Aufgabe machten, dagegen anzukämpfen. Dabei verlieh das universale Wissen ihm und dem Druidentum eine unantastbare Übermacht. Und von dieser weltbewegenden Überlegenheit fühlten sich die Römer bedroht.

Selbstverständlich war Dru sich bewusst, dass Ceili niemals über das heilige Wissen und die Bildung der Eingeweihten und Druiden der innersten Kreise verfügen würde. Dennoch vermittelte er der Brigantin Weisheiten, die ihr auf der gemeinsamen Reise hilfreich sein würden.

Dru entwickelte Gefühle für Ceili, die er so zuvor noch nicht gekannt hatte. Er verehrte ihren unabhängigen Geist genauso wie ihren unstillbaren Wissensdurst. Außerdem verzehrte er sich nach ihrem Körper.

Doch Dru unterdrückte seine körperlichen Bedürfnisse. Denn die Brigantin vertraute sich ihm, ihrem Anam Cara, an, und so wusste er von ihrer durch die Rituale verletzten Seele. Dru machte es sich zur Aufgabe, zu ihrer Heilung beizutragen. Außerdem empfand er es als Herausforderung, ein Leben im Verzicht zu führen. Er war bestrebt, die Kontrolle über den Verstand und den körperlichen Trieb zu behalten. Denn Simon, ihr gemeinsamer römischer Freund, hatte ihn gelehrt, die Kraft und die Ordnung nicht nur im Universum und bei den Göttern zu suchen, sondern auch in sich selbst. Es gäbe Menschen, die durch die Askese die Ordnung finden würden, wusste Simon. So etwas hatte Dru noch nie gehört. Doch zu seiner Verwunderung klang es vernünftig und einleuchtend. Seit dem grausamen Untergang seines Dorfes führte Dru das Leben eines Asketen. So verzichtete er auch darauf, Fleisch zu essen, und immer wieder fastete er über mehrere Tage. Allein in seinen Rauschmitteln suchte er Trost und fand Zuflucht, Stärkung und verschmolz mit der Unendlichkeit des Sternenhimmels.

Im Grabhügel

Eines zeigte sich für den Druiden offensichtlicher denn je: Die Zusammenkünfte der Eingeweihten durften nur noch an geheimen Kultorten vollzogen werden. Um das Geheimwissen zu hüten, waren die Eingeweihten jedoch auf die Unterstützung von Nichteingeweihten, aber Gleichgesinnten angewiesen.

Die Kultstätten waren vorhanden. Dru kannte die Sprache des Weltkörpers. So fiel es ihm nicht schwer, dem Flug der Vögel, dem Wachstum der Pflanzen und dem Plätschern der Quellen zu folgen, um einen verborgenen, zugewucherten Grabhügel ausfindig zu machen.

Alle Grabhügel waren kreisrund und hatten als Zugang das Tor Π. Es führte in den schmalen Gang, der in der Kammer mit den Nischen mündete. So glichen diese Kultstätten mit dem Gang, der in ihr Innerstes führte, dem wegen seiner Fruchtbarkeit verehrten Unterleib einer Frau.

Es hieß, die Grabhügel seien auf dem gesamten Weltkörper verteilt und hätten nicht nur ein unermessliches Alter, sondern sie seien auch mithilfe der Kräfte des Universums errichtet worden.

Mit Beschwörungen von außen und innen bereitete Dru einen geeigneten Grabhügel für den Zutritt der Gefährten vor. Es war weder das Mondfest Samhain, dessen Mysterien eigentlich für den Zutritt der Grabhügel vorgesehen waren, noch waren die Ankömmlinge Eingeweihte. Doch in jenen unsicheren Zeiten waren zum Schutz der geheimen Weisheiten manche überkommene Rituale außer Kraft gesetzt.

Es war das erste Mal, dass Ceili einen heiligen Grabhügel betrat.

Der Druide hatte sie vor der engen Finsternis des Reichs der Verstorbenen gewarnt. Jetzt wagte sie kaum zu atmen. Ihre Gefühle schwankten zwischen Furcht und Ehrfurcht vor der unfassbaren Übermacht, die von den leblosen, Schulter an Schulter stehenden Steinriesen ausging. Die Megalithe, die Hinkelsteine, flankierten den dunklen Gang und schienen sie mit den Augen der Geister der Verstorbenen zu beobachten.

Righ, sprach Ceili im Geiste vor sich hin. *Er nennt sich jetzt Righ.* Zunächst hatte sie ihn nicht erkannt, obwohl der Schein des Fackellichts auf seinem Gesicht tanzte. Da war keine Spur von seinem Reichtum mehr an ihm zu entdecken. Der Schmuck an Hals und Armen fehlte, auch trug er ein einfaches Gewand.

Immer wieder waren ihre Gedanken zu dem König der Briganten gewandert. Auch er war mit den ausschweifenden Ritualen ihres Stammes aufgewachsen und auch er war ein Verletzter, ein Suchender, ein Ausgebrochener. Und jetzt hatten sie beide den Mut dazu gehabt, das schattenhafte Dasein ihrer Vergangenheit zu verlassen. Der verwegene Aufbruch in unbekannte Welten wob ein unsichtbares Netz zwischen ihm und ihr – ja, zwischen allen hier Versammelten.

Und jetzt war jener König als Righ, gleich einer Erscheinung, durch den schmalen Gang geschritten, erreichte den bauchförmgen Raum des Grabhügels und verwirrte sie mit dem intensiven Blick, mit welchem er sie anstarrte.

Es war eine der denkwürdigsten Nächte, die Righ in seinem bisherigen Dasein erlebt hatte.

»Steh auf«, hörte Righ die leise Stimme von Marcus und fühlte, wie dieser ihn wachrüttelte. Es war irgendwann mitten in der Nacht und stockdunkel. Marcus gab ihm zu verstehen, sich leise zu verhalten. Sie ritten durch die Nacht und verließen die Insel von Lutetia über die Holzbrücke. Sie durchquerten die feuchten Sümpfe um die Stadt und erreichten den Wald. Die Bäume wuchsen dort in unermessliche Höhen. Ihre Stämme glichen Säulen, und hoch oben bildeten die Baumkronen ein dunkles Gewölbe zwischen Himmel und Erde.

»Warum benötigen die Römer Tempel, um ihren Göttern zu huldigen?«, sinnierte Righ. »Der Wald ist der Tempel unserer Naturgötter.«

Schweigend ritten sie weiter durch das Labyrinth der wild wuchernden Gehölze in die tiefe Dunkelheit des Waldes hinein. Die Natur war in nächtlichem Schlaf versunken. Keine Vögel, keine Rehe, keine Hasen waren zu hören. Allein das leise und rhythmische Stampfen der Hufe ihrer Pferde war zu vernehmen.

Irgendwann lichteten sich die Bäume, und vor ihnen tat sich eine weite hügelige Wiese auf. Am nächtlichen Himmel funkelte über ihnen ein Meer von Sternen.

Marcus und Righ ließen ihre Pferde zurück, passierten einen Graben und eine kreisrunde Umfriedung. Schlangenartig wand sich Efeu an der steinernen Mauer entlang. Sie erreichten das Tor Π, das in den Grabhügel führte.

Righ benötige einige Zeit, bis er im dämmrigen Feuerschein die einzelnen Gesichter der Anwesenden wahrgenommen hatte. Sein Herz pochte bis zum Hals, als er das Gesicht von Ceili erkannte. Seine Gefühle glichen seit einiger Zeit einem Bach, der von einem Biberdamm gestaut wurde. Sie suchten andere Wege, doch versickerten sie bald im Nichts. So versickerten auch Righs Vorstellungen von ihrer Gestalt und ihrem Geist mehr und mehr. Irgendwann konnten die bloßen Gedanken an Ceili ihre Anwesenheit nicht mehr ersetzen.

Jetzt brach der Damm – ohne Vorwarnung.

Da war er wieder, dieser magische Fluss. Da waren Ceilis körperliche Reize, die seine Sinne fluteten. Es war nicht irgendein Fluss. Es war das heilige Wasser einer Heilquelle, das ihn jetzt so erfrischend belebte. Der Schein des Fackellichts tanzte auf ihrem Gesicht, spielte munter mit ihrem rötlich schimmernden blonden Haar, und ihre strahlenden Augen funkelten ihm in der Dunkelheit entgegen. Schließlich wanderte sein Blick zu dem Band, das sich um ihren Hals schmiegte. Und dann erkannte er alles klar und deutlich, was sich seinen Augen verwehrte. Er sah das Amulett, ohne es wirklich zu sehen. Es verbarg sich unter ihrem Gewand. Es lag dort auf ihrer weichen Brust, dessen war er sich sicher. Auf dieser wunderbaren, weichen Brust, die er, damals noch der König, nie zu berühren gewagt hatte. Deren erster Anblick – damals im Rundturm – hatte sich seinem Gedächtnis eingeprägt. Die sanften Erhebungen glichen den heiligen Hainen, die tief in den Wäldern verborgen lagen. Seine Vorstellungswelt erlag nun vollständig dem Zauber ihrer verhüllten Weiblichkeit. Wann hatte sein Geist zuletzt erlaubt, dass dieser gewaltige Fluss der Erregung ungehindert durch seinen Körper strömte? Ihn aus seiner Verlorenheit zum eigentlichen Fluss des Lebens zurückführte? Er wollte ihre Sinnlichkeit spüren. Er wollte sie fühlen und berühren, ihren Geist, ihre Seele, genauso wie ihren Körper. Doch zunächst wollte er einfach nur ihre Stimme hören.

Righs Vorstellungsfluss wurde durch das Geräusch weiterer leiser Schritte, die sich durch den dunklen Gang näherten, unterbrochen.

»Simon«, hauchte Ceili überrascht.

Simon hatte sich nicht verändert. Seine braunen Augen, sein Bart, sein schön geschnittenes Gesicht, seine schlanke Statur. Er führte eine Frau an der Hand hinter sich her. Sie war hochgewachsen, gleichfalls schlank und von außergewöhnlicher Anmut. Ein Schleier von vornehmer Schönheit umgab ihr Gesicht mit den nahezu schwarzen Augen.

»Wir sind nun vollzählig«, kommentierte Marcus, der mit Righ gekommen war, die Ankunft von Simon und Ennoia.

»Beinahe«, erklang eine weitere Stimme, vom Tor II herkommend. Die überraschten Blicke der Anwesenden wanderten in die Finsternis und nahmen zunächst die bloßen Füße wahr, die sich unter dem langen, dunklen Gewand vorsichtig über den unwegsamen Boden tasteten. Nach und nach schälte sich die gesamte Gestalt aus der Dunkelheit. Unter dem Tuch, das den Kopf bedeckte, war ein hageres Gesicht zu erkennen. Der Neuankömmling brachte eine bisher nicht vorhandene Spannung in den unterirdischen Raum. Die Anwesenden musterten ihn forschend.

»Donatianus?«, fragte Simon erstaunt.

Auch Dru erkannte Donatianus, Simons seltsamen Begleiter auf dem Weg von Rom nach Britannien.

»Bruder Simon«, begrüßte Donatianus seinen Landsmann und legte beim Reden seine Zahnlücken frei. »Ich folge dir, Bruder«, erklärte er mit einem seltsamen Lächeln.

»Du kennst ihn, Simon?«, fragte Marcus, um sich zu vergewissern.

»Ja«, antwortete Simon kurz. Inwieweit kannte er Donatianus wirklich? Simon entschied sich dafür, seinen eigenen Widerwillen gegen Donatianus hintenanzustellen, zu schweigen und abzuwarten. Er drückte Ennoias Hand.

»Die Schädel sind die unvergängliche Hülle der Gehirne. Im Hirn sitzt das Wissen der Menschen, und die Eingeweihten sammeln und hüten dort die heiligen Weisheiten«, erklärte Dru und hob ehrfurchtsvoll einen der Schädel in die Höhe, den er aus einer Nische der Kammer geborgen hatte. Er fuhr fort: »Die Grabhügel sind die Hüter der Schädel. Sie ermahnen uns dazu, die seit dem Ursprung des Universums gesammelten Weisheiten der Verstorbenen, die in den Schädeln sitzen, zu ehren. Gleichzeitig sprechen die Grabhügel von der irdischen Vergänglichkeit eines jeden Einzelnen von uns. Sie behüten unsere Seelen bei ihrer Reise durch die Anderswelt, bevor sie in anderen Wesen wiedergeboren werden. Wir alle wissen, es hängt von unserem irdischen Leben ab, ob wir als kraftvolles oder schwaches, als gutes oder böses Wesen wiedergeboren werden.«

»Das heißt«, unterbrach ihn Ennoia, »wenn viele gute Menschen auf Erden leben, werden viele Wesen mit guten Seelen wiedergeboren. Aber wie sollen wir in die Köpfe der vielen Menschen, in denen das Chaos und das Böse herrscht, Ordnung bringen?«

Simon sah sie an und drückte ihre Hand.

»Du und ich ...«, begann er. Er ließ ihre Hand los und rieb sich den Bart. Seine Augen verloren sich in den züngelnden Flammen des Feuers, während er nach Worten suchte. »Für dich und für mich ...«, erneut brach er ab.

»Nein«, sagte er schließlich, »ich werde es euch anders erklären. Es gibt da etwas, das wir finden müssen.«

»Ich weiß, was du meinst«, half Ceili ihm weiter. Sie lächelte ihn vielsagend an und sagte: »Unseren Verstand.«

Es waren die ersten Worte, die Ceili sprach. Sie galten nicht ihm, stellte Righ ernüchtert fest. Auch ihr Lächeln galt nicht ihm. Es galt Simon.

Simon lachte auf. Es war ein glückliches Lachen, das er Ceili schenkte, und er erwiderte: »*Wenn du Ohren hast, dann höre! Höre mir genau zu.*«

»Ich habe dir schon immer zugehört«, antwortete Ceili, »und zwar sehr genau. Du hast meinem Geist den Willen zur Seite gegeben – und den Widerstand«, fügte sie hinzu. »Seitdem habe ich Bilder im Kopf, die meinem Dasein Sinn verleihen und mir einen außergewöhnlichen Weg aufzeigen. Ich habe Verstand.«

Wieder lächelte sie Simon an und würdigte Righ keines Blickes. »Ich kann Zeichen zu Worten zusammensetzen. Ich kann lesen. Ich bin eine Frau, eine Brigantin, eine geflohene Sklavin und kann lesen.« Ceili lachte, verwundert über ihre eigenen Fähigkeiten. »Es versammeln sich Erscheinungen in meinem Kopf, die du Wissen nennst, Simon. Wenn ich ein Mann wäre ...« Sie sprach nicht weiter.

Righ missfielen die Unterhaltung und das Lachen der beiden. Ceili kannte Simon länger als ihn. Sie war in Luguvalion eine Sklavin gewesen. Die Körper der Sklavinnen standen jederzeit wie eine tägliche Mahlzeit zur Verfügung. Hatte sie Simon etwa mehr gegeben als ihm? Hatte sie dem Römer das gegeben, was sie ihm, dem König, damals verweigert hatte? Hatte sie Simon ihren Körper überlassen? Was war er, der König, für ein Narr gewesen, sie nicht anzufassen! Warum hatte er seine Allmacht als Ri Ghrian nicht ausgespielt? Die Götter hätten ob ihrer Fruchtbarkeit frohlockt, genauso wie er. Er hatte sich nach ihrem Körper verzehrt, aber sich ihrer Widerspenstigkeit unterworfen.

Jetzt stellte er sich vor, wie die beiden sich vergnügten, wie ihre Körper miteinander verschmolzen. Sie waren Verbündete. Sie verbündeten sich gegen ihn. Sie lachten über ihn. Über ihn und seine Schwäche. In seinem Inneren vernahm er die Stimmen der bösen Geister. Sie sprachen zu ihm. Sie hielten ihm vor, was er alles aufgegeben hatte. Alles. Sie gaben Simon und Ceili die Schuld. Simon hatte ihn von seinen Pflichten und Aufgaben als König weggetrieben, genauso wie Ceili es getan hatte. Wie konnte er nur so blind sein. Hätte er nur auf den Druiden seines Stammes gehört. Plötzlich waren da nur noch die Geister. Sie isolierten ihn von den anderen. Plötzlich erschien ihm Marcus fremd, wie alle anderen auch. Er wähnte sich auf dem falschen Weg. Wütend raufte er sich die Haare. Er konnte nicht mehr ruhig sitzen. Er spürte, wie der harte Fels, sich in seine Haut grub. Sein Mund trocknete aus. Er nahm weitere Schlucke vom Rauschgetränk des Druiden zu sich und stand auf. Er rang mit sich um Beherrschung. Er wollte Simon packen, schlagen, vernichten, ihn für sein zerstörtes Dasein zur Rechenschaft ziehen. Er gab den beiden die Schuld für sein Leben als Fliehender, als Feigling. Er war kein Krieger mehr, dachte er verzweifelt. Er war vor seinen Verpflichtungen als König geflohen, vor seinem eigenen Versagen. Die bösen Geister ergriffen seine Gedanken und formten sie zu bösen Hirngespinsten. Die Enge des Grabhügels drohte seinen Schädel zu zerdrücken.

»Was ist mit dir, Righ?«, fragte Marcus, dem das seltsame Verhalten des Freundes auffiel.

Righ stand wortlos auf und lief kopflos an Ceili vorbei. Verzweiflung peinigte ihn. Die Vision, die ihn mit den anderen verband, zerplatzte wie eine Seifenblase. Sein innerer Kosmos zerfiel zu Sternenstaub, und Weltschmerz flutete sein Inneres.

Die guten Geister, die ihn bei Ceilis überraschendem Anblick in den Kosmos der Harmonie gehoben hatten, wurden jetzt von den bösen Geistern genauso unerwartet angegriffen. Die bösen Geister fielen erneut über ihn her und zerrten ihn zurück in die Tiefen des Chaos.

Es war Simon, der ihm folgte, der ihn in der Dunkelheit suchte, und ihn nackt in der heiligen Quelle stehend fand. Righ sprach mit den Göttern oder mit den Geistern oder mit den Nymphen. Alle schwirrten durch sein Hirn. Alle bemächtigten sich seiner Vorstellungen. Und dann erschien Simon, der die Zusammenkunft der Geisterwesen in seinem Hirn heraufbeschworen hatte. Die bösen und die guten Geister rangen miteinander. Righ rieb sich die zusammengekniffenen Augen und hielt sie sich schließlich zu. Er wolle Simon nicht sehen, schrie er.

Der Römer nahm das am Boden liegende Gewand des Briganten, der am ganzen Leib zitterte, und legte es ihm über die Schultern.

Righ schüttelte es gereizt ab. Er wolle das Wasser der Quelle, das kühle Zupfen der Nymphen und den kalten Hauch der Luftgeister auf der Haut spüren. Sie waren es, die die bösen Geister vertrieben. Aber der Römer könne das ja nicht verstehen.

Simon setzte sich neben ihn auf einen Stein und schwieg. Allein das Plätschern der Quelle war zu hören. Irgendwann, Righ stand immer noch nackt in der Quelle, begann der Römer mit ruhiger Stimme zu sprechen.

»Vielleicht ist es nicht so schwer, wie wir es uns vorstellen, die Ordnung herzustellen. Derjenige, der die Welt geschaffen hat, hat ziemlich gute Arbeit geleistet. Die Pflanzen, die Tiere, wir Menschen – die gesamte Natur ist voller Harmonie und Schönheit. Schau uns an«, sagte er und hob seine Arme. »Wir Menschen sind symmetrisch geschaffen: zwei Arme, zwei

Hände, zwei Beine, zwei Füße, zwei Augen, zwei Ohren. Aber vielleicht fehlt uns ja dennoch ein Teil … Hörst du mir zu, Righ?«, suchte er die Aufmerksamkeit des Briganten zu erlangen. Er stand auf, zog sich gleichfalls das Gewand und die Riemenschuhe aus, stieg ebenfalls nackt in die kalte Quelle und legte Righ vorsichtig die Hand auf die bloße Schulter: »Hör mir zu, Bruder, es ist wichtig, was ich dir jetzt sage.«

Righ schwieg. Doch Simon war sich sicher, dass er ihm zuhören würde.

»Vielleicht waren wir Menschen einst so beschaffen, dass wir vier Beine und vier Arme hatten und im Zentrum eine Seele. Und dann wurden wir auseinandergeschnitten und unsere Seele wurde halbiert. Und jetzt suchen wir die andere Hälfte, und wenn wir sie finden, vereinen sich unsere Körper. Wir erreichen die Ekstase und katapultieren uns ins Universum. Dann sind unsere Seelen wieder vollkommen. Das Wichtige ist aber, dass sich nicht nur die Körper von Mann und Frau vereinigen, sondern auch ihre Seelen. Das nennen wir Liebe. Und weißt du, was Liebe ist? Ich sage es dir: Liebe freut sich an der Wahrheit. Sie erträgt alles. Sie glaubt alles. Sie hofft alles. Sie duldet alles. Ohne die Liebe sind wir nichts. Was ich dir als Nächstes sage, Righ, wird dir helfen, wieder zu dir zu kommen. Hör mir zu, Bruder!« Wieder legt er ihm beruhigend die Hand auf die Schulter. »Ich habe meine andere Hälfte gefunden.«

Simon fühlte, wie Righs Körper sich in der Dunkelheit verkrampfte. Wie er seine Fäuste ballte. Wie er nach den Steinen im kalten Quellwasser trat, als trügen sie die Schuld an seinem Leid.

»Ennoia ist meine andere Hälfte. Es ist Ennoia. Sie weiß es, und ich weiß es. Wir lieben uns. Wir gehören zusammen.«

»… Ceili?«, fragte Righ zögerlich, »was ist mit Ceili?«

»Ceili war in Luguvalion meine Schülerin, und ich war ihr Schüler. Sie hat mir viel über eure Pflanzen und Heilkräuter gelehrt. Daher rieche ich, was du zu dir genommen hast. Die Wirkung wird bald nachlassen.«

Die Harmonie

Jeder von ihnen brachte die überlieferten Rituale seiner eigenen Herkunft mit. Dabei war ihre Vision von der neuen Welt damit verbunden, sich von Riten und Gebräuchen zu lösen, die mit Gewalt verbunden waren und Menschen oder Tieren Leid zufügten. Denn die Suche nach dem Gleichklang und das Hüten der Harmonie, die jedes Leben barg, gehörte ja zur Vision. So mischten sie die Beschwörungen, Tänze und Gesänge ihrer jeweiligen Traditionen miteinander, und daraus ergaben sich neue Singlaute, die mit harmonischen Klängen untermalt wurden.

Wie immer war es Dru, der mit seinen universalen Kenntnissen ihre unterschiedlichen Stimmlagen mit Harmonien, die aus der Ordnung des Universums stammten, zusammenführte. Auch verteilte er die selbst hergestellten Instrumente. Er selbst spielte meist die Lyra und zeigte Marcus, wie dieser die Hornflöte blasen sollte. Er gab Ceili das bronzene Trinkgefäß, das er ebenfalls selbst gefertigt und verziert hatte. Mit einem Knüppel sollte sie darauf schlagen und damit einen bestimmten Rhythmus vorgeben. So tanzten und sangen sie ausgelassen in ihren hellen Gewändern, die alle trugen bis auf Donatianus. Er sang und tanzte nicht und entfernte sich, wenn Dru das Räucherwerk entzündete und seine Mysterien vollzog.

Denn allein Dru blieb der Hüter der heiligen Weisheiten und allein er hatte das tiefgründige Wissen, die Kräfte zwischen Makrokosmos und Mikrokosmos zu beeinflussen, wozu auch ihre Musik und ihr Gesang beitrugen. Während der regelmäßigen nächtlichen Treffen in und um den Grabhügel verfestigten sich die Rituale, die schließlich immer mit einem Mahl aus Brot und rotem Wein endeten, an dem auch Donatianus teilnahm.

Ihre neu ersonnenen Rituale wurden mit jeder Wiederholung wirkungsvoller. Und während der Weltkörper von Kriegen und Kämpfen beherrscht wurde, vereinigten sich ihre harmonischen Energien mehr und mehr, sodass Sicherheit und das Gefühl der Zusammengehörigkeit in unseren Helden stetig wuchsen.

In der Nacht vor dem Aufbruch zu ihrer gemeinsamen Reise lag jeder von ihnen rastlos auf seinem Lager. Was würde auf sie zukommen?

Wir müssen auf unserer Reise Würdige finden, die auch in Zukunft die heiligen Geheimnisse hüten. Denn das heilige Wissen kündet von der Ordnung, die das Universum vorgibt und die im Weltkörper angelegt ist. Der Weltkörper stellt beides bereit: die Ordnung und die Würdigen. Wir müssen beide erkennen und erforschen.
Simon und Ennoia lagen auf ihrem gemeinsamen Lager und berieten über diese Worte, mit denen sich Dru bis zu ihrem gemeinsamen Aufbruch in den frühen Morgenstunden verabschiedet hatte. Simon erläuterte Ennoia, dass sie auf das X achten müssten. Denn das X würde sie auf dem gesamten Weltkörper mit denjenigen Menschen verbinden, die gleichfalls auf der Suche nach der darin verborgenen Botschaft seien. Diese Botschaft würde zwar große Gefahren bergen, aber ihnen dabei helfen, ihrer Vision von der Ordnung und der Harmonie auf Erden näherzukommen. Daher wäre die Entschlüsselung des X von größter Bedeutung.

Auch Marcus dachte an das X, das Platon als Zeichen des Vermittelns zwischen dem Guten und dem Bösen einsetzte. Aber es enthielt ja auch ein weltbewegendes Geheimnis. Würden sie es auf ihrer Reise enthüllen?

Ceili dachte an den Wald mit seinen Pflanzen und Tieren. Es war eine Welt des Gleichklangs, des Werdens und Vergehens, in der sie aufgewachsen war. Dann jedoch, als sie weg von Veleda, in die Obhut anderer Menschen kam, war ihr Leben aus dem Gleichgewicht geraten. Und jetzt? Jetzt war sie auf der

Flucht vor den Fruchtbarkeitsritualen und ihrem Dasein als römische Sklavin. Sie war auf dem Weg zum See der Fruchtbarkeit, zum heiligen See der erhabenen Göttin Brigantia, zum Nabel des Weltkörpers. Würde sie dort ihre Welt des Gleichklangs wiederfinden?

Righ freute sich auf die Reise mit Ceili, um mit ihr gemeinsam einen Beitrag zur Heilung des Weltkörpers zu leisten. Seine Gedanken kreisten meistens um sie. Auch jetzt hatte er ihr Bild vor Augen. Seine Gefühlswelt war stets hin- und hergerissen zwischen Verehrung, Zweifel und Leidenschaft. Ceilis Geister und seine Geister kämpften in seinem Gehirn unentwegt mit- oder gegeneinander, bis sie wieder dieses heftige Verlangen nach einander überkam. Nach und nach wurde ihm bewusst, dass sie in seinen Vorstellungen stets geschmückt war, geschmückt für die Fruchtbarkeitsrituale ...

So übermannte ihn schließlich der Zweifel, und die Unsicherheit kehrte zurück.

Damals, vor einer unendlich langen Zeit, so schien es ihm, war sein Geist von den Ritualen und Sitten seines Klans beherrscht worden. Er hatte das Kämpfen und das Töten zum Überleben gelernt. Er hatte gelernt, stets furchtlos und mutig zu sein. Er hatte gelernt, dass der Tod, der Übertritt in die Anderswelt, nur eine Durchgangsstation war, dass seine Seele, genauso wie die seiner Kinder, als Vogel, Hund oder welches Wesen auch immer wiedergeboren wurde. Das nahm ihm und seinem Stamm, ja ihrem Volk, die Angst vor dem Tod.

Seit Ceili in seiner Nähe war, fühlte er sich endlich wieder stark und kampfbereit wie damals. Doch kampfbereit hatte jetzt eine andere Bedeutung. Es bedeutete nicht kämpfen, um zu töten, um Menschen in die Anderswelt zu befördern, sondern kämpfen, um zu leben, um miteinander zu leben, um mit Ceili zu leben. Plötzlich fühlte er sich nicht nur stark und furchtlos, sondern auch frei – frei für die Reise und die Suche nach dem geheimnisvollen X.

Nur Donatianus teilte die Interessen seiner Gefährten nicht. Er wollte lediglich zurück nach Rom, dabei den Lehren des Petrus folgen, um schließlich ins Paradies zu kommen.

Die Eingeweihte

Gemeinsam verließen sie Lutetia. Ziel der Wanderschaft war die Mitte des Weltkörpers, das Zentrum der Fruchtbarkeit. Die Sonne zeigte ihnen die Zeit. Die Sterne und die Flüsse wiesen ihnen den Weg zu den Quellen und Kultstätten der Ahnen.

Die wandernden Visionäre wurden auf ihren Wegen in den Dörfern der Kelten mit viel Gastfreundschaft aufgenommen. Die keltischen Stämme sprachen eine europäische Sprache, deren Wortbildungen zwar variierten, aber beim genauen Hinhören verständlich waren. Die Worte und Sätze glichen denen von Ceili und Righ aus Britannien, sie glichen denen von Dru, dem gallischen Druiden, und denen von Marcus, dem keltisch-römischen Bibliothecarius aus Lutetia. Simon und Donatianus sprachen die römische Sprache. Ennoia hingegen schien alle und keine Sprachen zu sprechen. Die gemeinsame Sprache aller war Latein. Nach dem allabendlichen Ritual mit Beschwörungen, Musik, Tanz und Mahl unter dem Sternenhimmel erzählten sie sich nächtelang die Mythen und Heldensagen ihrer Ahnen. Das Rauchen der Kräuter inspirierte dabei die Vorstellungskraft sowohl der Erzähler als auch der Zuhörer.

Sie befanden sich nun am Rhein in der Nähe von Argentoratum, wo später die Kathedrale von Straßburg errichtet werden sollte. Sie waren den ganzen Tag gewandert und hatten am Fluss ihr Nachtlager aufgeschlagen, ihre Rituale vollzogen und das gemeinsame abendliche Mahl eingenommen. Das Rau-schen des Pater Rhenus, wie sie den Rhein nannten, untermalte ihre anschließende Diskussion, und die umliegenden Büsche und Bäume boten ihnen Schutz. So schien es zumindest.

»Es ist Isis, die ihren Sohn Horus auf dem Schoß hält, und der Gott Osiris ist der Vater. Es ist auch bei den Ägyptern die Dreiheit, die immer wieder von Bedeutung ist. Vater, Mutter, Sohn«, resümierte Marcus ihr abendliches Gespräch über die Götter und das Menschsein.

»Allein die Tochter fehlt. Warum ist es keine Vierheit?«, stellte Ennoia zur Frage.

»Neiiin!«, meldete sich plötzlich Donatianus aus dem dunklen Gebüsch, in das er sich verkrochen hatte, zu Wort.

Donatianus blieb ein Sonderling. Er nahm weiterhin nur am Ritual des abendlichen Mahls teil und behielt stets sein dunkles Gewand an. Immer wieder sonderte er sich von ihnen ab. Da jeder frei war zu kommen und zu gehen, überließen sie ihn sich selbst.

Donatianus' finsterer Blick verdunkelte sich stets noch mehr, wenn er Ceili oder Ennoia ansah.

»Die Frau gehört nicht dazu.«

Ennoias Frage hatte ihn wütend gestimmt.

»Die Kirche und Petrus lehren Vater, Sohn und Heiliger Geist. Das ist die Dreiheit. Die Trinität. Da ist keine Rede von der Mutter und schon gar nicht von der Tochter! – Eva«, sagte er aufgebracht und verschluckte sich vor Eifer und Geifer, »ließ sich von der Schlange verführen, nicht Adam. Das Weib ließ sich verführen, nicht der Mann. Eva hat die Gebote Gottes übertreten, nicht Adam! – Das Weib«, seine Stimme überschlug sich jetzt, »ist für das Böse auf Erden verantwortlich, nicht der Mann. Eine Frau«, schrie er unbeirrt weiter, »soll sich still verhalten und in voller Unterordnung belehren lassen, so sagt es Petrus. Das Weib …«, seine verbitterten Augen blickten ins Leere, »… kann nur dadurch gerettet werden, dass es Kinder unter Schmerzen gebärt. Das ist seine alleinige Aufgabe.«

Ennoias Gesichtsausdruck veränderte sich. Ihre vornehme Ernsthaftigkeit verschwand, und ihre dunklen Augen verengten sich angriffslustig, während sie entgegnete: »Sind Männer wie du neidisch auf unsere weiblichen Gedanken, auf unser Mitgefühl, auf unsere Fruchtbarkeit, unsere Mütterlichkeit? Warum sperrt ihr unsere Gedanken ein? Warum verbietet ihr uns zu reden? Warum verbietet ihr uns, unsere Meinung laut kundzutun? Warum verbietet ihr uns, unsere Gedanken unter den Menschen, seien es Frauen oder Männer, zu verbreiten? Warum verbietet ihr uns zu schreiben, zu lesen und zu lernen? Uns Wissen anzueignen? Männer wie du sind es, die unseren weiblichen Körper zu einem Gefängnis unserer Gedanken und Gefühle machen. Unsere Würde wird von euch mit Füßen getreten. Du folgst dem Boten Petrus?« Wütend funkelte sie ihn an.

Donatianus lachte und prophezeite dann mit düsterer Miene: »Ja, und ihr alle werdet euch wundern, denn eines Tages wird die Ecclesia auf Petrus, der dem Felsen gleicht, errichtet werden. Ihr werdet schon sehen.«

»Mag sein, dass solche Annahmen in Rom kursieren«, erwiderte Simon, um Ruhe bemüht, »und sie behaupten, Chi Rho wäre es gewesen, der das zu Petrus gesagt hat. Doch niemand kann das beweisen. – Außerdem, was ist die Ecclesia? Was können wir uns darunter vorstellen?«

»Du redest von Petrus, Donatianus?«, ergriff Ennoia erneut das Wort. »Du kennst die Geschichte seiner Tochter, Donatianus? Du kennst das böse Spiel, das er mit seiner Tochter trieb?«

Zwei Fackeln erloschen. Es wurde dunkler und kühler. Doch die Gemüter der Reisenden waren so aufgeheizt wie selten. Alle Stimmen verstummten, und jeder wartete gespannt darauf, was Ennoia zu berichten hatte.

»Petrus hatte das Wissen, Kranke zu heilen. Aber er vernachlässigte sein eigenes Fleisch und Blut. Petrus hatte eine gelähmte Tochter. Ein Mann begehrte sie und nahm sie zur Frau. Als der Gemahl feststellte, dass sie sich nicht so bewegen konnte, wie er es sich wünschte, brachte er sie zu ihrem Vater zurück, und Petrus ließ sie verkümmern. Warum macht ein Vater so etwas? Warum hilft er seiner Tochter nicht? Und … jetzt hört genau zu«, sagte sie verheißungsvoll, »… es bedurfte einer Frau, über dieses erbärmliche Verhalten von Petrus zu berichten. Es bedurfte der geheimen Botschaft der Maria, darüber zu berichten, der *geheimen* Botschaft«, betonte sie und drückte Simons Hand.

»Maria ist die einzige Frau, von der bekannt ist, dass sie eine Botschaft über Chi Rho hinterlassen hat. Warum ist das so? Weil Frauen nie das Schreiben und Lesen lernen durften! Weil das nur Männern vorbehalten ist! Warum?«

Ennoia schluckte. Dann veränderte sich ihr angespannter Ausdruck. Ihre Züge wurden weich, ja liebevoll, als sie Simon anblickte und dabei sagte: »Er bringt es mir bei.«

Donatianus ließ sich von Ennoia nicht beirren. Er ignorierte sie und überging ihre Worte, doch sah er im Dunkeln die ineinandergreifenden Hände von Simon und Ennoia. Seine Verbitterung verwandelte sich in geheucheltes Mitleid.

»Simon, Simon«, seufzte er und schüttelte den Kopf, »du Versager, du Irrläufer, lässt dich verführen, vom rechten Weg abbringen, nimmst dir einen bösen Fluch zum Weib, eine Verräterin, eine Eva. Du Unbelehrbarer. Du wirst selbst zum …, zum … Häretiker.«

Jetzt brannte nur noch die kleine Flamme einer Fackel. Der Rauch und die Stille im finsteren Wald waren erdrückend.

Die Blicke wanderten abwechselnd von Ennoia zu Donatianus. Sein Gesicht war nicht zu sehen. Es verschwamm in der Dunkelheit mit dem Tuch über seinem Kopf.

»Was ist ein Häretiker?«, fragte Ceili, und die Antwort blieb aus.

Marcus erhob sich, nahm den noch glühenden Feuerstab und entzündete damit erneut die Fackeln. Er zog die Augenbrauen hoch und fragte ernst: »Glaubst du wirklich, Donatianus, dass die Frauen für alles Böse verantwortlich sind? Dass ihnen alle Schuld zuzuschieben ist?«

Donatianus schwieg feindselig.

»Vielleicht«, fuhr Marcus fort und blickte, während er sprach, zu Simon und Ennoia, die sich weiterhin an den Händen hielten, »vielleicht sollte auch jeder Eingeweihte eine Frau an seiner Seite haben, die er in die Mysterien einweiht. Und umgekehrt auch. Eine Frau und ein Mann, das Weibliche und das Männliche, die Fruchtbarkeit und der Samen, die einzige Verbindung, die in der Lage ist, das menschliche Leben fortzusetzen ... Eine Vereinigung von Körper *und* Seele.«

»Maria war eine Denkerin«, ergriff Ennoia erneut das Wort, während sie ihren Kopf hob und sich dabei weiter aufrichtete. »Davon zeugen ihre *geheimen* Botschaften. Manche sagen, sie war, bevor sie Chi Rho traf, eine Prostituierte, die von bösen Geistern besessen war, und Chi Rho hat sie gerettet ... und geliebt ... Er erkannte ihren Verstand. – Wenn andere Männer den weiblichen Verstand grundlos einkerkern, ist es da ein Wunder, dass die bösen Geister das schamlos ausnutzen?«

»Wer ist diese Maria, und was weißt du über diesen seltsamen Chi Rho?«, fragte Ceili gespannt, nachdem der Name zum wiederholten Mal gefallen war.

»Es gibt diese Schrift über Maria mit den geheimen Botschaften. Es heißt darin, Maria stamme aus Magdala. Chi Rho liebte sie mehr als alle anderen, die ihm nachfolgten.« Ennoias Augen glänzten, als sie Simons Blick suchten.

»War er gut zu ihr?«, fragte Ceili.

»Chi Rhos Schüler Philippus behauptete, er küsste sie oft. Und es heißt in einer weiteren geheimen Schrift, der *Pistis Sophia*, Maria überragte mit ihrem Verstand alle Eingeweihten und war in die Mysterien des Unaussprechlichen eingeweiht. Man stelle sich vor, eine Frau! Was für ein Gedanke! Was für ein Aufruhr! Was für ein Aufbruch! Was für eine Zukunft ... Was für eine Vision!«, begeisterte sich Ennoia mehr und mehr.

»Eine Frau ...? Eine Priesterin ...? Eine Druidin ...? Eine Göttin?«, überlegte Ceili gleichermaßen fasziniert.

»Sie war auch eine Philosophin. *Sie* hat die kryptischen Botschaften von Chi Rho verstanden. Die Botschaften, die *wir* zu

94

enträtseln suchen. Sie war ein Mensch. Eine Frau. Sie war keine Göttin«, erklärte Ennoia.

»Ja!«, bestätige Simon. »Sie war überaus klug. – Und … Chi Rho hat erkannt, was Liebe für das Menschsein bedeutet.« Er drückte Ennoias Hand.

»Liebe ist das Wiederfinden der verloren gegangenen Hälfte zur Wiederherstellung der ursprünglichen Vollkommenheit«, ergänzte Marcus mit erhobenem Zeigefinger, »genauso sagt es Platon.«

»Euer Chi Rho hat eine Frau in die Mysterien eingeweiht?«, fragte Ceili bewundernd und fügte hinzu: »In der Welt der Männer, in der er aufgewachsen ist? Eine Frau! Wie viel Mut, wie viel Offenheit, wie viel Weitblick hatte der Mann mit dem Namen Chi Rho? Was weißt du noch über ihn und Maria, Ennoia?«

»Er wollte die Welt verändern«, sagte Ennoia. »Das, was wir auch wollen.«

»Lügnerin! Verirrte!«, schallte die krächzende Stimme von Donatianus aus seinem dunklen Gebüsch.

»Du gehörst nicht in unseren Kreis!« Ennoia war außer sich, sprang auf, lief zu Donatianus und schlug ihn ins Gesicht.

Zunächst war er starr vor Erstaunen. Dann fasste er sich an die Wange und begann zu lachen. Er lachte aus vollem Hals. Er schüttelte sich vor Lachen und lief dabei Schritt für Schritt rückwärts. Schließlich hielt er die Hände vors Gesicht. Das Lachen hätte genauso ein Weinen sein können. Er entfernte sich mehr und mehr von ihnen und verschwand schließlich in der Finsternis des Waldes.

Die Angst

Kurz nachdem Donatianus im Wald verschwunden war, sprangen dunkle Gestalten aus den Büschen. Mit lautem Gebrüll stürzten sie sich auf die Gefährten. Mit ihrem Wildwuchs an

Haaren und Bärten, ihren hervorgetretenen Augen erschienen sie im züngelnden Schein des Feuers wie Ausgeburten des Bösen. Ihr Geruch glich dem von Bestien, genauso wie ihr Verhalten. Ein heftiger Schmerz durchzuckte Ceilis Schulter, und ein weiterer Schlag ließ sie zu Boden gehen. Eine Pranke griff nach ihr, riss an der schmerzenden Schulter, drehte ihren Körper mit Gewalt auf den Rücken, kniete auf ihre gegen den Boden gepressten Arme. Ein weiterer Wilder spreizte ihre Beine, zog seine Lumpen hoch und reckte ihr seine Männlichkeit entgegen. Während sie würgte, begann das kampfbereite Blut ihrer Vorfahren in ihr zu kochen. Ihr Geist und ihr Körper begannen zu brodeln wie der von göttlichen Kräften gespeiste Zaubertrank des Druiden. Die Brigantin, die Kämpferin, in ihr brach durch. Sie schöpfte aus der Kunst der Verteidigung im Kampf, die sie bei ihrem Stamm gelernt hatte. Jetzt ließ sie sich von den Eingebungen der Naturgötter anfeuern: Pater Rhenus schrie ihr Mut zu. Das Feuer zischte unbeherrscht. Der Windstoß trieb sie unermüdlich an, und die Erde gab ihr den Halt, den sie suchte, als sich ihre unbändige Wut entlud. Jetzt war sie es, die zur Bestie wurde. Aus tiefster Seele entfuhr ihr ein wilder Kampfschrei. Gleichzeitig bäumte sie sich voller Zorn gegen die Angreifer auf. Ihre Zähne gruben sich in das Fleisch der Gegner wie die Fänge eines Raubtieres in die zappelnde Beute. Sie trat und schlug gezielt um sich und kam wieder auf die Beine.

Da ist mein Verstand! Der Gedanke kam aus dem Nichts und bemächtigte sich ihrer Sinne. Sie verstummte mit offenem Mund, zog die Krallen ein, ließ sich fallen und stellte sich tot. Einfach tot. Unbeweglich und tot. Leblos. Mit einem letzten lauten Schrei ließen die verblüfften Wilden von ihr ab, und ihr Körper war befreit. Durch einen kleinen Spalt zwischen ihren Augenlidern sah sie Dru mit einer Fackel in jeder Hand. Die Flamme loderte bedrohlich. Sie leckte an den lumpigen Gewändern der Angreifer und steckte sie in Brand. Panisch rannten sie in Richtung Pater Rhenus. Ihre Schreie verebbten im Rauschen des Flusses.

Dru stand mit den brennenden Fackeln beschwörend am Feuer. Sein Gesicht war so weiß wie sein Bart, und seine Gedanken schienen in weiter Ferne.

Righs Gesicht war blutig, aber Erleichterung zeichnete sich darauf ab, als er Ceili entgegenlief.

Marcus hielt sich den Arm. Blut rann zwischen seinen Fingern.

Wo waren Simon und Ennoia? Mit dem Rauschen des Pater Rhenus vermischte sich lautes Rufen aus der Ferne. Schließlich hörten sie Schreie. Schreie der Verzweiflung.

»Immer sind es die Weiber, die Unglück bringen«, krächzte Donatianus, der mit seiner dunklen Kapuze über dem Kopf aus dem Wald auftauchte. Seine Stimme klang seltsam, wie aus weiter Ferne.

»Halt den Mund, Donatianus!«, sagte Righ und zu den anderen gewandt: »Simon, das ist Simon, der schreit.«

»Ein Weib weniger in meiner Nähe«, murmelte Donatianus.

Simon tauchte allein auf und war verzweifelt. Zusammen suchten sie die verbleibende Nacht hindurch Ennoia. Wo war sie? Hatte sie sich auf der Flucht vor den Angreifern im Wald verirrt?

Bei zunehmendem Tageslicht wuschen sie sich schließlich gegenseitig die Wunden mit dem heilenden Wasser des Rheins. Als Dru Marcus' Arm untersuchen wollte, wehrte der Bibliothecarius ab.

»Ohne sie bin ich verloren«, erklärte Simon mit tonloser Stimme. »Auch sie war einst ein verlorenes Lamm wie du Ceili. Jetzt hat sie Hoffnungen. Das Leben hat für sie erst begonnen.«

Alle Gesichter waren bleich an jenem Morgen. Doch keiner hatte bemerkt, wie fahl das Gesicht von Donatianus war. Sein Gesicht war so weiß wie der Vollmond am Himmel, der seinen Weg durch den Nebel suchte. Donatianus sah gespenstisch aus.

»Das ist der göttliche Weg. Ich wusste es«, murmelte er vor sich hin. »Ich wusste es. Sie ist das Böse, die Verführung, die Schlange. Das Weib. Ich habe sie gesehen.«

»Wen hast du gesehen?«, fragte Simon erstarrt.

»Sie.«

»Wen sie? Ennoia?«

Donatianus nickte.

»Was redest du, Donatianus? Wo hast du sie gesehen?«, fragte Marcus, immer noch seinen Arm haltend.

Donatianus' Blick verfinsterte sich weiter. Er hüllte sich in Schweigen. War er im Rausch? Hatte er Drus Kräuter geraucht? Schließlich sagte er, ohne einen von ihnen anzusehen: »Auf dem Hain, mitten im Wald, zwischen den Bäumen …«

»Wenn du sie dort gesehen hast«, schrie Simon verzweifelt, »warum hast du sie nicht hergebracht?«

Donatianus' Augen weiteten sich.

»Ich fasse sie nicht an … Ich fasse kein Weib an. Sie haben sie …, sie ist dort …, wo sie hingehört.«

Simon packte Donatianus am Kragen.

»Führ uns sofort zu ihr!«

Doch Donatianus blieb stur. »Ich geh da nicht mehr hin!«

Dru suchte den Himmel nach Vögeln ab, um aus ihren Flügen Hinweise auf die umliegenden Haine zu erhalten. Dabei sagte er: »Es liegt in deinen Händen, Donatianus. Du bist es, der das Leben von Ennoia retten kann. Führe uns zu ihr. Es ist deine Pflicht. Du kennst unsere Vision. Leiste auch du deinen Beitrag dazu!« Drus Stimme klang beschwörend. »Denke an deine Seele. Denke an das Gute in dir, an die Harmonie …«

»Du bist ein Heide«, entgegnete Donatianus und wandte sich feindselig von Dru ab.

»Es ist unwichtig, ob ich ein Druide oder ein Heide bin. Wichtig allein ist, dass *du* uns zu Ennoia führst. *Du* bist der Einzige, der uns den Weg zu ihr zeigen kann. Petrus hat *dir* den Schlüssel gegeben …« Dru suchte danach, Donatianus mit dessen eigenen Argumenten zu überzeugen. Doch es erwies sich als aussichtslos, mit Donatianus zu verhandeln, denn der antwortete und lachte dabei verbittert: »Petrus hat mir den Schlüssel gegeben, um die Tore zur Unterwelt abzuschließen und um die Frauen darin einzuschließen.«

»Hilf mir, Donatianus, bitte! Wenn du nicht aussprechen kannst, wo sie ist, erkläre es mir in Bildern, Bruder!«, bat Simon, verzweifelt darum bemüht, seine Fassung zu bewahren.

Donatianus blickte zu Simon. Seine Augen verloren für die Dauer von mehreren Herzschlägen den Funken Misstrauen, der stets in ihnen glomm. Hatte Simon ihn tatsächlich *Bruder* genannt? Auch seine Gesichtszüge wurden plötzlich erstaunlich weich, während er überlegte. Doch dann war er wieder der Alte und schrie wütend: »In Bildern? Nein, diesen Gefallen tu ich dir nicht, Simon. Du wirst mich nicht in deine Geheimnistuerei verwickeln, in diese verwirrenden Zeichen der Finsternis. Eure Seelen haben sich im höllischen Labyrinth des Teufels verirrt. Wie lange beobachte ich euer Treiben schon? Eingeweihte, Initiierte nennt ihr eure Priester, denen ihr euch hingebungsvoll unterwerft. Wer seid ihr überhaupt? Wer oder was verbirgt sich hinter euren Masken? Heuchler!« Er spuckte vor ihnen auf den Boden.

Dru schüttelte nur den Kopf. Er rang um seine Beherrschung und beschwor die Welt mit Worten, die keiner verstand. Er verfiel in ein Ritual, mit dem er sich zu beruhigen suchte. Es half ihm, zu sich selbst zu finden und die Verbindung zu den heiligen Weisheiten seiner Lehrmeister herzustellen. Sein Blick schweifte erneut zum Himmel, um den Flug eines Milans zu beobachten, der über dem Rhein schwebte. Der plötzliche Sinkflug des Vogels lenkte die Aufmerksamkeit des Druiden auf Marcus. Der Bibliothecarius kauerte mit schmerzverzerrtem Gesicht am Boden und hielt sich den inzwischen heftig angeschwollenen blutunterlaufenen Oberarm. Dru erkannte die gebotene Dringlichkeit, griff nach seiner Sichel, hielt sie ins Feuer, rieb sie anschließend mit Kräutern ein und setzte sie zum Schnitt an Marcus' Arm an.

»Haltet ihn fest«, war seine Anweisung. Simon und Righ hielten und beruhigten den zuckenden Marcus, während Ceili ihm einen Lumpen zwischen die Zähne presste. Mit geübten Händen schnitt Dru mit seiner Sichel die hölzerne Lanzenspitze heraus. Anschließend reinigte Ceili die Wunde mit dem Wasser von Pater Rhenus, legte Heilkräuter auf und verband sie.

Donatianus, der tatenlos zugesehen hatte, nahm die Dankbarkeit wahr, die Marcus dem Druiden, Simon, Ceili und Righ entgegenbrachte. Diese Menschen verwirrten Donatianus in seinem Glauben an Petrus. Es schien beinahe, als würde er seine Anschuldigungen bereuen. Er holte tief Luft, überlegte und sagte dann mit einem undurchsichtigen Lächeln: »Komm mit. Ich zeige dir, was du sehen möchtest, Simon!«

Donatianus führte sie durch das Labyrinth des Waldes. Die Dämmerung brach schon herein, als sie schließlich in der Ferne wildes Geschrei und Gejohle, das den Wald durchdrang, hörten.

»Ist es das, was ihr sehen wollt?«, fragte Donatianus mit verächtlichem Gesichtsausdruck und deutete auf die Lichtung vor ihnen.

Ceili hatte als Brigantin viele Stammesrituale erlebt. Manche waren belebend, manche waren erträglich, andere waren schmerzhaft – für Leib und Seele. Die schmerzenden Rituale waren ein Grund für ihre Flucht aus Britannien. Nie hatte sie erfahren, was mit ihren Kindern und mit den anderen Mondkindern geschah. Veleda hatte Ceili selbst stets als Mondkind bezeichnet. Doch alle weiteren Fragen zu Ceilis Herkunft oder zum Schicksal von Mondkindern hatte die Seherin unbeantwortet gelassen. Wurden sie wirklich geopfert? Oder wurden sie edlen Stammesfrauen, denen die Götter eigene Früchte verwehrten, als Entschädigung übergeben? Zuweilen gab es solche Gerüchte.

Doch was Ceili jetzt durch die Äste, Zweige und Blätter hindurch sah, war schwärzer als die Nacht, die inzwischen hereinbrach.

Waren es Tische? Waren es Götzenbilder? Oder waren es die Schatten der Bäume? Alles schien in der Dunkelheit wirklich und unwirklich zugleich. Die Wolke zog weiter, der Vollmond zeigte sich und beleuchtete schlichte Tische. Das waren keine gewöhnlichen Tische, schoss es Ceili durch den Kopf. Das waren Opferaltäre. Und da lagen keine Tiere, sondern Menschen darauf. Ihr Schrei erstickte in Drus Hand über ihrem Mund.

Erst nach und nach erfasste Ceili weitere Einzelheiten des Geschehens. Da waren viele Menschen. Alle trugen wirre lange Haare und Bärte. Je heller der Mond leuchtete, desto mehr Menschen bewegten sich sonderbar in seinem Schein. Zwischen dem Schreien, dem Johlen und dem Stimmengewirr vernahm sie immer wieder das Wort *Teutates*. Es herrschte das Chaos, das Gerangel von Wilden, alle im Kampf um Leben und Tod. Das waren keine Menschen. Da waren grausame Bestien am Werk, ohne Verstand, gefühllos, menschenfeindlich. Da wurde gebissen, geschlagen, gezerrt, mit dem Leben gerungen.

Dru zog Ceili hinter den Schutz der Büsche und befahl ihr mit tonloser Stimme, nicht hinzusehen.

Unwillkürlich wandte sie ihren Kopf in genau jene Richtung, welche Dru ihrem Blick zu verwehren suchte. Denn jetzt sah sie es in aller Deutlichkeit. Es war schlimmer als alles, was ihre Augen bisher erblickt hatten, und überbot darüber hinaus ihre bisherige Vorstellungskraft. Der Vollmond beschien ein Geflecht. So als wolle er, der Mond, mit all seiner Kraft darauf aufmerksam machen. So als wolle er, der Mond, dass sie hinblickten, damit sie genau sahen, zu welchen Grausamkeiten Menschen fähig waren.

Das riesige Geflecht war aus Weidenzweigen und Ästen hergestellt worden, und in ihm regte sich Leben. Ceili hielt die Lebewesen zunächst für Tiere. Doch dann erkannte sie, dass Menschen in das Geflecht hineingepfercht wurden. Was trieben die Wilden? Sie erstarrte, als das Geflecht in Brand gesetzt wurde. »Teutates! Teutates!«, schallte es durch die Nacht.

»Neiiiiin!«, schrie Ceili plötzlich, und blitzschnell hielt Dru ihr erneut die Hand vor den Mund. Ceili wehrte sich und schlug um sich, vergaß die Gefahr, in die sie sich und ihre Gefährten brachte. Doch Dru hielt sie mit aller Gewalt zurück. Sie sah Simon auf die Lichtung rennen. Er lief direkt auf das brennende Weidengeflecht zu, in welchem die Menschen schrien und sich zu befreien suchten. Einige der Wilden packten ihn, umringten ihn und peitschten ihn unter lautem Geschrei zu den anderen Opfern ins Verderben.

»Es sind zu viele«, sagte Dru immer wieder. »Wir können nichts tun! Es sind wilde Bestien. Sie bringen uns alle um. Sie opfern alle Fremden. Sie opfern die Fremden dem Kriegsgott Teutates. Komm!« Doch Ceili rührte sich nicht vom Fleck.

»Komm«, drängte er, um Beherrschung ringend, »wir müssen weg hier.« Dann zerrte er sie mit aller Kraft von dannen.

»Simon!«, schrie Ceili, als sie außer Hörweite waren. »Simon! Sie verbrennen Simon, und wir helfen ihm nicht? Er verbrennt, und wir lassen das zu?« Immer noch schlug Ceili um sich.

»Hör auf! Sei still! Wir können ihm nicht helfen, ohne selbst Opfer zu werden. Wir sind machtlos. Aber wir haben unsere Vision ...«

»Warum ist er so wahnsinnig und lässt sich opfern?«

»Er ... er ...« Dru riss die Hände zum Himmel und schluchzte bitterlich auf. »Er ... hat Ennoia in dem brennenden Geflecht gesehen!«

Sie waren von dem Ort des Grauens geflohen. Ceili hatte sich auf der Flucht aus Entsetzen vor dem Gräuel der Magen umgedreht. Sie konnte nicht mehr an sich halten und entleerte das Wenige, was darin war. Righ, den sie verloren hatten, war nach langer Suche in der Dunkelheit endlich wieder zu ihnen gestoßen. Donatianus hatte sich bei den ersten Tönen des irrsinnigen Gejohles in sicherer Entfernung versteckt, und Marcus hatte vergeblich versucht, Simon zurückzuhalten. Doch die Liebe zu Ennoia hatte Simon unermessliche Kräfte verliehen, gegen die Marcus mit seinem verletzten Arm nicht ankommen konnte.

Sie brauchten einander, um sich gegenseitig Trost zu spenden, um einander in den Armen zu liegen, um miteinander zu weinen und zu trauern. Um das Unbegreifliche zu verarbeiten, miteinander und dennoch jeder für sich auf seine Weise. Irgendwann gab es keine Tränen mehr. Sie wähnten die Seelen von Ennoia und Simon weiter unter sich, denn diese waren ja unsterblich oder würden zumindest als gute Seelen wiedergeboren werden. Denn allein ihre Körper waren dem Feuer zum Opfer gefallen. Darin waren sich schließlich alle einig. Auch der Gedanke an die unsterbliche Liebe der beiden Seelen tröstete sie. Dennoch ließ sie das Erlebte nicht los.

»Habt ihr gehört, sie haben Teutates angerufen … Welcher Gott ist das?«, fragte Ceili, als sie ihren Weg fortsetzten.

»Teutates ist einer unserer gallischen Götter. Er verlangt Menschenopfer«, erwiderte Marcus nüchtern.

»Er verlangt Menschenopfer?«, wiederholte Ceili entsetzt. »Auch Kinder? Verlangt er auch Kinderopfer?« Sie hasste diese dunkle Vergangenheit.

»Ich habe Teutates aus meiner Vorstellungswelt verbannt«, erklärte Marcus und stampfte so heftig den schmalen Pfad entlang, als wolle er Spuren für die Ewigkeit hinterlassen.

Sie liefen schweigend weiter. In der Ferne donnerte es, und ein Blitz spaltete das Firmament. Noch war es um sie herum trocken. Jeder hing seinen Gedanken nach. Schließlich meinte Dru: »Es sind … die Bilder der Angst … in den Schädeln der Menschen, die den Verstand unterdrücken. Auch wir müssen lernen, uns von ihnen zu lösen. Menschen opfern …? Tiere opfern …? Auch wir und unsere Ahnen … waren viel zu lange Gefangene dieser … grausamen Illusionen.«

Der Druide blieb immer wieder stehen, sodass alle im Laufen innehielten. Er sprach stockend und zaghaft. Jeder von ihnen spürte, wie schwer es Dru fiel, die Verfehlungen des Druidenstandes mit den menschenverachtenden Riten zuzugeben und auszusprechen.

Schließlich ließ Righ sie alle anhalten und sah jedem Einzelnen in die Augen – einschließlich Donatianus, der die seinen weit aufriss – »… wir müssen uns von diesen Ängsten, denen auch unsere Ahnen unterlagen, lösen. Und wenn wir selbst die Angst vor den bösen Göttern bekämpft haben, tragen wir unsere Erkenntnis weit in die Welt hinaus.« Er atmete tief ein und wieder aus.

»Ja«, pflichtete Ceili ihm bei und ballte die Fäuste, bevor sie ihre Gedanken vertiefte: »Die Götter haben die Lebewesen im harmonischen Einklang mit dem Kosmos erschaffen. Das war und ist ein heiliger Vorgang. Die Götter haben das doch nicht gemacht, damit sich die Menschen gegenseitig opfern, um sie, die Götter, zu besänftigen. Das macht keinen Sinn.«

»Wer hat jemals gesagt, dass die Götter nach diesen Grausamkeiten verlangen? Aus welchen Vorstellungen der Menschheit sind diese grausamen Opferriten entstanden? Es sind Vorstellungen – *Vorstellungen*«, betonte Marcus.

Während jeder für sich über die Zusammenhänge von Ängsten und Vorstellungen nachdachte, setzten sie ihren Weg schweigend fort.

»Er hat mich Bruder genannt«, schluchzte Donatianus plötzlich. Erst jetzt merkten sie, dass er bitterlich weinte und seinen Gefühlen freien Lauf ließ, was nie zuvor geschehen war. In der hemmungslosen Trauer verriet er die wahren Sehnsüchte seiner Seele.

»Er war der Einzige, der mich jemals Bruder genannt hat. Er war mein Bruder, mein römischer Bruder – und sie …«, murmelte er, seine Tränen versiegten abrupt, und er verfiel sogleich wieder in seine verirrten Vorstellungen vom Bösen, »… sie hat ihn ins Verderben gelockt!«

»Nein!«, schrie Marcus aufgebracht, blieb stehen und drehte sich zu Donatianus. Seine Stimme klang heiser, als er weitersprach. »Was siehst du nur Donatianus? Bist du blind? Diese wilden, vom Bösen gesteuerten Gestalten ohne Verstand, ohne jegliche Vorstellung vom Guten, vom Helfen, ohne eine Ahnung von der Liebe haben Ennoia gefangen genommen. Sie haben sie misshandelt, gequält und den Göttern geopfert, um diese zu besänftigen. Sie sind blind aus Angst vor den Göttern und deren Zorn! Simon dagegen hat die unsterbliche Liebe erfahren. Er wollte Ennoia retten. Er hat sich selbst geopfert. Er hat sich aus Liebe zu Ennoia geopfert. Warum willst du das nicht verstehen, Donatianus? Warum nicht?«

»Ich habe früher Dinge getan, die nach den Riten und Gebräuchen der Briganten richtig waren«, begann nun Righ zögerlich, ohne die Gleichmäßigkeit seines Schritts zu verändern. »Ich habe im Kampf Menschen getötet …« Seine Stimme versagte, während er weiter einen Fuß vor den anderen setzte und seine Augen auf den Pfad gerichtet waren, ohne dass er diesen wirklich wahrnahm, »… ich habe meinen eigenen Sohn in die Anderswelt geschickt.« Er trank einen Schluck Wein aus dem Ziegenlederbeutel in seiner Hand. »Er hatte seinen eigenen Bruder geköpft … und so habe ich ihn zur Vergeltung … Es war meine Pflicht, so dachte ich damals. Ich habe mir vorgestellt, die Götter hätten es von mir verlangt …« Er brach ab, holte tief Luft und sprach weiter: »Beide … hatten Verstand … und dennoch …« Wieder unterbrach er sich, verdrängte alle weiteren Gedanken an seine Söhne und setzte von Neuem an: »… lebe ich noch, und Simon, der mich vor mir selbst gerettet hat, hat sich aus Liebe selbst geopfert … In ihm wohnte das Gute. Und …«, seine Stimme versagte, um dann erlöst zu klingen, »aber nicht nur Simon hat mich gerettet, sondern auch eine Frau …«

»Auch Simon hat einen Menschen umgebracht …«, sagte Ceili tonlos. »Die Tat hat sein Leben genauso verändert wie deines, Righ.« Ihre zarten Füße tätschelten den Pfad mehr, als dass sie ihn betraten. »Wir Menschen können unser Gehirn verwandeln. Wir müssen es nur wollen.«

Ceilis Worte schwebten wie Geister der Einsicht zu Righ.

»Es sind unsere Vorstellungen von den zürnenden Göttern, die uns dazu treiben, furchtbares Leid zu schaffen. Daraus entstehen unsere Ängste, Mordlust, Rachsucht, Eifersucht, Unverständnis und das Nichtwissen«, fasste Righ zusammen, während er Dru überholte, um an die Spitze zu gelangen. Ceili hatte ihm die Augen geöffnet. Seine Stimme hallte über das freie Feld wie ein Ruf in die Welt: »Wir müssen die Vorstellungen in unseren Gehirnen verändern und unseren Verstand nutzen. Wir müssen uns von unseren Ängsten befreien. Wir müssen die Unwissenden belehren. Wir müssen ihnen Wissen vermitteln.«

»Das heilige Wissen ist allein den Auserwählten vorbehalten«, gab Dru zu bedenken.

»Es geht nicht nur um das heilige Wissen«, sagte Righ forsch. »Es geht um die Entdeckung des Verstandes, denn der wird von der Vorstellung von den zürnenden Göttern unterdrückt. Unser Verstand muss sich von dieser Vorstellung befreien.«

Er zögerte kurz, dann verkündete er laut, so, als müsse er sich selbst davon überzeugen: »Die zürnenden Götter gibt es schlichtweg nicht!«

Ceili sah Righ mit großen Augen an. War Righ wirklich davon überzeugt, was er sagte?

Gemeinsam waren sie viele Schritte vorwärtsgekommen, gemeinsam hatten sie einen Feind der Menschheit und damit auch des Weltkörpers entlarvt: die Vorstellung von den strafenden Göttern und damit einhergehend das Gefühl der Angst.

Das Lächeln

Plötzlich raschelte es im Gebüsch. Sie zuckten zusammen. Die Furcht vor einem erneuten Überfall saß allen noch in den Gliedern. Dann raschelte es erneut, und etwas plumpste mit lautem Ächzen vor ihnen auf den Pfad. Sie sprangen erschrocken zur Seite und erkannten einen Menschen. Wie vom Himmel gefallen lag er vor ihren Füßen. Bewegungslos. Sein Körper war erstarrt. Seine Hände und Füße waren gefesselt. Angst und Erschöpfung sprachen aus seinen weit geöffneten Augen. Righ kniete sich wortlos neben ihn und löste die Fesseln. Er half ihm sich aufzusetzen. Der Mann schwieg beharrlich und rieb sich die wunden Hand- und Fußgelenke. Seine Haut war dunkel. Nie zuvor hatte Ceili eine solch dunkle Haut gesehen. Simon war dunkelhäutig gewesen. Doch die Haut dieses Mannes war dunkler als die Simons, die ihre oder als die von Righ, Dru und Marcus. Selbst die Haut von Ennoia war heller gewesen. Die Haut des Fremden hatte die Farbe einer Haselnuss. Seine Haare waren so schwarz wie die Federn eines Kohlraben, und seine Augen glichen in Farbe und Form denen eines Rehs. Zuerst verängstigte sein dunkles Aussehen Ceili. Doch Dru lächelte ihn an. Marcus lächelte ihn an. Righ lächelte ihn an, und schließlich lächelte auch Ceili ihn an. Nur Donatianus lächelte nicht. Ceili hatte ihn ohnehin noch nie freundlich lächeln sehen.

In dem Gesicht des Fremden funkelten zwei weiße Zahnreihen, so leuchtend wie die Sterne in der Nacht. Gleichzeitig verengten sich die Augen des Fremden, und das Weiß des Augapfels überstrahlte den vollkommenen dunklen Kreis der Iris um seine Pupillen. Sein Lächeln war freundlich, offen, schelmisch, herzlich. Es war vertrauensvoll und vertrauenerweckend. Es schien gelöst und erlöst zugleich. Vielleicht schwebte sogar ein Wohlgefühl darin.

»Ich habe es gesehen«, sagte er plötzlich auf Lateinisch mit einem eigenartigen Akzent. »Ich habe es gesehen«, wiederholte er freudig.

»Was hast du gesehen?«, fragte Dru.

»Ich habe das Chakra gesehen.« Seine Zähne funkelten ununterbrochen. »Zweimal habe ich es gesehen«, fügte er hinzu, und seine Augen strahlten mit seinen Zähnen um die Wette.

»Wie ist dein Name?«, fragte Marcus, der wie sie alle keine Ahnung davon hatte, was das Chakra sein sollte.

»Rama. Ich bin Rama«, sagte er vertrauensvoll. »Und wer bist du?«

»Marcus. Ich bin Marcus.«

»Ich bin Dru.«

»Ich bin Ceili.«

»Ich bin Righ.«

Donatianus schwieg.

Rama blickte von einem zum anderen. »Und wer bist du?«, fragte Rama, immer noch lächelnd, an Donatianus gewandt.

»Donatianus.«

»Eure Münder lachen, aber ich sehe Leid in euren Augen. Großes Leid«, befand Rama. Er saß immer noch am Boden und schaute zu ihnen hoch. Ceili traten erneut die Tränen in die Augen. Er war gefangen gewesen. Gefangensein war stets mit Leid verbunden. Sie hatten ihn befreit, aber es schien Ceili, als wolle er sie von ihrem Leid und ihrer Trauer befreien. Seine tröstende Aura legte sich wie ein Band um sie und gab ihnen Halt, ohne sie einzuengen.

»Setzt euch zu mir«, sagte Rama. »Meine Füße und Hände schmerzen, ich benötige noch ein wenig Zeit, bis wir gemeinsam den Weg fortsetzen können.«

Sie sahen sich fragend an. Nur Dru zögerte nicht. Seine müden Knochen knacksten, als er sich langsam in die Knie begab, um sich neben Rama auf dem Pfad niederzulassen. Dru kramte in seinem Beutel und reichte Rama ein Stück Brot. Die Augen Ramas blitzten freudig auf. Als der weite Ärmel seines schmutzigen Gewandes, das wohl einstmals hell gewesen war, zurückfiel, sah Ceili seine dünnen Arme, die nur von einer faltigen Haut überzogen waren. Doch obwohl er von schmächtiger

Gestalt war und ausgezehrt wirkte, strahlte er etwas Kraftvolles aus.

Als Nächstes bot Righ ihm seinen Ziegenlederschlauch an. Rama griff danach. »Was trinkst du, Righ?«, fragte er.

»Das ist guter roter Wein. Er wird dich erfrischen.«

»Ich trinke keinen Wein, Righ. Der Rausch verblendet den Geist. Er fördert Gier und Hass ... Zeig es mir!«, forderte er Righ auf.

Dieser schaute Rama fragend an.

»Zeig mir das Chakra!«, bat Rama erneut.

»Was soll ich dir zeigen?« Righ legte den Kopf schief und lächelte. Er verstand beim besten Willen nicht, was Rama von ihm wollte.

»Das Chakra, das Rad!«

»Welches Rad meinst du, Rama?«

Jetzt legte Rama den Kopf schief und lächelte zurück.

»Das Dharmachakra, das um deinen Hals hängt. Das Rad!«, wiederholte er geduldig.

Das Lächeln in Righs Gesicht gefror. Er fühlte, wie ihm das Blut in den Kopf stieg. Das Amulett. Rama sprach von dem Amulett, das um seinen Hals hing. Unwillkürlich fasste er an das Band mit dem achtspeichigen Sonnenrad.

»Ich hab's gesehen«, beharrte Rama, »als du mir die Fesseln gelöst hast. Du hast mich erlöst, Righ. Du und das Rad. Ihr habt mich erlöst.«

Righ schloss die Augen, um Ramas Worte zu erfassen.

Auch die Aufmerksamkeit von Dru und Marcus war nun vollends geweckt.

»Du kennst das Zeichen?«, fragte Marcus ungläubig.

Unwillkürlich fasste sich auch Ceili an ihr Lederband, wischte sich mit der anderen Hand eine Träne von der Wange und schwieg.

Auch Donatianus legte jetzt den Kopf schief und starrte auf Righs Hals.

»Warum trinkst du Wein, Righ, wenn du Leid vermeiden willst?«, fragte Rama jetzt und behielt für sich, dass auch er das Rad als Amulett unter seinem Gewand trug.

»Der Wein ist wie Blut«, brummte Donatianus anstelle von Righ. Er nahm Righ den Schlauch weg und nahm einen kräftigen Schluck.

»Ist es nun Wein oder Blut, was du trinkst, Donatianus?«, fragte Rama ernst.

»Wein – äääh Blut – äääh Wein …«

»Aber warum Wein? Warum Blut?« Rama wirkte entsetzt und wurde bleich. »Du trinkst Blut!«, wiederholte er, wandte sich angewidert ab und warf einen Hilfe suchenden Blick zu Righ.

»Es ist kein Blut«, beschwichtigte dieser den Fremden. »Es ist Wein.«

»Warum trinkst du Wein, Righ?«, begehrte Rama erneut zu wissen, dann fuhr er fort: »Es ist ein Getränk, das deinen Geist vernebelt. Du, Righ, du trägst das Dharmachakra. Du weißt, wie du das Leid von dir fernhältst.«

Das Dharmachakra hält das Leid fern, dachte Righ für sich. Für ihn symbolisierte der Anhänger das Sonnenrad des Gottes Lugh, des Lichtgottes. Vom Dharmachakra hatte er nie zuvor etwas gehört.

»Du musst verstehen, Rama, ich bin nur ein einfacher Bibliothecarius aus Lutetia. Bitte erkläre mir, was ein Dharmachakra ist«, kam ihm Marcus zu Hilfe.

»Es ist das Rad der Lehre Buddhas.«

»Das Rad der Lehre Buddhas?«, fragte Ceili mit großen Augen.

»Ja, Buddha lehrt uns die Wahrheiten und die Weisheiten. Er lehrt uns den Weg aus dem Leid.«

»Buddha ist der Name für einen Gott?«, suchte Ceili nach einer Vorstellung von Ramas Lehrmeister.

»Er ist kein Gott. Götter gehören nicht zu Buddhas Lehre.« Er wandte sich erneut an Righ: »Seine Lehren helfen dir, deinen Weg durchs Leben zu finden und weit darüber hinaus. Es ist der achtfache Pfad, den wir zusammen gehen. Die acht Speichen deines Rades zeigen ihn dir auf, Righ. Dafür benötigst du keine Götter. Aber wenn du meinst, dass sie dir helfen, dann nimm sie mit«, empfahl Rama.

»Wir haben uns dazu entschlossen, nur die guten Götter mit auf unseren Weg zu nehmen«, offenbarte Righ einen wesentlichen Bestandteil ihrer Erkenntnisse.

»Wo kommst du her, Rama?«, fragte Marcus.

»Aus Kuschana. Aus dem Morgenland«, antwortete Rama. »Dort wo ich herkomme, haben die Augen der Menschen nicht die Farben des Meeres, wie sie die euren haben. Sie haben keine so weiße Haut wie du«, er sah zu Ceili und berührte sie vorsichtig am Arm, »wie du«, er sah zu Righ, »wie du«, er sah zu Marcus, »und wie du …«

Rama hielt inne, dann starrte er ehrfurchtsvoll Dru an, beugte sich zu ihm und befühlte den langen weißen Bart des Druiden. Schließlich lachte er schelmisch und sagte: »Du solltest dich weniger um deine Schönheit kümmern, Dru.«

Donatianus überging er.

Rama kam aus einer Welt, in welcher die Götter keine Rolle spielten? Das Rad war kein Symbol für einen Gott, sondern für eine Lehre, für die Lehre dieses Buddhas? Er lehrte den Weg aus dem Leid, den achtfachen Pfad, den die acht Speichen des Rades symbolisierten? Es war das Rad, das der Sonnenscheibe glich, das sich im Kreis drehte und gleichzeitig vorwärts bewegte, das ermöglichte, Lasten zu tragen und diese von einem Ort zum anderen zu transportieren.

Lieferte die Lehre Buddhas etwa einen weiteren Hinweis auf die verborgenen Botschaften des X? Wie konnte diese Übereinstimmung ihrer Zeichen über den Weltkörper hinweg tatsächlich möglich sein? War Rama etwa ein Eingeweihter aus einem anderen Teil des Weltkörpers, überlegte Ceili, und ihre Aufregung über die neue Bekanntschaft mit dem Menschen aus der unvorstellbaren Ferne wuchs mehr und mehr. Die Brigantin suchte im Gesichtsausdruck des Druiden vergeblich nach

Antworten auf ihre Fragen. Dru beobachtete Rama und hörte ihm aufmerksam zu.

»Buddha war ein Mann, der die vollkommene Weisheit erlangt hat, und hier«, wunderte sich Rama jetzt, »in eurer Welt kennt niemand seine Lehre?« Er schüttelte verständnislos den Kopf.

»Die vollkommene Weisheit?« Ramas Feststellung riss jetzt auch Dru aus seiner Schweigsamkeit. Skeptisch schüttelte er den Kopf. »Was ist die vollkommene Weisheit?«, fragte er prüfend.

»Die Erleuchtung«, gab Rama schlicht zurück.

Wie er dasitzt, wunderte sich Ceili und fühlte nach dem Sonnenrad, das unter ihrem Gewand auf ihrer Brust auflag. Rama saß sehr aufrecht, die Beine über Kreuz, seine Füße mit den wunden Gelenken lagen auf den Oberschenkeln. Er wirkte gelassen und dennoch würdevoll. Wenn er nicht nach außen lächelte, schien er nach innen zu lächeln.

Dann sprach er nicht mehr und beantwortete auch keine Fragen mehr. Stattdessen wanderte sein Blick von dem Pfad über den Abhang des Hügels, streifte die Bäume und den Pater Rhenus und verlor sich in der Richtung, in welcher die Sonne aufging. Er schloss die Augen. Seine Miene veränderte sich. Sein Wesen veränderte sich. Seine Gebärden veränderten sich. Die aufrechte Haltung und die überkreuzten Beine behielt er bei. Schließlich hob er die Arme gen Himmel, so als wollte er die Energie des Universums in sich hineinfließen lassen. Er formte Zeigefinger und Daumen zu einem Kreis – oder war es ein Rad? Er legte seine Handrücken auf die Knie und streckte die übrigen drei Finger jeder Hand aus. Es wurde still um ihn herum. Allein sein Atem war noch zu hören. Er schien weit weg von ihnen, in der Unendlichkeit versunken, in die sein Blick zuvor geschweift war.

Sie saßen auf dem Pfad im Kreis und starrten Rama an. Keiner sprach. Die Stille, die er ausstrahlte, erfasste sie. Ihre Gedanken folgten seinem rhythmischen Ein- und Ausatmen. Sein Anblick wirkte beruhigend.

»Rama? Geht es dir gut?«, fragte Righ schließlich.

Rama antwortete nicht.

»Was macht er? Er hat kein Ritual und kein Mysterium vollzogen. Er hat kein Bilsenkraut, kein Feuer, keinen Rauch eingeatmet. – Rama?«, sprach Dru ihn an.

»Vielleicht atmet er den Regen ein?«, sagte Ceili.

Erst jetzt bemerkten sie, dass Tropfen vom Himmel fielen.

»Den Regen einatmen? Wo sind die vorbereitenden Handlungen? Die Anrufungen? Das Feuer?«, fragte Dru, während er aufstand.

Die Regentropfen nahmen zu, genauso wie der kühle Wind.

»Rama«, forderte Righ ihn auf, »wir müssen dem Pfad folgen, solange noch Tageslicht herrscht.«

Doch Rama saß da in tiefer Versunkenheit. Der Regen prasselte immer stärker auf sein Haupt. Er schien es nicht zu bemerken, war völlig entrückt, weit von ihnen entfernt.

Ceili nahm ihr Fell und legte es ihm über die Schulter.

Dann öffnete er den Mund, und ein eintöniges »Om … Om … Om … Shanti … Shanti … Shanti«, war zu vernehmen. Ein Singsang in einer gleichförmigen Tonlage, den sie nicht zu deuten wussten. Und dann war er mit einem Mal wieder da. Unter ihnen. Lächelte sie dankbar an. Aufmerksam. Ceilis Blick fiel erneut auf seine wunden Gelenke. Doch Rama selbst schien keinen Gedanken daran zu verschwenden. Er war mit sich und der Welt im Reinen. Leid und Schmerz machten ihm offenbar nichts aus, auch nicht die aufziehende Kälte und der zunehmende Regen. Die Fesseln, die ihm angelegt worden waren und noch auf dem Pfad lagen, auf dem sich allmählich Pfützen bildeten, sah er nicht.

»Wo warst du, Rama?«, fragte Dru neugierig.

»Hier. Ich sitze hier. Und bin hier. Hier auf dem Pfad. In eurer Mitte.«

Niemand stellte die Frage, wer ihm die Fesseln angelegt hatte.

»Spürst du den Regen?«, fragte Marcus stattdessen. Auch er war inzwischen aufgestanden, und sein Gewand triefte. Rama blickte zum Himmel. »Es regnet. *Vassa*«, sagte er. »Aber in eurer Welt gibt es keine Regenzeit wie bei uns. In eurer Welt regnet es immer wieder, das ganze Jahr über. Ich werde euch begleiten und weiterhin lernen, in eurer Welt zu leben. – Sonne, Mond und Sterne sehen aus wie bei uns im Morgenland. Der Himmel ist mir vertraut«, lächelte er. »Aber, was habt ihr nur getan, dass bei euch nach der Hälfte des Kreislaufs die Dunkelheit die Übermacht über das Licht besitzt?«

»Weißt du, Rama, dort, wo Ceili und ich herkommen, von einer Insel, gleichfalls aus weiter Ferne, herrscht ein halbes Jahr Lugh, der Sonnengott, und ein halbes Jahr herrscht Belisana, die Mondgöttin. Sie wechseln sich ab. An zwei Tagen im Jahr treffen sie sich, dann sind sie gleich stark. Doch dann herrscht entweder sie über ihn oder er über sie. Aber keiner wächst dauerhaft über den anderen hinaus.«

»Ich werde euer Meister sein, und ihr werdet meine Meister sein, während unseres gemeinsamen Weges. Geben und Nehmen. Nehmen und Geben. Unser Verstand wird durch verschiedene Welten wandern. Es wird eine spannende Wanderung werden.«

Rama erzählte von Buddha – Buddha war tatsächlich ein Auserwählter – und erläuterte dessen Lehren sowie den achtfachen Pfad von der Einsicht und der Achtsamkeit. Dann sprach er von den Chakren, den Energiekanälen in jedem Körper, die es zu öffnen galt, damit das Chi, die Lebensenergie, fließen konnte, um das Chi dann an die Mitmenschen weiterzugeben. Nachdem er alles, was er mitteilen wollte, gesagt hatte, versank er in tiefes Schweigen und zog sich wieder in seine eigene Welt zurück.

Der Rhein wies ihnen den Weg. Wenn die Erschöpfung sie übermannte, ließ Dru sein Pendel sprechen und führte sie zu Quellen und Bächen, aus denen sie tranken und in denen sie sich und ihre Gewänder wuschen, um wieder zu Kräften zu kommen und sich rein zu fühlen. Sie bahnten sich ihre Pfade durch Blattwerk, Sträucher, Äste und Gräser. Die Bäume und Pflanzen legten sich um ihre Körper, strichen sanft über sie hinweg, hafteten an ihnen oder kratzten und zeichneten sie. Drus Wissen über die Pflanzen schien unerschöpflich. Er sammelte Wurzeln, Blüten und Blätter, Kräuter, Sträucher, Beeren und Früchte. Daraus braute er in dem Kessel, den sie stets mit sich führten, heilsame Tränke. Dabei sprach er geheime Beschwörungsformeln, um die göttlichen Kräfte der Gewächse freizusetzen. So heilte er die Fieberkrämpfe, die Donatianus erlitt, den Husten, der Marcus quälte, dessen Arm inzwischen gut verheilt war, und linderte den Schmerz und die Schwellung von Ceilis verstauchtem Knöchel.

»Wir sind bewegliche Wesen und mit all unseren Sinnen empfindungsfähig, daher können wir uns selbst heilen. Wir müssen nur das richtige Chakra öffnen, damit das Chi, die Lebensenergie, wieder fließt. Und das richtige Chakra öffnen wir in der Versenkung. Die empfindungslosen unbeweglichen Wesen, wie Bäume und Pflanzen, können uns dabei nicht helfen«, war dagegen Ramas Überzeugung. Sie stand Drus unerschöpflichem Wissensschatz über die Heilkraft der Pflanzen entgegen.

Offensichtlich gelang es Rama jedoch nicht, das richtige Chakra zu öffnen, nachdem er sich sein Knie verrenkt hatte. Das Schlimmste für ihn war, dass er nicht mehr dazu in der Lage war, seinen Versenkungssitz mit den überkreuzten Beinen einzunehmen. Aus Verzweiflung füllten sich seine dunklen Augen mit Tränen, die ihm über die Wangen kullerten. Es schien, als kämen die steten Tropfen aus seinem verborgenen Inneren, aus seinem tiefen Selbst.

»Rama, was ist mit dir?«, fragte Ceili erschrocken. Nie hätte sie gedacht, dass Ramas Augen Tränen bilden könnten.

Er schluchzte und atmete tief ein und wieder aus. Dann schluchzte er erneut und wischte sich die Tränen weg.

115

»Wir sagen«, er zog die laufende Nase hoch, »wo immer du Freunde hast, da ist dein Land. Wo immer die Menschen dir Liebe schenken, da ist dein Zuhause. Ihr schenkt mir Liebe«, wieder zog er die Nase hoch und sah Dru an, »und dennoch fühle ich diese Sehnsucht in mir. Diese Sehnsucht nach Kuschana, nach meiner Familie. Meine Brüder. Was ist aus ihnen geworden? Würde ich sie wiedererkennen? Leben meine Eltern noch? Wisst ihr, wie groß unsere Welt ist? Wisst ihr, wie viele Vollmonde ich unterwegs war, bis ich hierhergekommen bin? Kennt ihr das unermüdliche Tosen des Sturmes über die nimmer endende Weite des Ozeans? Das ewige Auf und Ab der Wellen, die mit einem Boot wie mit einem treibenden Stück Holz spielen? Kennt ihr die Gluthitze der Wüste? Durst, Hunger, Kälte, keine Flüsse, keine Bäche, keine Seen, die dem Körper Energie spenden. Krankheit, Schmerz, Tod – alles liegt eng beieinander. Ich spüre, wie die Chakren blockieren, und das Prana, das Chi, die Lebensenergie nicht mehr fließen kann. Ihr könnt euch nicht vorstellen, was ich auf meiner Reise alles gesehen und erlebt habe. Menschen, die mich ausgenommen und überfallen haben, die mich nicht verstanden und die ich nicht verstanden habe. Ich mache eine falsche Handbewegung, eine falsche Mudra«, er formte seine Finger zu einer seltsamen Geste, »sie verstehen mich falsch und bringen mich beinahe um. Ich bin verletzt, krank, in einer anderen Welt mit Fremden um mich herum. Habe Hunger und Durst, und keiner hilft mir. Unsere Welt birgt so viel Leid. Aber«, sagte er, und seine dunklen Augen blickten plötzlich wieder lebhaft, »das Leiden gehört zu diesem Leben.«

»Jaaa«, kam es, begleitet von einem boshaften Lachen, aus dem Hintergrund. Ceili kannte das Lachen. Obwohl sie es auf ihrer Wanderung immer wieder hörte und Gewohnheiten in der Regel Gefühle verblassen ließen, jagte es ihr dieses Mal einen kalten Schauer über ihren Rücken.

»Und weißt du, Fremder, wem wir das Leiden auf dieser Welt zu verdanken haben?«

Ceili wusste, was nun kommen würde. Sie beobachtete Rama, der Donatianus aus den Augenwinkeln betrachtete. Rama schien unschlüssig, ob er antworten sollte oder nicht. Sein Körper war erwartungsvoll gespannt.

Rama und Donatianus pflegten wenig Umgang miteinander. Sie sahen einander nie direkt an. Selbst wenn es unausweichlich war und der Zufall sie körperlich einander nahebrachte, mieden sie gegenseitige Blicke.

»Der Gier«, erwiderte Rama kurz.

»Und wem haben wir zu verdanken, dass wir gierig und lustvoll sind?«, fragte Donatianus unumwunden.

»Lass deine ewigen Anschuldigungen, Donatianus. Hast du deine Mutter nie geliebt?«, warf Dru ein, ohne die Antwort abzuwarten. »Ohne das Weib würden du und ich hier nicht sitzen. Da gäbe es keine Menschen mehr ... Hast du dir schon einmal Gedanken darüber gemacht, wie Menschen entstehen? Wie die Menschheit erhalten bleibt?«

Donatianus verstummte zitternd und sank in sich zusammen.

Rama ließ es geschehen, dass Dru ihm ein schmerzlinderndes Gebräu verabreichte, unermüdlich sein Knie mit einem Kräutersud einrieb und dessen Heilung beschwor. Es dauerte nicht lange, und Rama konnte seinen Sitz wieder einnehmen und in seine Versenkung zurückfinden.

Chostanza – Konstanz

Der Weltkörper und sein Nabel

Wenn Lugh, der Sonnengott, all seine Kraft ausspielte und den herbstlichen Schleier der Nebelgöttin vom See und aus dem Hinterland vertrieb, präsentierte sich in der Ferne eine gigantische weiße Gebirgswand, deren scharfe Kanten und Spitzen in den Himmel stachen. Dort in den Alpes entsprang der mächtige Strom, den sie Pater Rhenus nannten. Er gehörte zu den unzerstörbaren Adern des Weltkörpers und versorgte mit seinem Wasser unermüdlich die Wälder, Felder und Wiesen, die seinen Weg säumten. In seinem unaufhaltsamen Fluss vereinte er den Geist der Vergangenheit mit der Vision für die Zukunft.

Aber auch er war abhängig von den Göttern des Universums. Die Himmelsgötter waren es, die Pater Rhenus mit Schnee und Regen speisten. Von den göttlichen Kräften gestärkt, gebärdete sich der Fluss zuweilen recht übermütig. Dann schäumte und tobte er ausgelassen. Offensichtlich barg auch Pater Rhenus Gefühle wie die Männer, Frauen und Kinder, die entlang seiner Ufer wanderten und ritten oder die er auf Booten und Flößen von Ort zu Ort trug.

Der Rhein füllte in der Nähe von Brigantium – der Stadt, die sie später Bregenz nennen würden – den heiligen See, den Lacus Brigantiae – der den Namen Bodensee erhalten sollte. Sah man Europa als Weltkörper, wie unsere Helden es taten, würde sich dort der Nabel befinden. Damit jedoch nicht genug. Denn genau dort kam es zu jener fruchtbaren Vereinigung im Verborgenen. Ebendort füllte Pater Rhenus als Leben spendender Strom das Zentrum des Weltkörpers. Auch aufgrund der vielen Früchte, die an den Ufern des Sees wuchsen, war es durchaus naheliegend, den Lacus Brigantiae nicht nur als den Nabel, sondern gar als die Gebärmutter des Weltkörpers zu verehren.

Nachdem Pater Rhenus den See der Länge nach durchquert hatte, bahnte er sich, gleich einer Lebensader, den langen Weg in Richtung Kopf des Weltkörpers, und das war Britannien. Ebendort lebte der keltische Stamm der Briganten. Wie kam nun der Lacus Brigantiae zu dem keltischen Namen eines Stammes, der vom Kopf stammte? Brigantia, die Stammesgöttin der Briganten, die erhabene Flussgöttin, hilft hier weiter. Die Vermutung liegt nahe, dass umherziehende Vorfahren der Briganten den Kult um ihre Stammesgöttin mitbrachten.

Righ war einst als Ri Ghrian König der Briganten und Ceili ein Mondfestkind des Stammes. Auf den Spuren ihrer Ahnen wanderten Righ und Ceili jetzt rheinaufwärts – von Britannien zum Lacus Brigantiae – vom Kopf zum Nabel in der Mitte des Weltkörpers.

Gemeinsam mit Dru, Marcus, Donatianus und Rama erreichten sie schließlich den heiligen See. Er war von zahlreichen Grabhügeln umgeben, und auch die vielen Kultstätten ließen auf die überaus fruchtbare Region des Weltkörpers schließen.

Die alles überragenden Wohnstätten der Naturgötter, die Alpes, übertrafen ihre Erwartungen, genauso wie der zuweilen golden schimmernde Glanz des heiligen Sees. Sie waren überwältigt von dem saftigen Geschmack der knackigen Früchte, die an seinen Ufern gediehen. Es waren die Früchte der Göttin Brigantia, die Früchte der weiblichen Kraft und des irdischen Lebens. Sie waren vollkommen rund und mit einer glatten Haut in tiefem Rot überzogen. Sie wuchsen so zahlreich an den Bäumen, dass deren Äste sich tief zur Erde neigten. Dru beschwor und heiligte jede einzelne Frucht, die er pflückte, und reichte sie dann Ceili und Righ, die ehrfurchtsvoll davon kosteten. Marcus pflückte sie vom Baum und konnte nicht widerstehen, sofort hineinzubeißen. Auch Rama genoss es, die

Frucht mit seinen Händen zu befühlen, jeden Bissen zu schmecken und das Gehäuse im Inneren zu erkunden. Donatianus beäugte die Frucht misstrauisch, dann zuckte er angstvoll zurück und erklärte, diese Frucht heiße auf Lateinisch *malum*, und das stünde für das Böse und für die Versuchung, welcher das Weib erlag und damit die Welt ins Unglück gestürzt habe. Doch keiner schenkte Donatianus' Worten Gehör.

Es hieß, am anderen Ende des Sees läge das Oppidum Brigantium. Und zu Füßen der Berggötter, die in den steilen Hängen und schneebedeckten Gipfeln der gigantischen heiligen Bergkette wohnten, siedelten die Nachfahren der Briganten. Doch sie sollten Brigantium vorerst nicht erreichen, denn die Götter hatten anderes geplant.

Auf der Suche nach einer Überfahrt von Chostanza nach Brigantium stießen sie auf eine beinahe leblose Frau. Sie lag auf den Steinen am Ufer des Sees. Sanfte Wellen umspülten ihren Unterkörper. Austretendes Blut färbte das Wasser rot. Ceili half Dru, die Frau an Land zu tragen, um sie zu untersuchen und zu reinigen. Ceili erschrak, als sie das von dunklen, eitrigen Beulen entstellte Gesicht der Frau sah. Auch die Gliedmaßen waren von wässrigen Geschwülsten befallen. Die großen blauen Flecken, mit denen ihr Körper übersät war, ließen darauf schließen, dass die Frau geschlagen worden war. Doch das war nichts Ungewöhnliches.

Dru erkannte schnell, dass es das Mondblut war, das aus dem Körper der Frau rann. Sorgen bereiteten ihm jedoch die fiebrige Hitze und der starke Ausschlag, der ihr Gesicht, ihre Beine und ihre Arme befallen hatte. Dru öffnete ihren Mund und sah, dass auch die Zunge einen dicken, weißen Belag aufwies. Sie hustete matt und stöhnte schwach und war kaum in der Lage, die Augen zu öffnen. Ihr Geist schwebte in einer anderen Welt.

Ceili blieb zurück und kümmerte sich weiter um die Kranke, bis die anderen eine geeignete Höhle als Unterschlupf ausfindig gemacht hatten. Dort bereiteten sie der jungen Frau ein Lager aus Fellen.

Irgendwann erwachte sie, hatte großen Hunger, verschlang mehrere Mahlzeiten von Drus mit Honig und Kräutern zubereitetem Gerstenbrei und kam erstaunlich schnell wieder zu Kräften. Sie erfuhren, dass sie Lelia hieß. Der Ausschlag, der Lelia entstellt hatte, bildete sich zurück, und ihre seltene Schönheit offenbarte sich. Lelia hatte strahlend blaue Augen, die einen bezaubernden Gegensatz zu ihrer schwarzen Haarpracht bildeten. Sie war scheu und sprach ein gallisches Römisch oder ein römisches Gallisch. In jedem Fall verstanden sie ihre Worte, die gemeinsam mit ihren Augen und ihren Gesten eine innige Dankbarkeit ausdrückten.

Einige Zeit später entschieden Dru, Marcus und Righ, nach Chostanza zu wandern. Ceili blieb bei Lelia, die vorgab, noch zu schwach zu sein, um zurück in die Stadt zu gehen, und auch Donatianus und Rama zeigten kein Interesse daran, die anderen zu begleiten.

Es war das Jahrhundert des Städtebaus im Römischen Reich. Nie war so viel gebaut worden. Nie war der Lebensstandard so hoch gewesen. Aus der keltischen Siedlung Drusomagus, der *große Eichenwald*, war die kleine römische Stadt Chostanza mit schnurgeraden, schachbrettförmig angeordneten, gepflasterten Straßenzügen und Häuserblöcken aus Stein mit blühenden Gärten entstanden. Tempel, ein kleines Theater, Thermen mit einem Bibliotheksraum, der Markt und die Säulenhallen umgaben das mit einer wuchtigen Mauer und von einem tiefen Graben geschützte römische Kastell, das auf einem kleinen Hügel über dem See thronte. Dort oben sollte später das Konstanzer Münster errichtet werden.

In den Gassen herrschte dem Anschein nach alltägliches Treiben. Neben den römischen Soldaten gingen Männer und Frauen in den kleinen Wäschereien am See oder in den Getreide- und anderen Verkaufsläden ihrer Arbeit nach. Manche vergnügten sich auch – nicht nur in den Tavernen. Kinder sprangen umher, spielten und lärmten.

Beinahe alles schien normal, und kaum jemand ahnte, dass ein gefährliches Virus das Leben in der Stadt in Kürze ins Chaos stürzen würde. Denn während die Sonne an Kraft verlor und die herbstliche Kälte zunahm, wurden mehr und mehr Menschen schwächer und gebrechlicher. Immer mehr Menschen quälten sich hustend mit bleichen Gesichtern durch die Straßen und Gassen von Chostanza. In den Körpern der Kranken kämpften die Säfte gegeneinander: das Blut gegen die Übermacht der schwarzen Galle, die gelbe Galle gegen den zunehmenden Schleim. Die steigende Macht der heißen Leber kämpfte gegen das schwächer werdende kühle Gehirn, und die erstarkende Milz gegen das leidende Herz. Das stürmische Element der Luft wühlte die Erde auf, und das heiße, trockene Feuer wehrte sich gegen das Ersticken durch das kalte, feuchte Wasser. Es war so, als würde der Norden gegen den Süden und der Westen gegen den Osten kämpfen oder der Frühling gegen den Herbst und der Winter gegen den Sommer, Jupiter gegen Saturn und der Mond gegen Mars.

So hatte Hippokrates das Chaos der Elemente im Mikrokosmos, also in Mensch und Tier, während einer Seuche beschrieben. Galenus hatte das in den Schriften von Hippokrates gelesen, und der Medicus Arminius hatte es bei seinem Lehrmeister, dem Medicus Galenus, so gelernt. Vom Kampf, der auf Erden im Mikrokosmos ausgetragen wurde, blieb jedoch die Ordnung des Makrokosmos unberührt.

Der Medicus Arminius

Wie in allen römischen Städten war Marcus auch in Chostanza auf der Suche nach Büchern. Sie hatten inzwischen festgestellt, dass sie in den von den Römern besetzten Städten auf Wissen aus aller Welt und jeder Zeit stießen. Die mit Buchstaben und Zeichen unterschiedlicher Sprachen gefüllten Papyrusrollen lagerten meist in den Bibliotheken der Thermen. Aus ihnen konnten sie mehr über das Leben in fernen Ländern erfahren. Die Schriftrollen enthielten das Wissen von Menschen über Menschen, über ihr Denken, Handeln und Fühlen. Natürlich kam es unter den Reisegefährten immer wieder zu Diskussionen über den Inhalt und die Bedeutung der Schriften.

Righ entdeckte in der aus hellem Sandstein erbauten Bibliothek von Chostanza einen Papyruscodex, der achtlos auf dem Boden in einer Ecke des Raumes lag. Mit einem überraschten »Seht nur, was ich gefunden hab« zog er Marcus und Dru zur näheren Betrachtung hinzu. Marcus nahm den Blätterstapel an sich und setzte sich auf einen Stuhl am Fenster, um besseres Licht zu haben. Neben all den Schriftrollen in den mit Schlössern gesicherten Wandschränken erschienen diese glatten Papyrusblätter wie eine Besonderheit. Der Codex lag jetzt auf dem Schoß von Marcus. Dru beugte sich über Marcus' Schulter, und Righ kniete neben ihm. Gemeinsam bemühten sie sich, die griechische Schrift zu enträtseln. Der oder die Schreiber hatten ihre eigene mehr oder weniger geübte Strichführung. Zeichen für Zeichen, Buchstabe für Buchstabe, Wort für Wort, Satz für Satz bemühten sie sich, den Sinn des Textes zu erfassen.

Gemeinsam gelang es ihnen schließlich, einige Bruchstücke zu übersetzen:

»Logion 1 – Dies sind die verborgenen Worte, die der lebendige XP sagte, und Didymos Judas Thomas schrieb sie auf.

Und er sagte: Wer die Deutung dieser Worte findet, wird den Tod nicht schmecken.«

»Was bedeutet das?«, flüsterte Dru mit großen Augen.

»Das ist eine geheime Schrift«, vermutete Righ und sah Marcus an, um dessen Meinung als Bibliothecarius abzuwarten.

»Habt ihr das X gesehen?«, fragte Dru heiser. Es war ungewöhnlich, dass er eine Frage stellte, da er sonst immer alles wusste.

»Du meinst das X und das P«, korrigierte Marcus.

»Wer seid ihr?«, riss sie eine Stimme aus ihren Überlegungen.

Das Enträtseln der Schriftzeichen hatte sie dermaßen in Bann gezogen, dass sie nicht bemerkt hatten, dass ein Mann sich ihnen von hinten näherte.

Zuerst musterte er ihre erstaunten Gesichter, dann wanderte sein Blick zu dem Codex, den Marcus auf dem Schoß hielt, und er fragte erstaunt: »Könnt ihr das etwa lesen?«

»Wir sind dabei, es zu entziffern und zu übersetzen«, erwiderte Dru.

»Kannst du uns helfen?«, fragte Righ und beobachtete das Verhalten des Mannes.

»Vielleicht«, sagte der Mann unverbindlich. Er hatte die Aussprache eines Römers, sah aber aus wie ein groß gewachsener blonder Germane mittleren Alters – mit hellen Haaren, einem rötlichen Bart und blauen Augen.

Unsicherheit machte sich unter den Gefährten breit.

Wieso interessierte er sich für das, was sie zu entziffern suchten? Und was hatte es mit diesem sonderbaren Codex auf sich?

»Ihr seid Gallier?«, fragte er als Nächstes.

»Wir sind unterschiedlicher Abstammung«, antwortete Dru unverbindlich.

Der Mann nahm Marcus den Codex vom Schoß und packte ihn in den Lederbeutel, den er umgehängt hatte.

Wer war er? Was tat er? Warum nahm er diese Papyrusblätter an sich, die sie, achtlos in der Ecke liegend, vorgefunden hatten?

»Mein Name ist Herman. Die Römer nennen mich Arminius«, stellte er sich vor. »Kommt, wenn die Sonne über dem Dach des Marstempels steht, zur Porta orientalis des Theaters. Es gibt dort ein Spectaculum. Ich werde euch Plätze zuweisen.«

»Warum liegt dir daran, uns dazu einzuladen?«, fragte Dru misstrauisch.

»Ihr seid Fremde in der Gegend. Euer Interesse an den Schriften weckt mein Interesse an euch. Wir haben nicht viele Leser in der Gegend. Nur wenige Beamte suchen die Bibliothek auf und Fremde gar selten. Außerdem solltet ihr die Gastfreundschaft von Chostanza kennenlernen. Der Statthalter von Raetia wird auch zugegen sein. Es finden besondere Feierlichkeiten anlässlich des Sieges des Kaisers über die markomannischen Germanen statt«, erklärte er. »Ich muss mich jetzt verabschieden. Verzeiht, aber die Kranken und Verletzten warten.«

Umringt von einer aufgeregten Menschenmenge erwartete sie Arminius an einem der Eingänge zum Theater. Sie folgten ihm durch die halbkreisförmig ansteigenden Ränge der Orchestra, und er wies ihnen Plätze mit guter Sicht auf die Arena zu. Der römische Germane verabschiedete sich von ihnen mit der Erklärung, dass er nach der Vorstellung gebraucht werden würde. Sie sollten in jedem Fall bis zum Ende bleiben, denn alles andere käme einer Beleidigung des der Aufführung beiwohnenden Statthalters gleich. Außerdem würden alle Blicke im Theater beim frühzeitigen Verlassen auf sie gerichtet sein, und das wäre sicherlich nicht in ihrem Sinne. Sie würden ihn, Arminius, wieder in der Bibliothek antreffen, fügte er hinzu.

Das kleine Theater füllte sich mehr und mehr. Die Menschen riefen, redeten, lachten und fieberten dem Ereignis entgegen. Eng drängten sie sich auf den steinernen Sitzbänken aneinander. Plötzlich erfasste die Menge ein Jubelschrei. Alle klatschten und trampelten mit den Füßen. Der Statthalter von Raetia war aus Aelium Augustum, was sie später Augsburg nannten, über Brigantium und dann über den See angereist. Nun betrat er, gehüllt in eine edle weiße Toga mit rotem Gürtel und einem blauen Mantel aus kostbarem Stoff darüber, das Theater. Ihm folgte eine schöne Frau mittleren Alters, gewandet in ein golden schimmerndes Kleid aus edler Seide. Der Statthalter begrüßte das Volk mit einer schlichten Handbewegung und nahm auf einem rot gepolsterten Armlehnsessel direkt vor der Orchestra seinen Platz ein. Weitere hohe Beamte folgten ihm, darunter – zum Erstaunen von Dru, Marcus und Righ – auch Arminius.

Mit einem Mal verstummte das Publikum. Eine Gestalt, ein Pantomime – war es ein Mann oder eine Frau? – tanzte in die Arena und schlängelte sich mit eleganten Bewegungen auf die Bühne. Das Gesicht war weiß geschminkt, die Augen schwarz umrandet. Der Körper war grazil und schlank. Das weiße, enge Gewand glich einer zweiten Haut und betonte das Muskelspiel jeder Bewegung. Beine und Arme wanden sich durch die Luft, griffen nach etwas Unfassbarem, zogen es zum Körper heran, stießen es weg, fingen es wieder ein. Die stummen Gebärden, die Gesten, die Masken, mit denen der Darsteller ohne Unterlass das Geschlecht wechselte, erzählten ein ergreifendes Drama, das durch die komischen Einlagen immer wieder aufgelockert wurde. Offensichtlich kannte das Publikum das Stück, denn es begleitete mit seinem Gesang die Vorführung. Schließlich verschwand der Pantomime unter tosendem Applaus in der Welt unter der Arena.

Die Bühne wurde abgebaut, und ein dumpfes Raunen vertrieb die Ausgelassenheit des Publikums. Wie eine schleichende Krankheit breitete sich eine beklemmende Stimmung im Theater aus. Da war nicht mehr die überschäumende Welle der freudigen Erwartung. Keine überschwänglichen Gesten waren mehr zu sehen. Kein munteres Lachen war mehr zu hören. Laute Stimmen verebbten. Nur noch wenige sprachen. Einige flüsterten. Die schließlich einsetzende Stille war unheimlich. Manche rieben sich die verkrampften Hände. Manche wippten aufgeregt mit den Beinen. Die knisternde Anspannung wurde durch ein erneutes Raunen gesteigert.

Righ bemerkte, wie Arminius sie beobachtete. Es schien, als hätte er ihre Plätze absichtlich so gewählt, dass er sie im Blick behalten konnte. Righ gelang es nicht, sich ein Urteil über den Mann zu bilden. Warum hatte er sie hierhergebracht? Keiner von ihnen hatte jemals einer Darbietung in einem Theater beigewohnt, selbst Marcus nicht, der aus der römischen Großstadt Lutetia stammte.

Ein Gladiator betrat die Arena von der einen Seite. Er trug einen Helm, einen Brustschutz, einen Lendenschurz, Beinschienen und ein Schwert. Gleichzeitig wurde von der anderen Seite ein riesiger Käfig in die Arena geschoben. Das Publikum schrie auf, wurde jedoch vom Brüllen des Bären darin und seinem lauten Rütteln an den Gitterstäben übertönt.

Der Käfig wurde geöffnet, und der Bär sprang wütend heraus. Aufgeheizt von der tosenden Menge richtete sich das Tier gleich einer riesigen Menschengestalt auf. Er stand wie der Gladiator auf seinen beiden Füßen. Sein zottiges braunes Fell hing von Armen und Beinen herab und verbarg das kräftige Muskelspiel darunter. Die fingerähnlichen Klauen gehörten zu seinen todbringenden Waffen, genauso wie sein kräftiges Gebiss. Dennoch wirkte er beinahe tollpatschig, als er sich so unbeholfen im Kreis drehte. Wie klein erschien der Gladiator gegen das Tier.

Righ schloss die Augen und verlor sich in Erinnerungen an seine Kindheit, während die Menge um ihn herum den Atem anhielt. Bilder stiegen in ihm hoch. Die Wälder seiner britannischen Heimat, in denen die Begegnung mit einem Bär Gefühle der Furcht und der Verehrung auslöste. Durch seine Größe war der braune Riese dem Himmel näher als die Menschen.

Sie waren damals noch Kinder und todesmutig in der anhaltenden Dunkelheit des Winters in die Höhle eines Bären geschlichen. Die Geschichten des Druiden hatten sie dazu angestachelt. Im Feuerschein fesselte er sie allabendlich mit seinem Wissen über die Natur, die Pflanzen-, Kräuter- und Tierwelt. Im Rausch seiner Tränke verwob er die druidischen Weisheiten mit den Mythen, Mysterien und Fantasien der Ahnen. Er erzählte von Kräften und Wundern im Makrokosmos und im Mikrokosmos. Und von den Göttern, die in den Gestirnen, in der Natur und in den Tieren lebten. Sie lebten auch in den Seelen der Bären. Wenn ein Krieger besonders stark war, sagte der Druide, war er mit der

Seele und den Kräften eines Bären wiedergeboren worden. Vor allem aber wurden die Bärinnen verehrt. Die Bärin, so erklärte der Druide, reiste in die Anderswelt, wenn die kalten Wintermonate im Zusammenspiel mit der Dunkelheit die Macht übernahmen. Ihren Körper legte sie dann in einer dunklen Höhle ab. Sie benötigte keine Nahrung, kein Essen, kein Trinken, keine Bewegung. Doch die Seele der Bärin wanderte in die andere Welt. Und in dieser anderen Welt, in der Anderswelt, dort bei den Göttern, holte die Bärin ihre Kinder, mit denen sie im Frühjahr aus der Höhle in die Welt der Lebenden zurückkehrte. Righ, damals noch Ghrian, der Sohn des Königs der Briganten, und seine Freunde wollten herausfinden, ob der Bär im gleichen Körper oder in einem anderen wiederauferstehen würde. Doch da das zottelige Äußere der Bären immer gleich aussah, kamen sie zu keiner Lösung.

Und was geschah hier vor seinen Augen? Was trieben die Römer mit dem heiligen Tier? Der Bär sollte zum Nervenkitzel der Menschen gegen den Gladiator kämpfen? Mensch gegen Tier, Tier gegen Mensch – zur Belustigung der Menge? Welcher Gott sollte damit geehrt werden?

Zur Enttäuschung des Volkes war die Vorstellung nur von kurzer Dauer. Der Gladiator zeigte sich unerfahren. Der Bär packte ihn mit seinen Pranken wie ein Spielzeug, biss ihn und schleuderte ihn durch die Arena, bis seine Schreie verhallten und sein blutüberströmter Körper reglos am Boden lag. Der Statthalter wandte sich an das Volk und fragte, ob dem Bären das Leben geschenkt werden oder er den Tod finden sollte. Da die Mehrheit sich für seine Tötung aussprach, wurde das Tier von mehreren Gladiatoren mit zahlreichen Schwerthieben erlegt. Mensch und Tier wurden weggeschafft, während die Menge murmelnd das Theater verließ. Righ beobachtete, wie Arminius aufstand und dem schwer verletzten Gladiator in die Welt unter der Arena folgte.

»Brot und Spiele«, sagte Arminius, als hätte er Righs Gedanken erraten. Tatsächlich war er am späten Nachmittag erneut in der Bibliothek erschienen. »Gebt beides dem Volk, und ihr habt Freiheit zum Herrschen.«

»Was meinst du damit?«, fragte Righ.

»Wenn das Volk genug zum Essen hat und sich an den Spielen ergötzt, ist es vom Alltag abgelenkt. Es liebt den Sog der Gefühle, den Schauer, die Erregung bis zum Rausch, in den es sich hineinsteigert. Je spektakulärer, obszöner oder grausamer die Vorstellung ist, desto begeisterter ist das Publikum. Angst fasziniert aus sicherer Entfernung. Kaiser Marc Aurel selbst hasst diese Art der Belustigungen. Er verabscheut das Theater.«

»Der römische Kaiser verabscheut das Theater?«, wunderte sich Righ.

»Ja, der mächtigste Mann unseres römischen Weltreichs sinniert über den Menschen, die Gleichheit aller Bürger und die Freiheit der Gedanken. Er meditiert über seine Pflichten, ist bemüht, selbst bescheiden und wohltätig zu sein. Er macht sich Gedanken über sich selbst. Er hört auf die Stimme des Verstandes und der Vernunft. Er sucht die Nächstenliebe und die harmonische Weltordnung. Das macht ihn für sein Volk zu einem feinsinnigen, milden Kaiser. Im Gegensatz zu seinem Adoptivbruder und Mitregenten«, fügte Arminius hinzu und verdrehte die Augen, »der ist geradezu besessen vom Theater und außerdem ein Weiberheld, der es auch schamlos mit allen Freigelassenen treibt, die er von seinen Kriegsfeldzügen mitbringt.«

Wieder beobachtete Arminius die Reaktion von Dru, Marcus und Righ.

»Marc Aurel ist ein Philosoph«, ergänzte er.

Der Kaiser war ein Philosoph? Schon die Verwendung des Wortes Philosoph aus dem Mund des Arminius, ließ die drei weiter aufhorchen.

»Marc Aurel erobert die Welt, kämpft und mordet«, entgegnete Dru finster und fügte hinzu: »Außerdem verachten die Römer die Traditionen und die Mysterien der Einheimischen. Sie wollen das Wissen und die Riten der Druiden auslöschen. Sie fürchten das Druidentum.«

»Es sind grausame Riten, die manche Druiden und ihre Stämme zelebrieren«, erwiderte Arminius und musterte Dru.

»Ist es besser, Menschen in Kriegen abzuschlachten oder sie zur Belustigung des Volkes gegen Bären kämpfen zu lassen?«, fragte der Druide verärgert.

»Die Spinne fängt die Fliege. Menschen fangen Hasen und Bären. Die Römer fangen Germanen, Gallier und Kelten. Die Gewalt liegt in der Natur, im Tier und im Menschen. Der Kaiser jedoch will Frieden bringen. Er hat sich losgesagt von den Lebensumständen, in die er hineingeboren wurde. Marc Aurel gewährt milde Urteile, und seine Begnadigungen von Hochverrätern helfen ihm, seine Seele zu retten. Nach seinem Tod«, fuhr Arminius fort, »werden sie ihm den Beinamen Divus geben und ihn als Gott verehren. Die Feierlichkeiten sind mit unblutigen Opfern verbunden. Ein Adler wird freigelassen, der den Kaiser auf dem Weg zum Olymp symbolisiert. So wird der Mensch zum Gott«, schloss Arminius nüchtern.

»Woher weißt du all das über die Seele des Kaisers?«, fragte Marcus.

»Ich bin mit dem Kaiser in Rom aufgewachsen.«

»Du bist mit dem Kaiser in Rom aufgewachsen?«, fragte Righ ehrfürchtig und blickte fragend auf die blonden Haare von Arminius.

»Ich bin Germane«, verkündete dieser stolz. »Aber die Römer haben mich schon als Kind mit nach Rom genommen. Im Umfeld von Marc Aurel habe ich gelernt, Traditionen und Werte zu schätzen, zu bewahren, aber auch zu prüfen. Sie aus verschiedenen Blickwinkeln zu beurteilen. Der große Medicus und Philosoph Galenus war mein Lehrmeister. Er lehrte mich, von anderen Lebensauffassungen zu lernen, verschiedene Ansichten gegeneinander abzuwägen, um mir schließlich eine eigene Meinung zu bilden.«

»Du sprichst uns aus dem Herzen, Arminius«, sagte Righ.

»Du bist ein Medicus? Ein richtiger Medicus?«, fragte Dru interessiert. Arminius nickte nur. Jetzt wurde Dru klar, warum Arminius ein eifriger Nutzer der Bibliothek war. Denn der Druide hatte dort mehrere Schriftrollen mit medizinischen Inhalten entdeckt.

»Der Gladiator ..., er ..., er war ein Christ ...«, stieß Arminius unerwartet hervor. Dann wandte er sich abrupt ab und ließ sie verwundert zurück.

Der goldene Wald

»Es ist so, als würden wir in einer goldenen Welt leben«, sagte Ceili. Es war der Tag, an dem Dru, Marcus und Righ nach Chostanza aufgebrochen waren. Gemeinsam mit Lelia suchte Ceili im herbstlichen Wald Kräuter, Pilze, Beeren und Wurzeln, um die Vorräte aufzufüllen. Lelia war noch schwach, aber die Bewegung an der frischen Luft tat ihr sichtlich gut.

Jeder ihrer Schritte brachte die goldene Welt um sie herum zum Knistern und Rascheln. Der Weltkörper leuchtete jedoch nur vorübergehend golden, denn die goldene Pracht schwebte nach und nach zu Boden, um sich dann allmählich aufzulösen und der leblosen skelettähnlichen Welt der winterlichen Kälte und der Dunkelheit zu weichen. Aber die tote Winterwelt würde im Frühjahr mit neuen Trieben als grünes Universum wiedergeboren werden, um dann im Herbst wieder ins goldene Universum überzugehen.

»Wie hoch sie sind«, sagte Ceili ehrfurchtsvoll und legte, während sie mit den Augen den Stämmen bis zu ihren Spitzen folgte, den Kopf weit in den Nacken.

»Es scheint, als würden sie alles dafür tun, den Himmel zu berühren. Der Himmel zieht die Bäume an, doch die Erde will sie nicht hergeben, und die Wurzeln wollen nicht loslassen. Sie krallen sich in der Erde fest. Ist es nicht seltsam, dass ihr Schmuck, bevor er zur Erde schwebt, golden wird und dass die Welt danach kalt und dunkel erscheint?«

Lelia schaute sie mit ihren himmelsgleichen Augen verständnislos an. »Du sprichst von den Bäumen, dem Himmel und der Erde, als hätten sie Gefühle.«

»Wer sagt, dass Bäume keine Gefühle haben?«, fragte Ceili. »Wir bestehen alle aus den gleichen Elementen, aus Feuer, Wasser, Erde und Luft. Weißt du das nicht?«

»Nein. Woher soll ich das wissen? Woher weißt du das?«

»Habt ihr keine Priester, die euch das lehren?«

»Römische Priester opfern den Göttern. Sie lehren uns nichts«, erwiderte Lelia kurz und wiederholte dann ihre Frage: »Woher weißt du das?«

»Von Veleda, der Seherin, bei der ich aufgewachsen bin, und von Dru, dem Druiden. Sie wissen alles.«

»Sie wissen alles? Selbst die Götter wissen nicht alles. Was sind Druiden? Stehen sie etwa über den Göttern?«

»Du kennst Dru. Dru ist ein Druide. Er ist in die geheimen Weisheiten eingeweiht. Er kann mit den Göttern verhandeln, mit den Elfen, mit den Nymphen, die in den Bächen und Quellen leben. Nur Auserwählte können Druiden werden. – Halt, nicht anfassen!«, rief Ceili unvermittelt, als Lelia nach einer hochgewachsenen Pflanze mit hängenden violettfarbenen Blütenhüten greifen wollte.

»Die Hüte dienen den Elfen als Kopfbedeckung. Siehst du die Zeichnungen in den Hüten? Das sind die Fingerabdrücke der bösen Feen. Sie haben Gift an den Händen. Wenn du diese Pflanzen berührst oder – noch schlimmer – einen Teil von ihnen verschluckst, dann stehlen die Feen deinem Körper all seine Kraft und fallen von innen über deine Augen her. Irgendwann lebst du dann nur noch im Dunkeln. Dann siehst du nichts mehr. Sie können sogar das Klopfen deines Herzens anhalten«, erklärte Ceili und näherte sich der Pflanze zur Begutachtung, ohne sie anzufassen. »Nur der Druide weiß, wie man mit den todbringenden Waldelfen umgeht. Nur er kann sie beschwören und mit ihrer Hilfe sogar heilen. Aber diese geheimen Weisheiten geben die Druiden nur an ihre auserwählten Schüler weiter. Vielleicht war auch Veleda darin eingeweiht«, überlegte Ceili. »Aber das hat mir die Seherin nie verraten.«

»Wo sind sie?«, fragte Lelia, die leuchtenden Hüte absuchend.

»Wer?«

»Die Waldelfen?«

»Die Waldelfen sind meist unsichtbar. Manchmal kannst du sie sehen, wenn es dunkel ist oder auch in den frühen Morgenstunden. Dann tanzen sie schwebend durch den Wald, jagen, reiten, pflegen die Pflanzen und Bäume, behüten die Waldtiere. Allein die Druiden wissen, wie man mit den Elfen verhandelt und sie um Hilfe beim Heilen bittet, denn sie verstehen ihre geheimnisvolle Sprache. Die Elfen sind die Herrscher über die Welt des Waldes. Sie gehört ihnen. Hier funkeln und glänzen sie im Licht der Sterne und des Mondes. Hier bestimmen sie über uns Menschen und nicht wir über sie. Aber du bekommst sie genauso wenig zu fassen wie die Kostbarkeiten des Universums.«

»Die Sterne kann ich sehen, aber deine Waldelfen sind mir noch nie erschienen.«

»Es ist ungewöhnlich, dass die Hüte an der Pflanze hängen in der Zeit, wenn der Wald golden ist … Komm, Lelia, lass uns diesen Ort verlassen! Er bringt Unglück.«

Ängstlich wich Lelia einige Schritte zurück. Im selben Moment streifte der Zweig eines Dornbuschs ihre linke Wange und hinterließ einen feinen Riss in der Haut. Von dem stechenden Schmerz überrascht, fasste Lelia nach der Verletzung, blickte auf ihre Hand und sah das Blut am Finger.

»Nein«, sagte sie tonlos und wurde blass. »Nein«, wiederholte sie fassungslos. Ihr Blick haftete auf dem Blutstropfen. Dann fasste sie sich mit Vorsicht erneut an die Wange. Zögerlich, so, als wäre sie hin- und hergerissen zwischen Irrtum und Wahrheit. Ein feiner Blutstreifen erreichte ihren Hals.

»Lass mich deine Wunde ansehen.«

Ceili entdeckte feine Dornen in dem kleinen Riss und sagte: »Die müssen raus, bevor das krank machende Feuer in deinem Körper ausbricht.«

»Wer muss raus?«, fragte Lelia. Sie war blass, zitterte, und ihre Stimme war kaum hörbar.

»Die Dornen.«

»Die Dornen? Ich habe Dornen in meinem Gesicht?«

»Ja. Aber sie werden dein Gesicht auch wieder verlassen. Mach dir keine Sorgen. Um uns herum gibt es genug heilende Pflanzen. Ich bin zwar kein Druide, aber ich kenne die Kräuter, die deiner Haut helfen, sich wieder fest zu verschließen. – Die Elfen helfen … «, fügte sie leise hinzu.

»Die Elfen …«, Tränen des Zorns vermischten sich mit dem Blut, als Lelia aufblickte, »… deine Elfen haben mein Gesicht zerstört, mein Leben, mein Dasein, meine Zukunft. Die Dornen, der verfluchte Busch, mein entstelltes Gesicht. Ich werde als … L… enden.«

»Als was?«, fragte Ceili.

»Als Lupa«, sagte Lelia jetzt deutlich, und ihr Blick stellte stumm die Frage: Was sagst du dazu? Ich bin eine räudige Lupa und werde als solche enden!

Ceili überlegte, was Lelia damit meinte, dass sie eine Lupa, eine Wölfin, sei. Doch sie schwieg, wunderte sich aber über Lelias panischen Gesichtsausdruck, der in keiner Beziehung zu der harmlosen Verletzung stand. Offenbar hatte der Dornbusch nicht nur einen Kratzer an ihrer Wange hinterlassen, sondern sie tief in ihrem Inneren getroffen. Lelia, war Ceili überzeugt, hatte eine verletzte Seele, genauso wie sie. Auch sie selbst hatte tiefe Narben. Aber wer hatte die nicht?

Ceili erwiderte: »Lelia, ich kenne das Gefühl. Es ist deine zerbrochene innere Welt, welche den harmlosen Kratzer in deiner Vorstellung zum Zerstörer deines Lebens werden lässt.«

»Du kennst das Gefühl nicht«, widersprach Lelia.

»Doch, ich kenne das Gefühl«, entgegnete Ceili ruhig. »Mag sein«, fuhr sie dann fort, »dass böse Elfen dir dein Gesicht zerkratzt haben. Aber die guten Elfen helfen dir, die heilenden Energien in deinem Körper freizusetzen. Sie haben dich auch mit Drus Hilfe von dem feurigen Ausschlag befreit. Wir gehen jetzt zu den Nymphen«, entschied Ceili lächelnd.

Auf dem Weg zur Quelle sammelte Ceili weitere Blätter, Gräser und Kräuter und erzählte Lelia von ihrer Stammesgöttin Brigantia, den Quellnymphen und den Quellgöttern sowie deren heilenden Kräften.

Ceili reinigte Lelias Gesicht und entfernte anschließend die kleinen Dornen aus der Wunde.

»Vermutlich hast du schon schlimmeres Leid erlebt als das«, meinte Ceili, als Lelia immer wieder zuckte.

Lelia schwieg.

»Warum glaubst du, mich zu kennen?«, fragte sie schließlich.

»Ich habe die Narben und blauen Flecken an deinem Körper gesehen«, sagte Ceili. »Doch die Verletzungen sind nicht nur äußerlich, sie gehen auch nicht spurlos an deiner Seele vorbei. Das weiß ich, obwohl diese seelischen Wunden unsichtbar sind. Die Narben und blauen Flecken an deinem Körper gleichen denen, die bei den Fruchtbarkeitsritualen entstehen.«

»Wovon redest du? Welche Fruchtbarkeitsrituale?«

»Du kennst sie nicht?« Ceilis Lachen klang bitter.

Ceili erklärte Lelia, dass die Fruchtbarkeitsrituale im Jahreskreislauf während der Sonnen- und Mondfeste abgehalten wurden und in der Vereinigung mit dem Mann zur Zeugung von neuem Leben mündeten. Viele Frauen und Mädchen seien stolz darauf, für die Riten geschmückt zu werden. Sie seien stolz auf ihre Fruchtbarkeit und ihre Traditionen, weil ihre Mütter und die Frauen um sie herum es ihnen so beigebracht hatten.

»Sie ignorieren den körperlichen und seelischen Schmerz. Mir war das nicht gegeben.« Kaum hörbar murmelte sie, während sich ihre Gesichtszüge versteinerten: »Sie haben mir meine eigenen Früchte weggenommen.«

»Nein«, antwortete Lelia. »Solche Feierlichkeiten kenne ich nicht. Ich wurde auch zu einer Feierlichkeit mit viel Wein und einem reichhaltigen Gastmahl hinzugezogen. Da gab es keine heiligen Mysterien, und die gibt es schon gar nicht im Lupanar.«

»Im Lupanar? Was ist ein Lupanar?«, wollte nun Ceili wissen.

»Du weißt nicht, was ein Lupanar ist?«, wunderte sich Lelia. »Jedes Lager, jede römische Stadt hat ein Lupanar«, sagte sie.

»Jetzt sind alle Dornen entfernt«, stellte Ceili fest und warf einen letzten prüfenden Blick auf die gesäuberte Wunde. »Solange noch Blut fließt, vertreibt es das Gift der Elfen aus deinem Körper. Du wirst sehen, ein feines Zeichen auf deiner Wange wird dich stets an diesen Tag erinnern.«

Inzwischen hatte die Nebelgöttin ihren grauen Schleier über den Lacus Brigantiae und die goldene Welt um sie herum gelegt. Als Hauch zwischen Himmel und Erde spukte sie lautlos durch den Wald und umhüllte die Bäume, Pflanzen, Gräser und die darin lebenden Elfen, Nymphen, Götter und Göttinnen. Voller Heimtücke umschlang sie auch Ceili und Lelia. Wo immer sie sich hinbewegten, griff die Nebelgöttin nach ihnen, genauso wie die einsetzende Dunkelheit. Schließlich irrten sie am Seeufer entlang. Unweit von Chostanza wurden die jungen Frauen überfallen. Die Räuber erkannten in Lelia die begehrteste Lupa und Gespielin des Besitzers des Lupanars.

Das Lupanar

Ceilis Herz verkrampfte sich, und sie wünschte, sie hätte die Fähigkeit, die Ohren genauso zu verschließen wie die Augen. Denn sie hörte die Schläge. Sie hörte das Schreien und Stöhnen. Waren es Frauen, Männer, Mädchen oder Jungen? Nackte

Körper klatschten aneinander. Wenn der Unterkörper – mit einem lauten Aufstöhnen des Mannes – zu *niesen* begann, wie die Römer es nannten, war das Ende des Klatschens absehbar. Ceili wünschte zudem, sie hätte auch die Fähigkeit, ihre Nase zu verschließen. Denn es stank. Es stank nach Schweiß und menschlichen Sekreten. Um ihre Nase wehte kein lauer Wind. Die Luft war stickig, und die Geräusche waren anders als das vertraute Rauschen der Bäume. Auch roch es nicht nach Feuer, Gräsern und Kräutern wie bei den Fruchtbarkeitsritualen der Sonnen- und Mondfeste. Sie öffnete langsam die Augen. Ihr Kopf dröhnte, und ihre Glieder schmerzten. Ihr war schlecht. Sie kannte die Übelkeit aus ihrer Vergangenheit – eine Folge der Rauschmittel. Sie saß zusammengekauert am Boden in einer dunklen Ecke. Allmählich zeichneten sich schemenhaft die Konturen eines Raumes ab. Sie sah die sich hektisch bewegenden Leiber, die unterschiedlichsten Verrenkungen von Armen, Beinen, Köpfen. Unmittelbar neben ihr erkannte sie das dunkle Haar von Lelia. Sie stand nackt vor einem Mann, der ihre Brüste knete. Er sagte ihr, wie weich ihre Haut sei und wie sehr sie ihn in Erregung versetzte. Er wollte sie küssen. Doch Lelia wehrte sich heftig. Mit seinen rohen fleischigen Fingern packte er ihre dünnen Handgelenke.

»Du wagst es, dich mir zu widersetzen?« Er sah sie ungläubig an. »Du wagst es wirklich, dich einem Mann zu widersetzen?« Wütend schlug er Lelia ins Gesicht. Ihr Kopf schleuderte zur Seite. Die Wunde an der Wange platzte auf, und das Blut spritzte heraus, heftiger denn je zuvor.

»Armselige Sklavin«, schnaubte er. »Du solltest dankbar sein, dass ich mich noch mit dir abgebe. Du kleine dreckige Hure. Du weißt, dass dich der Ring um den Hals erwartet, der dich für alle Ewigkeit an die Hurerei ketten wird. Du wirst es nicht lesen können«, sagte er mit wutverzerrtem Gesicht, »aber deine edlen Freier: *Ich bin eine schlampige Hure. Behalte mich, ich bin geflohen!* Das wird dein Leben lang in Großbuchstaben deinen Hals schmücken.« Sein Lachen war voller Hohn. »Du willst mich nicht als deinen Liebhaber? Dann lernst du mich als deinen Besitzer kennen«, schrie er sie an und präsentierte ihr das Zentrum seiner Männlichkeit und seines Denkens. »Fellatio, Lupa!«, befahl er. Die anderen Köpfe und nackten Körper waren in Lust und Ekstase miteinander verschlungen. Niemand kümmerte sich um die Szene zwischen Lelia und ihrem Besitzer. Lelia starrte ihn wortlos an.

»Du bist mein Eigentum. Sei froh, dass ich dich wieder aufnehme, räudige Lupa«, brüllte er immer wieder von Neuem. »Oder hast du einen besseren …?«

Eifersucht und Machtverlust paarten sich und führten zum endgültigen Kontrollverlust. Er schlug sie wieder, links und rechts ins Gesicht, drückte die Geschwächte auf die Knie und forderte erneut lauthals: »Fellatio! Fellatio!«

Endlich wachgerüttelt, kochte das Blut der keltischen Kriegerin in Ceili hoch. Mit einem lauten Hilferuf nach Brigantia, der erhabenen Göttin, sprang sie auf und setzte den Gewalttäter mit gezielten Schlägen und Tritten in den Unterleib außer Gefecht. Er schrie auf und ging blind vor Schmerz zu Boden. Entschlossen packte Ceili die erstaunte Lelia am Arm, griff wahllos nach am Boden liegenden Gewändern und suchte den Weg zum Ausgang des Lupanars. Mit einem Kampfschrei und einem treffsicheren Tritt setzte sie auch den Türwächter außer Gefecht.

Gewandet in die gestohlenen Togen, floh sie mit Lelia von dem Ort der Triebe und Lüste durch die dunklen Gassen von Chostanza.

»Wir müssen über den Fluss«, sagte Lelia und stolperte über einen am Boden liegenden leblosen Körper. »Der Fluss wird uns retten«, keuchte sie, während sie sich aufrappelte.

»Ja«, sagte Ceili nur, die fühlte, wie ihre Kräfte schwanden, als sie sich am Kastell der Römer vorbei dem Rhein näherten.

»Brigantia wird uns retten.«

»Brigantia?«, fragte Lelia, nachdem sie Luft geholt hatte.
»Ja, Brigantia, die über alles erhabene Flussgöttin. Sie ist
mit Pater Rhenus im Bunde und wird uns beistehen.«

Lelia war eine Unfreie, eine Sklavin – wie einst Ceili.
Doch im Gegensatz zu Ceili war Lelia in die tiefen Abgründe der
Porneia gefallen. Ihre strahlend blauen Augen und ihr zarter
Körper mit den prallen Brüsten waren ihr Kapital und gleichzeitig ihr Verhängnis. Denn ihre außergewöhnliche Anmut und
ihr schönes Gesicht waren für den Besitzer des Lupanars von
Gewinn. Der Bordellbesitzer vermietete Lelia zu Höchstpreisen
und wurde dadurch vermögend. Außerdem war sie sein wider-
spenstiges Lustobjekt. Die zarte Wildheit dieser schönen, jungen
Wölfin steigerte die Begierden der Bordellbesucher und auch die
des Besitzers bis ins Unerträgliche.

Bevor Lelia von unseren Visionären gefunden wurde und
kurz bevor auch sie die Pestilenz heimsuchte, war die junge Frau
in das Haus des Senators Eudemos vermietet worden. Ihre
besondere Erscheinung sollte zur lustvollen Unterhaltung eines
Symposions beitragen, zu dem Eudemos die gebildete männliche
Gesellschaft von Chostanza geladen hatte. Der einflussreiche
Römer besaß eine Villa außerhalb der Stadt auf der anderen Seite
des Rheins. Dort fand dieser Abend der Bildung mit Lesungen
von philosophischen Abhandlungen und Dichtungen« statt. Die
Räumlichkeiten, alle verziert mit Darstellungen von leiden-
schaftlichen Liebesspielen, waren erhellt von zahlreichen Öl-
lampen. Das reichhaltige Essen und der noch bessere Wein
wurden den Herren in ihren Togen aus edlen Stoffen auf den
Klinen, den Ruheliegen, serviert. All das steigerte die Lust,
genauso wie die freizügigen Texte eines Ovid oder eines Platon.
Die Befriedigung der männlichen Lust, zu welcher auch Lelia,
gewaschen und entsprechend gekleidet, zur Verfügung stehen
sollte, diente zur Wiederherstellung des Gleichgewichts der
Körperflüssigkeiten der anwesenden Herren. Denn den zu ent-
haltsamen Männern wurde *das Niesen des Phallus*, wie die

Römer es nannten, nahegelegt, um die innere Harmonie herzustellen. Sie sollten ihren Samen so regelmäßig loswerden wie den Urin oder den Stuhlgang. Nichts eignete sich besser dazu als ein solcher Abend in einer philosophischen Atmosphäre. Die Gespräche, die Lesungen und der Gesang, die kulinarischen Genüsse und nicht zuletzt Lelias wunderschöner Anblick – ihr zartes, graziles Wesen, ihre weiße, reine Haut, ihr frisch gewaschenes dunkles Haar, ihr jugendlicher, jetzt in ein edles rotes Gewand gehüllter Körper – reizten auch an jenem Abend die anwesenden Herren.

»Das ist der Medicus«, führte sie Hera, die Hetäre des Hausherrn, ein und zeigte auf einen gut aussehenden, groß gewachsenen blonden Mann. »Er ist ein Germane, der in Rom seine Ausbildung zum Medicus erhalten hat«, erklärte Hera mit ehrfürchtiger Stimme. »Er ist ein anständiger Mann. Du hast Glück. Du wirst dich heute Abend um ihn kümmern. Umgarne ihn. Verwöhne ihn. Rede nicht viel, sonst bemerkt er, dass du aus dem Lupanar kommst. Verheimliche ihm das.«

Lelia lief rot an. Sie sollte sich um einen Medicus kümmern? Sie, die Lupa von niedrigstem Stand, zu der sie geworden war? Wie sollte sie es wagen, ihn anzufassen? In der Regel waren die Freier, die sie im Lupanar aufsuchten oder an die sie vermietet wurde, Legionäre aus dem römischen Kastell auf dem Hügel oder, wenn sie Glück hatte, Bürger mittleren Standes. Letztere steckten ihr zuweilen heimlich einen Extra-Denar zu.

Auf ein Handzeichen des Hausherrn nahm Hera ihre Khitara, spielte, sang und tanzte anmutig, vorbei an den Männern, durch den Festsaal mit den bunt bemalten Wänden und von dort aus in den von Säulen umringten Hof.

Die Atmosphäre in der Villa, die Menschen, das opulente Essen, der Hof, der Garten, die prunkvollen Räumlichkeiten ließen in Lelia den Wunsch wachsen, dem düsteren Sumpfland ihres Daseins im Lupanar für alle Ewigkeit zu entkommen. Noch verlangte der Medicus Arminius nicht nach ihr. Noch spürte sie nur die eifersüchtigen Blicke der übrigen Sklavinnen auf sich ruhen. Sie war in deren Jagdgebiet eingesetzt worden, gehörte aber als verkappte Lupa nicht hierher.

Nach Heras stimmungsvollem Auftakt las Arminius aus der mitgebrachten Lektüre. Lelia lauschte voller Hingabe, während Arminius von der Seele und den Flügeln las, die sie jenseits des Himmels trugen. »In ihrem Wagen, der von zwei geflügelten Pferden gezogen wurde, erkannte die Seele die vollkommene Schönheit …« Als er das Wort *pulchritudo*, das lateinische Wort für Schönheit, aussprach, streifte sein Blick Lelia. »… und wenn die geflügelte Seele in einem Menschen wiedergeboren wird, erfasst ihn beim Anblick der Schönheit die erotische Begierde …«

»Arminius heiratet demnächst«, flüsterte Hera Lelia zu. »Er heiratet die Tochter des Hausherrn. Sie ist ein paar Jahre jünger als du.« Sie musterte Lelia und überlegte: »Ich denke, du bist ungefähr 20 Jahre alt – habe ich recht?«

Lelia wusste nicht, wie alt sie inzwischen war. Seit sie im Lupanar war, spielte die Zeit keine Rolle. Es war unbedeutend, ob es Tag oder Nacht war, ob die Sonne schien oder ob es regnete. Sie hatte gelernt, wie man die Triebe und Lüste der Männer befriedigte, möglichst, ohne dabei bedroht oder verletzt zu werden. Zuweilen stand sie feinfühligen und schwachen jungen Legionären auch tröstend zur Seite. Ihre Seele schwebte haltlos in dieser Welt der Körper und der Götter, die es zu versöhnen galt, die straften und selten beschützten. Damit teilte sie das Schicksal der anderen Wölfinnen und vieler Mädchen und Frauen ihrer Zeit.

»Werden wir die Braut heute Abend sehen?«, fragte sie leise anstelle einer Antwort.

»Nein«, sagte Hera entrüstet. »Lumia ist ein Mädchen von bestem Ruf. Ihre Reinheit ist unbestritten. Sie hat eine ausgezeichnete Erziehung genossen. Sie wird Arminius gehorchen und auch ohne Kleider im Bett demütig und willig sein. Sie wird ihm Söhne gebären und ihm ewig treu sein. Da bin ich mir sicher. Ihr Vater, der Senator, ist ein angesehener reicher Mann in

Chostanza, und sie wird immer unter seinem Schutz stehen. Und Arminius wird dafür sorgen, dass sie ihre weibliche Tugendhaftigkeit bewahrt«, schnatterte Hera. »Der Hochzeit steht nichts im Wege. Aphrodite wird die beiden beschützen und ihnen Harmonie schenken. Wenn du Glück hast, nimmt dich Arminius zur Sklavin. Du bist schön, wunderschön, schöner als Lum…« Sie unterbrach sich, um dann weiter ihren Fantasien zu folgen.

»Dann gehörst du ihm, und du kannst ihn mit all dem, was du gelernt hast, verwöhnen. Du kannst all die Leidenschaft, die er in sich trägt und die Lumia nicht zu wecken in der Lage sein wird, aus ihm herauskitzeln«, hauchte sie in Richtung des Medicus, »ein Liebestaumel wie zwischen Aphrodite und Ares wird euch erfassen. Und wenn du alle Künste beherrschst, dann macht er dich sogar zu seiner Hetäre«, sagte Hera und spielte hingebungsvoll mit ihren reich beringten Fingern an dem kostbaren Stein, der an einer goldenen Kette um ihren Hals hing. Sichtlich genoss sie ihre Stellung als Lustgespielin des Senators, der sie offensichtlich entsprechend entlohnte.

»Mein Herr vermietet mich nur«, entgegnete Lelia.

»Dein Besitzer vermietet dich nur? Wenn er genug geboten bekommt, wird er dich auch verkaufen. Glaub mir. Und der Medicus hat viel zu bieten.«

»Ich bin zu einer Lupa aus dem Lupanar geworden. Kein ehrbarer Mann wird mich jemals kaufen.«

»Du bist von einer besonderen Schönheit, Lelia. Wenn du weiterhin so schön bleibst, dann kommt eines Tages ein Freier, der ein Vermögen für dich bezahlen wird. Du wirst schon sehen. Aber nur solange du jung und schön bist. Hüte deine Schönheit. Hüte dein Gesicht vor Entstellungen. Es ist alles, was du besitzt. Dieser Besitz ist kostbarer als jeder andere Schatz. Aphrodite hat es gut mit dir gemeint.«

Doch der Abend verlief anders, als Hera prophezeit hatte. Eine Unruhe erfüllte mit einem Mal die Villa des Senators. Es wurde nach dem Medicus verlangt, und das Fest fand ein jähes Ende. Lelia wurde wieder in ihr abgetragenes Gewand gesteckt und zurück ins Lupanar gebracht. Am nächsten Tag bekam sie hohes Fieber, dann kamen die Flecken in ihrem Gesicht und die Angst der Kunden vor Lelias Anblick. Sie brachte kein Geld mehr ein, und ihr Besitzer ließ sie wie ein Stück verdorbenes Fleisch aus der Stadt hinausbefördern. Dort, am Ufer des Sees, fanden sie schließlich Ceili, Dru und ihre Gefährten.

Die Pestilenz

Nach ihrer Flucht aus dem Lupanar in jener Nacht erreichten Ceili und Lelia schließlich die Villa des Senators auf der anderen Seite des Rheins. Das mächtige Haus warf dunkle Schatten auf die Straße. Erschöpft und fröstelnd ließen sich die beiden Frauen unter einem der Büsche nieder, die den Garten einfriedeten. Eng aneinandergeschmiegt warteten sie darauf, dass Hera, die Hetäre, ein- oder ausging. Sie würde ihnen weiterhelfen, war sich Lelia sicher. Stimmen aus dem Garten ließen sie aufhorchen:

»… die Hoffnung war da, dass Chostanza verschont bliebe. Doch da waren Versäumnisse. Der falsche Glaube daran, wir würden die Seuche in den Griff bekommen. Doch jetzt …«

Kurzes Schweigen.

»Das ist die Stimme von Medicus Arminius«, flüsterte Lelia.

Er sprach weiter: »Als würde es nicht schon genug Tote durch die Kriege geben. Du bist als Senator in der Verantwortung, Eudemos, und ich bin es als Medicus von Chostanza. Wir müssen jetzt und hier offen miteinander reden«, sagte er mit eindringlicher Stimme. »Auch im Kastell sind neue Fieberfälle aufgetreten.«

»Neue Fieberfälle im Kastell? Was ist daran so tragisch? Fieberfälle gab es schon immer«, wehrte der Senator ab.

»Hast du die vielen Kranken und Leichen gesehen, die in den Straßen liegen?«

»Sind es mehr als sonst?«, wunderte sich Eudemos.

»Es sind mehr, Senator. Vor allem die Sklaven und die Habenichtse, aber auch Kinder und alte Menschen werden dahingerafft.«

»Nun, das ist ihr Schicksal. Wir können nicht allen helfen. Also, was fürchtest du, Medicus?«

Arminius überging die Frage des Senators. Stattdessen sprach er seine Vermutung aus: »Wahrscheinlich sind es die Soldaten und Söldner, die von den Feldzügen aus dem Osten kommen und jetzt in Chostanza stationiert sind. Es ist anzunehmen, dass sie das Fieber wieder entfacht haben.«

»Unsere Legionäre? Wie kannst du eine solch abwegige Idee aussprechen, Medicus?«, wehrte der Senator ab, hustete und zog die Nase hoch. »Das ist unmöglich!«

»Die Seuche wütet schon seit geraumer Zeit im Reich. Zehntausende von Soldaten bewegen sich durch Europa und kämpfen an allen Fronten. Es heißt, sie kämpfen nicht nur gegen den Feind, sondern auch gegen die Plage. Die jahrelangen Eroberungsfeldzüge in Persien und Ägypten ... Manche sagen, die Seuche käme von dort und die Soldaten hätten sie über Rom und Gallien, bis hierher zum Rhein verschleppt. Wenn es diese λοιμός, die Loimos, die Pestilenz, die Pocken sind – die Geschwüre, die Ausschläge und das hohe Fieber der Toten sprechen dafür –, hat die Plage die Macht, Chostanza ins Verderben zu schicken.«

»Was redest du, Medicus! Sieh dich an, sieh mich an, sieh die Präfekten an! Es geht uns allen blendend. Niemand ist krank!«

»Noch nicht, Senator. Doch höre, welch fürchterliche Tragödie sich im Haus meines Lehrmeisters Galenus schon vor zwei Jahren abgespielt hat. Alle seine Sklaven sind jämmerlich an der Plage zugrunde gegangen. Zunächst wurden nur Einzelne von den Qualen heimgesucht. Niemand nahm die heißen Köpfe und die schmerzenden Geschwüre der Sklaven ernst, doch zuletzt blieb keiner mehr verschont. Wir vermuten, dass die verpestete

Luft, die Miasmen, die Seuche verbreitet. Lass mich ausreden«, sagte er schroff zu Eudemos, der erneut eine verharmlosende Bemerkung einwerfen wollte, »... die Theatervorstellung ..., sie sollte Ablenkung bringen. Es war jedoch ein großer Fehler, sie zu veranstalten. Die Menschen haben sich gegenseitig angesteckt. Es dürfen keine Spiele und Aufführungen mehr stattfinden. Die Ansteckungsgefahr ist zu groß. Und ... «, sagte er entschieden, »die Thermen und das Lupanar müssen umgehend geschlossen werden, sonst rotten sich die Menschen gegenseitig aus.«

»Meine Sklaven sind auch betroffen?«, fragte der Senator, nun doch beunruhigt. »Wer bearbeitet meine Felder, wenn die Sklaven sterben?«

»Eine gute Frage. Es ist möglich, dass eine Hungersnot auf uns zukommen wird – wie in anderen von der Epidemie heimgesuchten Ländern. Tote müssen entsorgt werden. Wir dürfen die drohende Gefahr nicht an das Volk weitergeben, sonst kommt die Angst. Dann bricht Panik aus. Plünderungen, Mord und Totschlag würden die Folge sein. Dennoch müssen die besagten Maßnahmen umgehend durchgeführt werden. Der Winter steht vor der Tür, die Kälte, die unfruchtbare Zeit, die Vorräte ... Außerdem geht es nicht nur um *deine* Felder, Eudemos. Es geht um die Felder, welche die ganze Stadt ernähren. Wo sollen die Nahrungsmittel herkommen? Es geht um alle Sklaven, die in Chostanza leben. Aber es geht auch um deren Besitzer und deren Familien. Es geht um deine Frau, Eudemos. Ihr Puls ist schwach, das Fieber ist hoch ... Ist eine Sklavin deiner Frau erkrankt? Wie geht es Lumia?«

»Wir müssen den Göttern Opfer bringen und ihnen Inschriften für die Ewigkeit weihen. Nur sie können uns helfen.« Allmählich nahm der Senator die Sorge des Medicus ernst; Angst keimte in ihm auf, und er suchte nach einem Ausweg.

»Die Steinmetze werden bei all den Aufträgen für Sarkophage, die jetzt auf sie zukommen, überfordert sein. Vielleicht gehört die Seuche zum drohenden Weltuntergang, den sogenannte Propheten voraussagen«, fügte Arminius zynisch hinzu.

»Solange das Römische Reich besteht, gibt es keinen Weltuntergang!«, entgegnete der Senator entschieden. »Du bist der Medicus«, fügte er kühl hinzu, »zeig deine Künste! Rette uns!«

»Ich werde den Theriak für deine Frau herstellen und ihn euch bringen lassen. Sie soll ihn zweimal täglich einnehmen. Du weißt, mein Vorrat an Honig, Vipernfleisch, Opium und Zimt ist sehr begrenzt und eine weitere Beschaffung dieser Zutaten kostspielig und schwierig. Die Schlangen müssen gefunden, gefangen und mir lebend gebracht werden. Es gelang mir, nach dem Schauspiel das Bärenblut aufzufangen. Ich werde es dem Theriak beifügen. Die Studien des kaiserlichen Leibarztes Galenus haben ergeben, dass es heilende Kräfte besitzt. Die Händler werden Chostanza mehr und mehr meiden, wenn sie erfahren, was in der Stadt los ist. Der Bedarf an Theriak aber wird steigen. Auch die Aristokraten und Freien, die es sich leisten können, werden nach dem Antidot verlangen. Wenn deine Frau in drei Tagen nicht gesundet … «

»Wovon reden sie?«, hauchte Lelia. Sie sah erbärmlich aus. Die Kruste auf dem Kratzer ihrer Wange drohte erneut aufzureißen. Ihre Augen waren von den Schlägen zugeschwollen, und das Blut sammelte sich unter den Schwellungen zu violettfarbenen Umrandungen, die einer dunklen Augenmaske glichen.

»Sie wollen das Lupanar schließen? Hast du das gehört? Sie wollen das Lupanar schließen?«, wiederholte sie fassungslos. »Ich muss zurück. Ich muss ihnen Bescheid sagen. Einige waren krank und mussten trotzdem arbeiten. Ich muss sie warnen. Ich muss ihnen helfen. Es sind meine Freundinnen. Ich habe Angst, Ceili. Ich habe solche Angst. Was passiert mit ihnen? Was passiert mit uns?«, fragte sie, während sich ihre Finger Halt suchend an Ceilis Arm festkrallten.

146

Als Brigantin hatte Ceili gelernt, sich nur einer Angst bewusst zu sein: Der Himmel stürze über ihr ein.

Noch war es nicht so weit, war sie sich sicher. Sie wusste auch, dass es jetzt an ihr war, Stärke zu zeigen und Lelia beizustehen. »Lass uns zurück ins Lupanar gehen. Ich werde dir helfen«, sagte sie mit fester Stimme zu Lelia. »Nein, *wir* werden dir helfen. Dru ist in die geheimen Weisheiten eingeweiht. Er kennt die heilenden Kräfte der Natur. Ihm wird es gelingen, das Gleichgewicht in den Körpern wiederherzustellen.«

Donatianus

Donatianus lebte in seiner eigenen Vorstellungswelt, die wenig mit derjenigen seiner Weggefährten zu tun hatte. *Er* hatte schon lange keine Furcht mehr vor den heidnischen Göttern. *Er* hatte Angst vor der Hölle. Denn beim endgültigen Weltgericht, so hatte er in Rom erfahren, würde ein Richter über die Lebenden und die Toten urteilen. Wer verdammt war, wurde hinab ins Höllenfeuer geworfen, und zu den Verdammten gehörten die Häretiker und die Heiden. Donatianus hatte große Angst vor den Höllenqualen, denn er war ja mit denjenigen unterwegs, die den heidnischen Göttern huldigten. Wie sollte er mit solch einem Umgang jemals ins Paradies kommen? Doch er war auf ihre Begleitung angewiesen, denn ohne ihre Obhut und Fürsorge – so gestand er sich heimlich ein – hätte er nie die Mitte des Weltkörpers erreicht. Und so geschah es jetzt, dass er sich um Marcus, Dru und Righ und vielleicht sogar um die Frauen sorgte. Zwar saß auch Rama mit ihm in der Höhle, doch der Buddhist meditierte, und es war so, als wäre er gar nicht da.

Als Ceili und Lelia in den Wald aufgebrochen waren, war er zunächst froh gewesen, dass das Weibliche zumindest für geraume Zeit aus seinem Blickfeld verschwand.

Er war als Kind von seiner Mutter geschlagen und vernachlässigt worden. Der kleine Donatianus störte, während sie sich mit Männern verlustierte, und schließlich setzte sie ihn in den Straßen von Rom aus. Auch während er weiter heranwuchs, erfuhr er nie die Liebe und die Fürsorge einer Frau. Mehrfach unterlag er dem Anblick ihrer körperlichen Reize, und die Lust übermannte ihn. Da die Frauen sich ihm stets widersetzten, wandte er Gewalt an. Dann lernte er, dass der Hass das beste Mittel war, sich vor Frauen und dem Bösen, das in ihnen wohnte, zu schützen. Mit dem Hass kam schließlich auch die Angst vor den Weibern.

Donatianus hatte noch das Rufen von Ceili und Lelia in den Ohren, als die beiden in den Wald gegangen waren, um Kräuter zu sammeln. Aber es waren nun schon mehrere Nächte vergangen, und sie waren nicht zurückgekehrt. Seit vielen Monden waren die beiden Frauen genauso wie die Männer – notgedrungen – seine Gefährten, und jetzt plötzlich blieben sie alle weg. Hatten sie sich endgültig gegen ihn verschworen? Waren sie weitergereist und hatten ihn zurückgelassen? Allmählich stieg eine Furcht in ihm auf, die er bisher nicht gekannt hatte.

Um der Unruhe ein Ende zu setzen, beschloss er, nach Chostanza zu laufen. Vielleicht würde er dort etwas über den Verbleib von Marcus, Dru und Righ in Erfahrung bringen.

Der Wind trieb ihm den heftigen Gestank ins Gesicht, als er das Stadttor von Chostanza erreichte. Donatianus hielt sich angewidert die Nase zu, als das Gespann, das soeben die Stadt verließ, an ihm vorbeifuhr. Er wurde bleich. Sein Herz begann zu pochen, denn beim genauen Hinsehen erkannte er, dass Leichen auf dem Pritschenwagen lagen.

Was war hier los? Einer der Wächter, der sich dem Wagen näherte, um seine Neugier zu befriedigen, wurde von dem vermummten Wagenlenker höhnisch verlacht. Wenn er weiter so gaffen würde, wäre er der Nächste, den die Götter strafen würden.

Die Götter strafen? Die Strafe Gottes, überlegte Donatianus fieberhaft. Wofür?

»Donatianus!«, hörte er eine laute Stimme seinen Namen rufen. »Welche Götter haben dich geschickt? Komm und hilf mir.«

Donatianus erwachte aus seiner Starre und erkannte Marcus. Ein Gefühl der Erleichterung überkam ihn, und das Blut kehrte in seine Wangen zurück. Er beobachtete durch das Tor, wie Marcus einem am Boden kauernden Fremden half. Der Mann war ärmlich gekleidet und hatte offensichtlich einen Schwächeanfall erlitten. Marcus kümmerte sich um ihn, während andere Menschen in die Stadt hinein- oder aus ihr herausdrängten.

»Los!« Marcus wurde zornig, als Donatianus sich nicht rührte. »Oder bist du ein gottloser Heide, der sich nicht um seine Mitmenschen kümmert?«

Während Donatianus das Tor durchschritt und die Stadt betrat, wirbelte ein stürmischer Luftzug die Erde auf und hüllte ihn in eine graue Wolke aus Staub.

»Los, pack an!«, rief Marcus und wischte sich den Sand aus den Augen. »Wir bringen ihn zur Basilika. Sie befindet sich beim Heiligtum.«

»Beim Heiligtum?«, fragte Donatianus misstrauisch. Er war schon im Begriff gewesen, mit seinen hageren Armen und den langen Fingern nach den kraftlosen Beinen des beinahe Leblosen zu fassen, verharrte nun aber erneut.

»Pack endlich mit an!«, schrie Marcus jetzt. »Und frag nicht so viel.«

»Ich packe nicht an, wenn wir zum Tempel der Heiden mit ihren Götzenbildern gehen! Und der da«, sagte er und meinte den geschwächten Körper vor sich, »ist ein Götzenanbeter. Ich rühre ihn nicht an!«

»Pass auf, was du sagst, Donatianus! Der Menschensohn beobachtet dich. Er wird dich in die Hölle schicken, wenn du einem Kranken deine Hilfe verweigerst. Er macht keine Unterschiede zwischen den Menschen. Er hat allen geholfen, denen er helfen konnte, und er hat ihnen vom Verstand erzählt … Vielleicht hören es deine Ohren, aber dein Verstand ist immer noch taub. Willst du nicht sein wie der Menschensohn?«

Das Wort Hölle ließ Donatianus zusammenzucken, und er sagte verwundert: »Er ist Gottes Sohn!« Nie zuvor hatte Marcus ihm gegenüber den Menschensohn erwähnt.

Gemeinsam trugen sie den Kranken vorbei am Tempel, der Mars geweiht war. Sklaven waren damit beschäftigt, eine große Steinplatte an der Frontseite des vor dem Tempel errichteten Opferaltars zu befestigen.

»Hast du das gesehen, Marcus?«, fragte Donatianus, unter der Last des kranken Körpers ächzend. »Sie haben in die Steinplatte wieder das Abbild eines ihrer Götter gemeißelt. Er hält einen Stab mit einer Schlange. – Eine Schlange«, wiederholte er beinahe ängstlich, »das Böse, die Verführung, das Schlechte …, und diese gottlosen Heiden beten die Schlange an.« Er ließ die schwachen Beine des Kranken wie zwei schwere Steine fallen. »Ich werde ihn keinen Schritt weitertragen«, sagte er auf der Suche nach einem Fluchtweg.

»Doch das wirst du, Donatianus. Du wirst sofort seine Beine wieder aufnehmen und ihn mit mir zur Basilika tragen.« Marcus blickte Donatianus herausfordernd an. »Denk an die Hölle!«, fügte er hinzu.

Donatianus zögerte. Man sah ihm deutlich an, dass seine Gedanken zwischen Himmel und Hölle hin- und hergerissen waren. Die Hölle, das Weltgericht, die Apokalypse … Die Erinnerung an Rom wurde wach, als auch seine Welt sich verändert hatte …

Mit den Worten: »Gott wird uns dafür strafen, dass wir den Heiden helfen, weiter ihre Götzen anzubeten«, nahm er die Beine des Kranken wieder auf.

In der Basilika, in welcher die Römer ihr Recht sprachen und welche jetzt auf Veranlassung des Medicus Arminius zur Lagerung und Versorgung der erkrankten Bevölkerung diente, empfing sie lautes Stöhnen und Schreien. Überall wurde gehustet und geröchelt. Gezittert und gefröstelt. Schon auf den ersten Blick war zu erkennen, dass es sich um mittellose Männer, Frauen und Kinder handelte, die auf einfachen Strohlagern auf dem Boden lagen.

»Was ist hier los, Marcus?«, fragte Donatianus, grün im Gesicht und ein Würgen unterdrückend.

»Du siehst doch, was hier los ist. Jede helfende Hand wird gebraucht, Donatianus. Jede!«, rief Marcus aufgebracht.

»Hier ist noch Platz«, tönte es dumpf vom anderen Ende der Basilika zu ihnen. Dru winkte, um die beiden auf sich aufmerksam zu machen. Er hatte zum eigenen Schutz vor dem Miasma, der verseuchten Luft, ein Tuch um Mund und Nase gebunden. Jetzt verwies er auf einen schmalen, aber frisch ausgelegten Strohstreifen neben einem stöhnenden Patienten. Dort legten sie den Kranken ab. Während Dru ihm den Puls und die glühende Stirn fühlte, entschieden sie, dass der Druide Kräuter sammeln und heilende sowie schmerzlindernde Kräutertränke zubereiten sollte, während Marcus und Donatianus sich um die Versorgung und Pflege der Kranken in der Basilika kümmern würden. »Bindet euch Tücher um Mund und Nase und fasst die Geschwüre nicht an«, riet ihnen Dru eindringlich.

Stephanus

Mit welchem Wort sie auch immer bezeichnet wurde: Die Griechen nannten sie λοιμός – loimos. Bei den Römern hieß sie *Lues*. In den späteren Jahrhunderten kam das Wort *Pocken* auf. Allgemein wurde sie dem Begriff *Pestilenz* zugeordnet. Jedem Menschen, der eines dieser Worte verstand, kam die Vorstellung von der Katastrophe, dem Leid, dem Schmerz, dem Grauen, dem Unglück, welches die Welt überfiel, in den Sinn. Gleich einem Ungeheuer, einer Ausgeburt des Bösen fiel die Seuche heimtückisch über die Menschen im Römischen Reich her. Die

Vorstellung vom Zorn der Götter machte sich bei den einen breit und die von der Apokalypse, dem Weltuntergang, bei den zu jener Zeit noch wenigen anderen, so bei Donatianus.

Tiefe Wunden und Geschwüre überfielen innerhalb weniger Tage die Körper und ihre Seelen. Wut, Kummer, unsägliches Leid überkamen die Menschen und erschütterten ihre Existenz.

Righ kniete neben einer Frau, die von ihren Kindern umringt auf der Straße saß. Er hielt ihre vom Schmutz verkrustete Hand und fühlte mit der anderen ihre Stirn. Sie glühte. Ihre vom Fieber glasigen Augen blickten matt. Eines der Kinder schmiegte sich in den Schoß der Mutter.

»Wo ist euer Zuhause?«, fragte Righ den älteren der beiden Jungen.

»Komm dem Elend nicht zu nahe!«, rief eine Stimme von oben herab. Spucke landete als kleiner Schaumfleck auf der staubigen Straße neben Righ.

Righ sah auf und blickte abwechselnd in die kalten Augen eines Mannes und einer Frau, die in helle Tuniken gekleidet waren.

»Was meinst du, Römer, woran du leidest?«, fragte Righ.

»Ich leide am Anblick dieses Packs!«, antwortete der Angesprochene angewidert. »Ich verabscheue die Ärmlichkeit. Wenn du diesen Gestalten zu nahekommst, bringen sie Unglück. Sie verbreiten die Seuche. Sie stinken und sind schmutzig«, sagte er verächtlich, und als er weiterging, stieß er mit dem Fuß nach einem der Jungen. »Aus dem Weg! Verzieht euch! Lasst euch hier nicht mehr blicken!«

»Du leidest am meisten unter dir selbst!«, rief Righ ihm nach, »und die Frau an deiner Seite leidet unter dir und unter sich selbst. Helft den Armen, Kranken und Bedürftigen, und es geht euch besser. Versucht es mal.«

»Deine schwache Seele ist gestört, Fremder. Dein Mitleid wird dir nur Kummer einbringen. Es zeugt von deiner Dummheit, den Bettlern zu helfen. Du verlängerst nur ihr Leid. Hör auf meinen Ratschlag und komm dem Elend nicht zu nahe!«, rief der Römer über die Schulter zurück.

»Wie schnell kann es dich selbst ereilen? Wie schnell kann das Unglück dich einholen, und du liegst elend am Boden?«, gab Righ ihm mit auf den Weg und wandte sich dann wieder der kranken Frau zu.

»Wie heißt du?«, fragte er fürsorglich.

»Sie ist meine Mutter und heißt Lavinia«, antwortete der ältere Junge für sie.

Righ blickte in dessen aufmerksame Augen und sagte: »Ich bin Righ, und wie heißt du?«

»Stephanus.«

»Steh auf, Lavinia!«, forderte Righ die Frau auf und nickte Stephanus und dem jüngeren Bruder aufmunternd zu. Gemeinsam halfen sie der Mutter und dem kleinen Mädchen auf die Beine. Die Frau war dünn und schmächtig und schwankte vor Schwäche. Ihre Augen blickten ins Leere. Righ nahm das kranke Kind auf den Arm, und die Söhne stützten ihre Mutter beim Laufen.

»Wir bringen dich und deine Kinder nach Hause, Lavinia«, sagte Righ.

Stephanus führte sie in einen Teil von Chostanza, in welchem die Ärmsten der Armen lebten. Eine verrauchte, aus Latten und Lumpen zusammengeflickte Hütte bildete das Zuhause der Familie. Eine ältere Frau, die in einem Topf Suppe zubereitete, nahm sie mit sorgenvoller Miene in Empfang.

Righ fiel auf, wie liebevoll und fürsorglich Stephanus seine Mutter auf das Strohlager am Boden bettete und das kranke Mädchen neben sie legte.

»Kommst du mit mir und hilfst mir, den Armen und Kranken zu helfen? Wir benötigen dich, um das Elend der Menschen zu lindern.«

Stephanus schaute Righ mit einem ungläubigen Blick an. Was sagte der Fremde? Sie würden seine Hilfe benötigen, um das Leid anderer Menschen zu lindern?

»Ja«, sagte Righ. Als würde er die Gedanken des Jungen lesen. »Wir benötigen deine Hilfe, um anderen zu helfen. Deine Mutter und deine Geschwister werden von deiner Großmutter versorgt. Hier kannst du nicht viel ausrichten. Aber da draußen ...« Righ blickte sorgenvoll in Richtung der Tür, durch die fahles Licht eindrang. »Lass uns gehen, es gibt viel zu tun!«

Stephanus sah auf die geschlossenen Augen seiner Mutter, dann bemerkte er den misstrauischen Blick seiner Großmutter.

»Wir sind frei. Wir sind keine Sklaven! Er ist nicht käuflich«, erklärte die Alte mit wachen Augen.

»Nein«, besänftigte Righ. »Ich kaufe ihn nicht. Er wird mir nicht gehören, und wenn es ihm bei uns nicht gefällt, kann er jederzeit zu euch zurückkehren. Aber er wird bei uns viel lernen. Sein Wissen wird auch euch Nutzen bringen. Er wird bei euch schlafen. Tagsüber hilft er uns und lernt dabei.«

»Was soll er schon lernen?«, fragte die Großmutter. »Er wird hier gebraucht.«

»Avia«, flehte Stephanus, »was soll ich hier herumsitzen? Das hilft der Mutter und der Schwester nicht.«

Die Alte musterte Righ von oben bis unten. Schließlich sagte sie, und es klang wie eine Rechtfertigung: »Glaub mir, Fremder, wir haben nicht immer so gelebt. Wir waren eine rechtschaffende Familie, und jetzt ..., jetzt behandeln sie uns mit Abscheu.« Verbitterung lag in ihrer Stimme. »Sie nennen uns faules Pack und glauben, wir sind Verbrecher. Sieh uns an«, sie breitete ihre Arme aus und wies auf ihre Kleidung. Das Gewand war vielfach geflickt, aber sauber. »Ist das ein Wunder, so wie wir aussehen? So tief, wie wir gefallen sind? Mit den erbärmlichen Nachbarn, die wir haben? Viele verletzen sich selbst mit Absicht, hier, gleich nebenan. – Glaub mir, Fremder, wir kennen inzwischen die Schreie. Sie verstümmeln sich, um erfolgreich Almosen zu erbetteln. Dann können sie nicht mehr arbeiten, weil sie ihren Körper aus Verzweiflung und Wahnsinn mit Steinen, Messern oder Nägeln zerstört haben. Und nicht nur ihren eigenen, sondern auch die Körper ihrer Kinder. Verstümmelte Kinder wirken oft wie ein Zauber bei den Reichen. Und jetzt kommt noch das unaufhörliche Husten hinzu, das Stöhnen und diese grauenhaften Geschwüre …« Sie seufzte. »Ich werde nicht zulassen, dass Stephanus in dieser menschenunwürdigen Armut oder als würdeloser Sklave endet. Er ist frei und soll frei bleiben. So wie einst sein Vater. Wir haben nicht immer in diesem Elend gelebt …«, wiederholte sie, und ihr Blick schweifte durch die ärmliche Hütte. Da war nichts außer dem Stroh auf dem sandigen Boden, dem Feuer mit dem Tontopf darauf und der Suppe darin. »Sie können uns nichts mehr wegnehmen. Wir haben nichts mehr zu geben und nichts mehr zu verlieren.«

»Aber ihr könnt etwas gewinnen«, sagte Righ. Er dachte daran, dass er seinen gesamten Reichtum als König zurückgelassen hatte, um das zu bekommen, was er nun auch Stephanus anbieten konnte. Stephanus würde zur Verwirklichung ihrer Vision beitragen, aber das konnte der Junge noch nicht ahnen.

»Sieh hier!« Righ zeigte Stephanus sein bronzenes Amulett mit dem Sonnenrad. Stephanus wich ehrfürchtig zurück. »Du musst keine Angst davor haben. Du kannst es anfassen. Es ist ein Zeichen. Ein Zeichen meines Stammes, der Briganten. Wenn ich dir nun sage, ich war einst in Britannien König der Briganten, wirst du es mir nicht glauben. Aber das musst du auch nicht. Es ist unwichtig. Das Amulett ist ein Zeichen, das für die Sonne steht, für das Licht. Die Speichen markieren den Weg der Sonne, ihren Kreislauf vom Aufgang bis zum Untergang. Sie stehen für die Jahreszeiten, für die Sonnen- und Mondfeste. Das Amulett steht aber für noch viel mehr. Es steht für …« Es war jetzt nicht an der Zeit, den Jungen in ihre Vision einzuweihen, ihm von dem geheimnisvollen X, von ihrer Suche nach der Harmonie oder gar vom Weltkörper zu erzählen. Wie sollte er dem Jungen angesichts des Elends, das sich um sie herum ausbreitete, deutlich machen, dass er in ihm einen wachen Geist erkannte, einen jungen Gleichgesinnten, einen von denjenigen Menschen, nach denen sie suchten? Righ dachte an Ghealach. Sein Sohn Ghealach. Stephanus hatte ungefähr das Alter von Ghealach, als dessen irdisches Leben jäh beendet wurde … Stephanus hatte dessen Ernsthaftigkeit … Hatte sein geliebter Sohn etwa die Anderswelt schon durchschritten? War seine Seele schon wiedergeboren worden?

»Komm mit, Stephanus!«, sagte Righ entschieden. »Da draußen in der Stadt herrscht das Chaos. Die Menschen benötigen unsere Hilfe, und wir benötigen deine Hilfe.«

Die Avia bedachte Righ mit einem durchdringenden Blick. Schließlich sagte sie zu Stephanus: »Geh mit dem Mann. Ich kümmere mich um deine Geschwister und um deine Mutter. Ihre Seele erträgt das Elend nicht.«

»Stephanus wird Dinge zu seinem und zu eurem Nutzen lernen. Du wirst sehen, sein Wissen wird dir, Lavinia und den Kindern helfen.«

Righ kramte in seinem Beutel, zog getrocknete Kräuter heraus und streute sie in die Suppe.

»Stephanus wird euch mehr davon bringen.«

»Wir müssen Kräuter und Beeren sammeln und Brot backen für deine Familie«, erklärte Righ, als sie auf der staubigen Straße den Weg in Richtung Basilika einschlugen. Dort sollten sie auf Dru stoßen. Die Stimmung in der Stadt war gedrückt. Die Menschen hatten bleiche Gesichter. Immer wieder hörte man lautes Husten und Klagen. Die Avia hatte angedeutet, dass ihre Familie einen Schicksalsschlag erlitten hatte. Gab es einen Zusammenhang mit all dem Elend in der Stadt? Wie konnte er das Vertrauen von Stephanus gewinnen, um mehr über die tragische Vergangenheit der Familie und über das unheilvolle Geschehen in Chostanza zu erfahren?

»Viele Menschen sehen krank und traurig aus«, begann er vorsichtig.

Stephanus blickte zu Boden und sagte leise: »Ich habe auch Angst.«

»Wovor hast du Angst, Stephanus?«

»Ich habe Angst um meine Mutter, um meine Avia und um meine Geschwister. Ich habe Angst, dass alle sterben so wie mein Vater und wie das Baby. Und wie die Sklaven ...«, offenbarte er vertrauensvoll.

Righ schluckte und verlangsamte seinen Schritt. Für einige Augenblicke verschlug es ihm die Sprache. Er atmete mehrmals ein und wieder aus. Dann hörte er sich fragen: »Willst du mir erzählen, wie sie gestorben sind?«

»Die Krankheit ... Alle wurden krank. Wir hatten einen Hof mit Kühen, Ziegen und Schafen, nicht weit von der Stadt. Zuerst wurde einer der Sklaven krank und dann noch einer und noch einer. Und dann Vater ..., und dann ..., dann begann plötzlich auch das Sterben der Tiere ..., eine Kuh, ein Schaf, dann die Ziege. Immer mehr Tiere starben. Nach und nach ...«

Tiefe Traurigkeit überzog das Gesicht des Jungen.

»Dann kamen sie, haben alles geplündert und zerstört und sind über Mutter hergefallen. Wir hatten so viel Angst. Wir haben uns im Stall versteckt. Ich habe den Kleinen die Münder zugepresst, damit ihre Schreie nicht zu hören waren. Sie sind beinahe erstickt. Dann haben die Mörder und Diebe alles in Brand gesteckt. Wir hatten nichts mehr. Nichts, außer Hunger ... nichts, außer Hunger«, wiederholte er. »Wir sind in die Stadt gezogen, um Almosen zu erbetteln. Viele, die sich einst unsere Freunde nannten, haben uns gemieden. Sie haben über uns gelacht und auf uns gespuckt. Doch was sollten wir anderes tun als betteln? Wir hatten alle so Hunger. Mutter wurde krank. Ihr Körper, ihre Seele ...«

»Weißt du, Stephanus, was wir suchen?«, fragte Righ, als Stephanus stockte. Er suchte nach Worten, die dem Jungen Mut und Hoffnung geben sollten. »Es liegt in weiter Ferne. In der Zukunft. Es ist in der Ordnung der Gestirne zu finden. Sieh dir den See an, die Bäume, den krabbelnden Käfer zu deinen Füßen ... Das ist das Leben. Es ist vollkommen angelegt. Harmonisch, dem ewigen Kreislauf unserer Welt angepasst. Doch es gibt immer wieder Einflüsse, welche die Harmonie auf Erden zerstören. Oft sind die Menschen selbst daran schuld, weil sie ihren Verstand nicht nutzen. Und dann werden sie krank. Nicht nur ihre Körper, sondern auch ihre Seelen, ihre Gedanken und ihre Vorstellungen. Die Harmonie des kleinen Universums, das die Menschen in sich tragen, ist im Ungleichgewicht. Es ist gestört. Die Menschen erkennen sich selbst nicht mehr. Sie verlieren den Verstand und ...«

Ein Wagen mit zwei Pferden donnerte an ihnen vorbei. Righ hielt plötzlich inne. Dann brüllte er: »Ceili, Ceili ... Stopp! Bleib stehen!«

Das Vertrauen

Als Ceili Righs Stimme hörte, war es schon zu spät. Doch sie hatte Glück. Die Pferde traten nicht auf ihren Körper, und die Räder fuhren nicht über ihren Leib, als sie zu Boden fiel. Das Gespann rumpelte über sie hinweg, ohne sie zu verletzen. Langsam, vor Schreck am ganzen Körper zitternd, erhob sie sich und klopfte den Staub von den Kleidern. Ein Windstoß erfasste ihre Haare und wehte sie ihr aus dem Gesicht. Erst jetzt nahm sie die Sonne wahr, die sich ihren Weg durch die staubige Luft bahnte. Im Gegenlicht sah sie Righs Gestalt unmittelbar vor sich. Groß, kräftig. Die braunen Locken umspielten sein markantes Gesicht. Die buschigen, dunklen Augenbrauen betonten seine dunkelbraunen Augen. Diese standen leicht schräg und verwiesen direkt auf die senkrechte Falte über seiner Nasenwurzel. Sie blickten sorgenvoll. Sein Kinn wiederholte die Stirnfalte und wurde so in zwei kleine Hügel geteilt. Dazwischen lagen seine kräftige Nase und der Mund, der sich jetzt langsam unter den Barthaaren zu einem Lächeln der Erleichterung verzog.

Wie oft hatte sie sich in der Tiefe seines Blicks verloren und … wiedergefunden – aber nur dann, wenn sie sich unbeobachtet fühlte. Wie oft hatte sie mit aller Macht zu verhindern versucht, dass seine Augen ihr Äußeres und ihr Inneres erforschten? Der Mund, die Nase, die Locken – der ganze Mensch hatte ihr gefehlt. Sie hatte es krampfhaft vermieden, an ihn zu denken. Sie hatte die Gedanken an ihn vertrieben, genauso, wie sie sich stets seinen Berührungen entzogen hatte. War es die Angst davor, dass der Zauber des Einklangs mit den körperlichen Berührungen entschwand? War es die Angst vor der Erinnerung an die Vergangenheit?

Jetzt stand er da wie ein Baum, voller Kraft, voller Leben, voller Energie. Er verkörperte all das, wonach sie sich sehnte.

»Righ …«

Im nächsten Augenblick ließ sie sich von ihm auffangen und schloss die Augen. Sie tauchte ein in die Welt der Vollkommenheit. Seine Wärme vertrieb die Kälte, die sich in den letzten Tagen in ihrem Inneren ausgebreitet hatte. Die Dunkelheit, die sie jetzt umgab, war wohltuend. Sie barg die Ordnung der Gestirne und des Universums. Es war die Harmonie, die Ruhe, das Schweben, welche das düstere Treiben um sie herum ins Nichts verwiesen. Die geschlossenen Lider trennten ihre Wahrnehmung von dem Leid der irdischen Welt, von den Ausschlägen, den Schmerzen, dem Husten, dem Jammern, der Seuche um sie herum. Tränen strömten ungehindert aus ihren Augen. Die Kämpferin gab auf, ergab sich ihren Gefühlen und ihrer Sehnsucht.

Irgendwann kamen die Laute des Elends zurück. Ceili hörte wieder das Stöhnen, die Schreie, das Röcheln. Was ihr wie eine vollkommene Ewigkeit vorkam, dauerte nur ein paar Herzschläge. Sie öffnete die Augen. Das Licht der Sonne blendete sie. Sie blinzelte und spürte, wie Righ seine Umarmung löste. War es das? War das der Anfang vom Ende?

»Ceili …, Ceili … Bist du verletzt?«, erkundigte sich Righ besorgt und suchte ihre Augen, in denen sich Freude und Angst miteinander paarten. Er wischte ihr die Tränen von den Wangen und fragte sie als Nächstes, wo sie gewesen sei.

»Lelia …«, antwortete Ceili immer noch zitternd, »Lelia und ich …, wir helfen den Kranken im Lupanar.«

»Im Lupanar?«, wiederholte Righ verwundert.

Ceili erzählte in kurzen Sätzen von Lelia, ihrem menschenunwürdigen Schicksal im Lupanar und ihrer selbstlosen Rückkehr, um den Wölfinnen zu helfen. Sie verdrängte den lästigen Schwindel, der sie überfiel, und erzählte von der überstürzten Flucht von Lelias Besitzer aus Chostanza aus Angst vor der Pestilenz. Sie sprach von der Versorgung der kranken Mädchen und fasste sich dabei an den Kopf, der jetzt heftig schmerzte.

»Wir waschen sie …, pflegen sie …, geben ihnen zu trinken … und zu essen …« Sie hustete. »Es sind junge Frauen mit kleinen Kindern …, zu schwach zum Fliehen – wohin auch? Wir müssen die Hitze in ihren Körpern kühlen … Wir benötigen Kräuter. Ich muss in den Wald zu den Heilpflanzen. Wir brauchen Quellwasser. Heilwasser. Brigantia muss uns beistehen, Righ.«

»Du bist eine Kämpferin«, sagte Righ ernst, »eine Kämpferin, die sich für andere Menschen einsetzt.«

Dann sah er sich suchend um und zeigte auf den Jungen, der nur wenige Schritte von ihnen entfernt einer alten Frau half, Wasser aus dem Brunnen zu schöpfen: »Das ist Stephanus. Er wird uns helfen. – Stephanus«, wandte er sich an den Jungen, »geh mit Ceili. Erzähle ihr von deiner Mutter und der Avia und von deinen Geschwistern. Sie wird dir helfen, heilende Kräuter, Beeren und Pflanzen zu finden, genauso wie Quellwasser, damit deine Familie zu Kräften kommt. Bringe es ihnen und dann komm zur Basilika. Auch dort haben wir alle Hände voll zu tun.«

»Was ist hier in der Stadt los?«, fragte Ceili kraftlos, und der Husten kam und wollte nicht aufhören. »Welche bösen Götter herrschen hier?« Ceili rang nach Luft. »Die Menschen dürsten und haben trockene Münder, Kopfschmerzen, werden schwächer und schwächer … manche sind entstellt, haben diese schwarzen Flecken, Geschwüre und Geschwülste … im Gesicht, an den Armen und Beinen … Die Flüssigkeit kommt aus ihrem Körper und stinkt … Es ist ein Gift, das sich in ihren Körpern ausbreitet … Brigantia ist die Hüterin der Quellen des Heils und der Gesundheit. Sie muss uns beistehen.« Ein erneuter Schwindel überfiel sie. Das Blut wich aus ihrem Gesicht. Kreidebleich suchte sie nach Halt.

»Ceili?«, fragte Righ besorgt und fasste sie am Arm. »Ceili, geht es dir gut?«

»Ja«, antwortete sie kaum hörbar. »Es ist nur mein Kopf.«

»Ceili!«, rief Righ und fing sie auf, bevor sie bewusstlos zusammenbrach. Wieder und wieder sagte er ihren Namen in der Hoffnung, sie würde die Augen öffnen. Stephanus schöpfte Wasser aus dem Brunnen. Sie kühlten ihr die Stirn und flößten es ihr ein. Sie hustete. Für einen kurzen Moment sah Righ in ihre Augen. Dann schlossen sich ihre Lider wieder.

»Righ?« Dru war auf dem Weg aus der Stadt in die umliegenden Wälder, um weitere Kräuter zu sammeln. Er erkannte Ceili auf Righs Arm und erbleichte.

»Ceili«, sagte er tonlos. Er fühlte ihre Stirn und ihren Herzschlag. Erneut öffnete Ceili einen Spalt weit die Augen, um sie gleich wieder zu schließen. Sie schickten Stephanus zur Basilika und trugen Ceili einander abwechselnd aus der Stadt hinaus an den See. Sie war leicht, viel zu leicht. Viel zu schwach. Sie hatte in der letzten Zeit viel zu wenig gegessen. Das frische Wasser des heiligen Sees kühlte Ceilis fiebrigen Körper. Beruhigend sprach Righ auf sie ein. Immer wieder öffnete sie die Augen, hustete und klagte mit schwacher Stimme über die Schmerzen im Hals. Dru nahm ihre Worte auf, wandte sich den sanften Lauten des Sees zu, brachte sie in Einklang mit Ceilis Klagen und beschwor so das Gewässer, die Götter und Ceilis Körper.

»Sie glüht. Sie ist heiß. Das Feuer wird sie von innen verbrennen. Die Harmonie … Die Harmonie ist gestört«, sagte

Righ immer wieder. »Wir müssen die Elemente in ihrem Körper ins Gleichgewicht bringen. Da ist zu viel Feuer. Wir müssen es löschen.« Dann merkte er, wie er selbst vom Chaos der Gefühle beherrscht wurde, von der Angst vor der Seuche, von der Sorge um Ceili. Er wollte zur Ruhe kommen. Er musste die Herrschaft über seine Gefühle zurückerobern. Ordnung in seine Gedanken bringen. Sein Verstand … Er musste sich auf seinen Verstand besinnen. Wie sollte er, selbst in Angst und Schrecken, im Ungleichgewicht der Elemente, in gefährlicher Gefühlsschräglage gleich einem gekenterten Schiff, wie sollte er in dieser Verfassung Ceili ins Gleichgewicht bringen?

Dru hingegen ging in seinen leisen Beschwörungen auf. Er hatte sich in Einklang mit der Natur gebracht und bezog in diesen Einklang Ceili mit ein. Er war ruhig, weil er wusste, dass er die Macht besaß, mithilfe der Kräfte der Natur ihren Körper und ihre Seele, ihren Mikrokosmos, zurück ins Gleichgewicht zu bringen. Er war ihr Anam Cara, ihr Seelenfreund und Lehrmeister. Er hatte Zugang zu ihrem Seelenleben wie kein anderer. Er war der Vermittler der heilenden Energien. Er konnte die heilenden Kräfte in sie einfließen lassen wie kein anderer Mensch. Er wusste auch, dass er aufgrund der Plage auf besondere Kräfte des Weltkörpers angewiesen war. Die Heilpflanzen allein würden nicht ausreichen. Doch im Zusammenspiel mit einem Kraftort des Weltkörpers würden dessen magische Energien ihrem kranken Körper zur Heilung verhelfen.

Sie brachten Ceili zu ihrer Wohnhöhle in der Nähe des Sees. Dort entzündeten sie ein Feuer. Sie trafen Rama an, schilderten ihm die bedrohliche Lage in Chostanza. Er lächelte, versank zurück in die Welt seines Mikrokosmos und fand dort den Makrokosmos.

»Die heiligen Weisheiten und Rituale stehen mir zur Verfügung. Wir sind alle ein Teil von den magischen Kräften der Natur, und diese Energien sind ein Teil von uns. Es ist eine Wechselwirkung. Wir werden die Ordnung in Ceilis Körper wiederherstellen, Righ. Hier in unserer Höhle bin ich der Druide und für die Heilung der Kranken zuständig«, sagte Dru, während er den Kräutertrank für Ceili in dem Kessel über dem Feuer anrührte. »Arminius mag seine Rezepte haben. Aber viele Bestandteile sind hier in der Gegend nicht zu finden. Außerdem hat er keine Ahnung von den Wirkungen unserer Pflanzen, von ihren Wechselwirkungen, von der Verbindung ihrer Wurzeln mit dem Weltkörper, von dem Einfluss der Konstellationen der Gestirne. Alle Elemente müssen auf das Ungleichgewicht in Ceilis Körper abgestimmt werden. Feuer, Wasser, Erde, Luft. Dann findet Ceilis Mikrokosmos wieder zu seiner Harmonie zurück. Arminius mag der Arzt in Chostanza sein. Er soll dort walten, wie er es für richtig hält. Wir dürfen unsere heiligen Heilmittel, unsere Rituale nie in Vergessenheit geraten lassen, Righ. Wir müssen sie schützen und hüten, das sind wir unseren Ahnen und Ceili schuldig. Die heiligen Weisheiten sind in großer Gefahr. Sie werden von denen, die sie verleugnen und verbieten, zerstört. Wir dürfen unsere Mission nie vergessen, Righ. Gerade jetzt nicht, wo Donatianus den Weltuntergang vorhersagt und Arminius glaubt, mit seinem Theriak das Allheilmittel gefunden zu haben. – Wir sind es auch Simon schuldig«, beschwor der Druide den Briganten.

Ceili zuckte auf ihrem Lager bei Drus letzten Worten.

»Simon«, sagte Righ und sprach den Namen aus, als würde er von einem Gott sprechen. »Simon hat unsere Welt verändert.« Righ griff mit seiner Linken nach dem Amulett um seinen Hals und mit der Rechten nach Ceilis Hand. Der Römer hatte sie dazu gebracht, ihre Insel zu verlassen und in die Fremde zu ziehen, ein Leben als Wanderer zu führen. Ein Leben mit einer Vision. Mit der Vision, die Harmonie im irdischen Dasein zu entdecken. Dabei hatte er von den Rätseln erzählt, die das X verbarg. Wofür stand dieses Zeichen? Was war das für ein Chi Rho, von dem er geredet hatte? Er würde Wunder vollbringen, hatte Simon gesagt. Er hätte Lahme gehend, Blinde sehend gemacht, Tote zum Leben erweckt … Welche Heilmittel kannte dieser Chi Rho? Welcher Magie bediente er sich? Wusste er um Beschwörungsformeln, die Dru nicht kannte? Verzweifelt blickte Righ zu Ceili, die unruhig auf ihrem Lager schlief. Ihr Atem ging schwer. Immer wieder stöhnte und röchelte sie.

»Nein, Righ«, sagte Dru langsam, »sie geht noch nicht hinüber in die Anderswelt. Sorge dich nicht.« Während Dru diese Worte aussprach, vertiefte sich die breite Falte auf seiner Stirn. Wie ein Graben durchzog sie seine wettergegerbte Haut. Er hatte in der Basilika beobachtet, wie schnell die Hitze die Körper der Erkrankten zum Glühen brachte. Wie ihr Hals schmerzte, und wie sie der Husten und die Atemnot quälten. Wie die Mägen rebellierten und sich entleerten. Wie die Flecken zu Geschwüren anwuchsen und die Gesichter, Arme und Beine mehr und mehr entstellten. Wie Kranke austrockneten und mit unerträglichen Schmerzen in die Welt des Todes eintraten.

Während Righ Ceili umsorgte, vollzog der Druide ein Ritual, das er seit einiger Zeit aus Angst vor Verfolgung und Verspottung abgelegt hatte. Das Ritual verlieh seinem Äußeren die höchste Würde der kultischen Elite aller Stämme der Kelten: Er nahm die goldene Sichel und lief zu einer kleinen Furt des Baches. Dort suchte er im Wasser sein Spiegelbild. Er setzte die Klinge an seine Stirn und begann, sich die Haare zu rasieren. Immer wieder setzte er von Neuem an und wischte das Blut mit den abgeschnittenen, im Wasser getränkten, langen weißen Haaren ab. Er wiederholte den Vorgang so oft, bis die vordere Hälfte seines Schädels blank rasiert war.

»Ich werde nun gehen und die magische Mistel suchen. Ich werde sie finden, und gemeinsam werden wir Ceili retten«, verabschiedete er sich von Righ und verschwand.

Nie hatte Dru eine Frau so innig geliebt wie Ceili.

Die Ekstase

Dru zog los und suchte nach der geheimnisvollsten und magischsten nicht nur aller Misteln, sondern aller Pflanzen. Losgelöst von der Erde, lebte sie hoch oben auf dem heiligsten aller Bäume, auf der Eiche. In dem kugelrunden Gewächs hausten die Naturgötter mit all den kosmischen Kräften. Die goldenen Beeren der Mistel reiften, wenn alle anderen Früchte geerntet waren, während der dunklen und kalten Wintermonate. Im Frühjahr würden sie als magische Perlen ihre Zweige schmücken. Das Gewächs, das zwischen Himmel und Erde wuchs, besaß die Macht über Leben und Tod. Doch es war so selten zu finden wie die Harmonie in Donatianus' Mikrokosmos. Dru lief durch den Wald über Wiesen und Felder, vorbei an Misteln, die auf Linden, Birken und Eschen wuchsen. Er ließ sie hinter sich. Nein, dort gediehen nur die Lehrlinge der Heilkraft.

Die Dämmerung setzte ein. Dort, wo die beiden Arme des Lacus Brigantiae einen Bergrücken umschlangen, formte sich in der Ferne eine Silhouette, die aus mehreren halbkugelförmigen Hügeln bestand. Dru erkannte die besonderen Energien, welche die Naturgötter hier freisetzten, und wusste, dass es die heiligen Grabhügel waren, welche die Ahnen im Zentrum des Weltkörpers errichtet hatten. Er sah den Baum, der auf dem höchsten Grabhügel wuchs. Es war die Eiche, und darin wuchs die Mistel.

Der Himmel war klar in dieser fünften Nacht nach dem Neumond, beinahe schwarz. Die Konstellationen der Sterne und Planeten riefen Dru dazu auf, ein Opfer zu bringen. Barfuß stieg er den heiligen Hain zur Eiche hinauf. Während seine Füße die kalte Erde berührten, beschwor er mit zum Himmel erhobenen Armen die im Makrokosmos und Mikrokosmos innewohnenden Elemente der Gestirne, der Mutter Erde, der Pflanzen und Vögel. Er entzündete ein Feuer und warf den gesammelten Bärlapp hinein. Dru hörte, was ihm das laute Knistern verriet, mit welchem das Druidenkraut verbrannte. Er beobachtete den Tanz und das Züngeln der Flammen und des Rauches, die sich gemeinsam in Richtung der Gestirne aufmachten. Das Kraut spritzte und zischte im Feuer. Es tobte wütend, ausgelassen, ungezügelt. Daraufhin konzentrierte er sich auf die Eiche, die sich mit den goldenen Blättern des Herbstes schmückte.

Dru fühlte eine starke Verbindung zu dem Baum. Gemeinsam standen sie allein in dieser Nacht, doch waren sie nicht einsam. Beide hatten ihre Wurzeln, die sie in der Erde verankerten und mit den Ahnen verbanden. Die Eiche trotzte dem Wind, der mal stürmischer, mal sanfter durch sie hindurchzog. Dru sah dem Stamm an, dass er Wunden hatte, dass ihm Äste fehlten, dass er Zeiten des Leids, aber auch des Glücks erfahren hatte. Jahre des Dürstens und Jahre der Fruchtbarkeit. Genauso wie er selbst. Immer wieder sprach Dru mit dem Baum, beschwor ihn. Dann lauschte er dem Flüstern der goldenen Blätter und schließlich hörte er den Ruf der Eule. Immer wieder hallte er durch die Finsternis.

Dru geriet in Ekstase. Er teilte sein geheimes Wissen mit dem Hain, auf dem er stand, dem Feuer, das er entzündet hatte, der Eiche, mit der Mistel, der Eule und mit den umliegenden Grabhügeln, in denen die Schädel mit den Geistern der Ahnen wohnten. Er teilte es mit dem Wind und den Gestirnen. Mikrokosmos und Makrokosmos vereinigten all ihre magischen Kräfte und schickten sie dem Druiden.

Dann sah er, wie die Eule über seinem Kopf ihre Kreise zog. Der Vogel lenkte seinen Blick zur Mistel hoch oben in der Eiche. Er wartete, bis die Nacht ihre vollständige Finsternis erreicht hatte, kletterte Beschwörungsformeln murmelnd die Eiche hinauf und schnitt das heilige Gewächs mit seiner goldenen Sichel. Die Sichel hatte die Form des zunehmenden Mondes. Während ihrer Reise entlang des Rheins hatte Dru das Messer nach und nach mit dem im Fluss geschürften Gold überzogen. Denn das Gold mit seinem ewigen Glanz verlieh der Sichel zusätzlich heilende Kräfte. Jetzt umklammerte er die hoch oben geschnittene Pflanze – sie durfte den Boden nicht berühren, sonst verlor sie ihre magische Macht über Leben und Tod – und kletterte den heiligen Baum wieder hinunter.

Als Dru seine Füße wieder auf die Erde setzte, ließ die Eule sich auf einem Ast der Eiche nieder.

Dru wusste, dass die Götter ihm die Stimme des Vogels der Weisheit geschickt hatten, und es war an der Zeit, den Ruf der Eule zu deuten. Ihre funkelnden Augen starrten Dru an, und Dru starrte zurück. Dru ließ sich langsam am Stamm der Eiche nieder, darum bemüht, das funkelnde Augenpaar nicht aus dem Blick zu verlieren. Er las aus den Bewegungen, die sanften Schattenspielen glichen, und lauschte den Geräuschen des Tieres, dessen Augen in der Finsternis alles sahen und dessen Ohren alles hörten.

Ein weiterer Schrei des Vogels durchdrang die Finsternis. Der Schrei klang wie die Schreie der Menschen, wenn sie unter Schmerzen oder Ängsten litten oder trauerten.

Erschöpfung übermannte Dru, und er döste ein. Als er in der Morgendämmerung mit vor Kälte starren Gliedern erwachte, war der Ast, auf dem die Eule gesessen hatte, leer. Vorsichtig blickte der Druide sich um, dem leisen Rascheln im Laub folgend. Er beobachtete, wie der Vogel von einem kleinen Steinhügel aus eine Maus fixierte, ihr auf seinen flinken Beinen hinterherrannte und sie mit einem gezielten Schnabelhieb erlegte. Er packte die Beute mit seinen kräftigen Fängen und flog davon. Dru stand auf und folgte der Richtung, in welcher der Vogel sich den Weg durch das Gehölz bahnte. Zu seinem Erstaunen erreichte der Druide nach einiger Zeit einen steilen Abgrund, der jäh in den See hinabstürzte. In der Ferne sah er den Vogel fliegen. Er verschwand, mit mächtigen Schwingen schlagend, dort, wo die morgendlichen Nebelschwaden mit dem dämmrigen Grau des Sees verschmolzen. Wo flog er hin? Er flog nicht dorthin, wo das Abendland sich ausdehnte. Er flog auch nicht in Richtung Morgenland, wo der Sonnengott Lugh sich lautlos erhob, um seinen täglichen Kreislauf zu beginnen. Noch glich Lugh hinter dem nebligen Schleier einem fahlen Lichtpunkt. Doch Dru war guten Mutes. Denn während der morgendlichen Beschwörungsformeln zeigte sich das Licht mehr und mehr, je höher der Sonnengott stieg. Bald glitzerte der See im Gegenlicht in seiner gesamten Länge. Die Göttin Brigantia und Pater Rhenus hatten das Gewässer so angelegt, dass der Sonnengott bei seinem Aufgang und bei seinem Untergang den Lacus Brigantiae in seiner gesamten Pracht rotgolden funkeln ließ – immer dann, wenn sich die Nebel- und Wolkengötter verzogen hatten.

Der Druide hatte geahnt, dass der Weltkörper eine Überraschung für ihn parat hielt. Er hatte darauf gewartet.

Nun, nachdem die morgendlichen Nebelschleier sich endgültig aufgelöst hatten, erhob sich vor ihm am gegenüberliegenden Ufer eine riesige Felswand, so weiß wie der Schnee.

Dort, in diesem gewaltigen Klippengestein mit seinen geheimnisvollen Höhlen, war die gesuchte Heilkraft des Weltkörpers verborgen, dessen war Dru sich sicher. Dort traf der See, bewegt von der Macht des Pater Rhenus und der Brigantia, auf das Reich der Felsengötter. Dort walteten die Kräfte der Natur und beflügelten sich gegenseitig. Dru umfasste die Mistel mit festem Griff. Er wusste, dort würde er die Heilkräfte der Natur finden, um die Ordnung und die Harmonie im Mikrokosmos der Bedürftigen von Chostanza und vor allem in Ceilis Körper und Seele wiederherzustellen.

Die Nacht brach bereits herein, als Dru zwei Tage später zur Höhle bei Chostanza zurückkehrte. Gleichzeitig mit dem Druiden erreichten Marcus und Donatianus aus der entgegengesetzten Richtung ihren gemeinsamen Unterschlupf. Sie führten einen Esel mit sich, der eine aus einem Fell und Ästen gebaute Trage zog. Darauf lag ein schwer verletzter Mann.

»Wen bringt ihr uns?«, fragte Dru erschöpft von der langen Wegstrecke, die er in Sorge um Ceilis Zustand in großer Eile zurückgelegt hatte.

Marcus berichtete über die Lage in Chostanza. Medicus Arminius sei Tag und Nacht auf den Beinen. Die Senatoren und Präfekten würden ohne Unterlass nach ihm verlangen.

»Wer ist das?«, lenkte Dru erneut die Sprache auf den Verletzten.

»Arminius hat ihn uns anvertraut. Er trägt ein Amulett um den Hals«, sagte Marcus. »Sieh es dir an!«

»Später«, erwiderte Dru und betrat die Höhle. In der Finsternis sah er Righ am Lager von Ceili sitzen. Er hielt ihre Hand.

»Wie geht es ihr?«, fragte der Druide. Er sah es undeutlich, doch er nahm ihr Lächeln wahr, als sie ihn erblickte. Schwach – aber sie lächelte. Nach dem Bangen um die junge Frau, der abenteuerlichen Reise zu der magischen Felswand am anderen Ufer des Sees und der verzweifelten Suche nach der Heilquelle fiel mit Ceilis Lächeln aus dem Dunkeln alle Anspannung von ihm ab. Drus Gesichtszüge entspannten sich, und sein Herzschlag fand zur Gleichmäßigkeit zurück. Als er ihr über die Stirn streichen wollte, hinderte ihn Righ daran.

»Nein, tu das nicht.«

Als Dru die Öllampe so hielt, dass sie den Lichtschein auf Ceilis Gesicht warf, kam die Sorge so schnell zurück, wie sie verflogen war. Da waren die Flecken …

Der Druide atmete tief ein und wieder aus und sagte dann ruhig: »Auf der anderen Seite des Sees halten die Naturgötter all das bereit, was ich benötige, um sie zu retten. – Besorgt ein Boot! Sofort!«

Alle Blicke ruhten fragend auf Dru.

»Sofort!«, befahl er erneut.

»Wo sollen wir ein Boot herbekommen?«, fragte Donatianus.

»Wir nehmen den da auch mit.« Dru nickte in Richtung des stöhnenden Verletzten, den Marcus und Donatianus soeben auf ein weiteres Lager betteten.

Es war Stephanus, der ihnen helfen sollte. Er kannte einen erkrankten Fischer, der ihnen im Tausch gegen einen Heiltrank und eine Heilsalbe sein Ruderboot überließ.

Schon am nächsten Mittag ruderten sie über den glatten, ruhigen See. Kein Lüftchen regte sich, um mit seinen Wellen zu spielen. Allein das rhythmische Eintauchen der Ruder und das leise Plätschern des gleitenden Bootes waren zu hören. Eine leichte Strömung trieb sie in die gewünschte Richtung. Auch Lugh, der Sonnengott, strahlte mit all seiner herbstlichen Kraft die weiße Felswand an und wies ihnen den direkten Weg zu der geheimen Quelle mit den magischen Kräften, die Dru entdeckt hatte. Neben den beiden Patienten und dem Druiden saßen Righ und Rama im Boot. Sie ruderten abwechselnd, und so erreichten sie das Ufer, bevor Lugh in der Finsternis verschwand.

Ibur, Iburinga – Überlingen

Die geheime Quelle

Die Mitte des Weltkörpers stellte mit dem heiligen See der Göttin Brigantia, welchen Pater Rhenus durchströmte, mit der weißen Felswand, ihren Höhlen, den Pflanzen und Tieren und der geheimen Quelle alle Kräfte zur Verfügung, welche der Druide benötigte, um Ceili und den Verletzten zu heilen. Dru hatte dort nicht nur heilbringende Kräfte ausgemacht, sondern auch schützende, welche die bösen Mächte von ihnen fernhielten. Denn in der weißen Felswand wuchs der Baum des Todes. Die Kelten nannten ihn Ibur. Später wurde Ibur als Eibe bezeichnet. Ihr Vorkommen in der Felswand war so zahlreich, dass unsere Gefährten dem Ort den Namen Ibur gaben, der später zu Iburinga und schließlich zu Überlingen werden sollte. Keiner durfte die Nadeln, die roten Früchte oder die Rinde des Baumes berühren. Denn all das war todbringend. Andererseits konnten die giftigen Bestandteile der Eibe auch als wirkungsvolles Verteidigungsmittel gegen Angreifer eingesetzt werden. Daher galt Ibur auch als helfender Baum.

Allein Dru verstand es, die *heilenden* Kräfte der Eibe zu wecken. In feinster Dosierung oder in einer ausgeklügelten Mischung mit Teilen anderer Gewächse waren ihre Wirkstoffe sogar Leben spendend. Der Druide benötigte Geduld, um dem Baum seine guten Kräfte zu entlocken. Tag und Nacht verbrachte er damit, aus seinem umfassenden heiligen Wissen zu schöpfen, um damit auch die Heilkräfte der umgebenden Natur zu erforschen. Er kletterte die weiße Felswand mit den geheimnisvollen Höhlen immer wieder hoch und runter und beobachtete, untersuchte und beschwor das Pflanzenreich, bevor er mit seiner goldenen Sichel die geeigneten Zutaten schnitt. Er experimentierte mit unterschiedlichen Mischungen, prüfte ihren

Geruch, ihre Farbe, ihr Verhalten im Feuer sowie in kaltem oder erhitztem Wasser. Je mehr er das Wasser der unermüdlich sprudelnden Quelle in seine Experimente einbezog, desto mehr stellte er fest, dass deren Heilkraft seine Erwartungen weit übertraf. Das warme Wasser entsprang aus den feurigen Tiefen des Weltkörpers und zog daraus seine magischen Kräfte. Wurde die Quelle darüber hinaus von den entsprechenden Konstellationen der Gestirne gestärkt, verlieh sie allem, was noch Leben in sich trug, unbändige Energien. Mehrmals am Tag legte Dru Ceili in das Becken der Quelle und versorgte sie mit dem gebrauten Elixier. Dabei murmelte er Beschwörungen, die er mit den harmonischen Klängen seiner Lyra oder mit rhythmischen Schlägen auf sein bronzenes Trinkgefäß untermalte.

So gelang es ihm, Ceili von der Schwelle zur Anderswelt ins irdische Leben zurückzuholen.

Inzwischen hatten auch die anderen die Heilkraft der Quelle erkannt. Da sie selbst am Rand der Erschöpfung waren, lag es auch für Marcus und Rama nahe, den See zu überqueren und gleichfalls in das Becken zu steigen, um wieder zu Kräften zu kommen. Auch Donatianus war mit übergesetzt, weigerte sich aber, das Becken zu betreten.

Gemeinsam schmiedeten sie einen Plan. Es war mehr als ein Plan. Es war eine neue Vision, zu deren Verwirklichung auch der Medicus gebraucht wurde. Immer wieder drängten sie Arminius dazu, mit nach Ibur zu kommen. Dieser war wegen der Plage sehr beschäftigt, doch schließlich gab er nach, ruderte mit über den See und nahm mit ihnen ein Bad im Becken der Quelle.

»Wir haben uns hier versammelt«, sagte Marcus, und das Sprudeln der Quelle rauschte im Hintergrund, »um Menschen zu retten, die von der Seuche befallen sind.« Er klatschte mit seiner Hand auf das warme Wasser und tauchte sie ein. Es bildeten sich gleichmäßige Kreise, die sich langsam auf der Oberfläche ausbreiteten. Nach und nach erreichten sie die weiteren Körper im Becken. Sie waren alle nackt, und keiner zeigte Scham.

Nur Donatianus trug noch sein Gewand und hatte sich, seine dunkle Kapuze über dem Kopf, in einer der Nischen der Höhle verkrochen.

»Der Weltenrichter ist der alleinige Retter und der Erlöser. Er wird über uns alle richten«, prophezeite er mit düsterer Stimme aus der Finsternis. »Was in Chostanza vor sich geht, ist die Apokalypse. Das Weltgericht steht bevor. Der Allmächtige schickt die Krankheit, die Seuche. Er schickt die stinkenden Geschwüre, die Blasen, die grauenvollen Schmerzen, das Fieber. Er schickt sie den Heiden. Die Welt wird untergehen mit Sturm und Hagel. – Ihr werdet schon sehen.« Donatianus verschluckte sich vor Eifer. »Die Menschen und die Tiere werden sterben, die Ernten ausfallen. Die Unzüchtigen und Abergläubischen wird er strafen, genauso wie diejenigen, welche ihnen beistehen. Auch über die Weiber wird er richten. Er richtet über die Medici, die es wagen, sein Werk zu zerstören, indem sie Leiber aufschneiden, und über die Wissenschaftler, diese gottlosen Heiden, die seine unfehlbare Schöpfung zerstückeln. Ihr werdet alle Höllenqualen erleiden!«

»Deine Untergangsstimmung gefällt mir nicht, Donatianus. Teilt ihr seine Angst vor dem Höllenfeuer?«, fragte Arminius. Er überging den Angriff auf seinen Berufsstand und schüttelte nur verständnislos den Kopf. Offensichtlich entspannte ihn das warme Quellwasser, und er strich sich mit seiner Linken über den eingetauchten ausgestreckten rechten Arm. »Wir sind hier, um Menschen das Leben zu retten, und nicht, um ihre Angst vor dem Tod zu schüren«, sagte er gelassen. Das Heilwasser tat seinem erschöpften Körper und seinem angestrengten Geist merklich wohl.

»Hör nicht auf Donatianus«, sagte Ceili. Drus heiliges Wissen und seine Experimente mit den magischen Mächten, die der Quelle, der weißen Felswand und deren Pflanzenwelt innewohnten, hatten Wunder bewirkt und ihre Körpersäfte zurück ins Gleichgewicht gebracht. Ihre Chakren waren wieder harmonisiert, wie Rama sich ausdrückte, und die Energie floss wieder in geordneten Bahnen durch ihren Körper. Jetzt drehte sie sich im Becken um, und ihre Augen funkelten böse in Richtung der dunklen Nische, in der Donatianus kauerte.

»Was verbindet euch?«, fragte Arminius.

Dank der warmen Quelle war die Höhle von einer lauen Feuchtigkeit erfüllt. Durch den Zugang und einen schmalen Spalt im Gestein fand ein frischer Luftzug Einlass. Darunter loderte ein Feuer mit Drus brodelndem Kessel darüber.

In der Grotte gab es allerhand Getier: Frösche hüpften umher; Mäuse huschten vorbei, aber auch Vipern und Nattern schlängelten am Boden entlang. Rama hatte die Schlangen aufgespürt und gefangen.

»Welche Viper sollen wir nehmen?«, fragte Arminius weiter, ohne eine Antwort auf seine vorhergehende Frage abzuwarten. Er erhob sich und folgte Dru, der das Becken verlassen und sein helles Gewand übergeworfen hatte, um das Feuer weiter zu schüren.

Rama stieg nach Arminius aus dem Becken. Er tätschelte die harmlose Natter, die sich liebevoll um seinen Hals schlängelte. Sanft nahm er ihren Kopf in seine Hand, blickte in die Augen des Tieres, die wie schwarze Diamanten funkelten, und fragte sie: »Was meinst du? Überlässt du uns eine deiner wunderbaren Gefährtinnen, damit wir ihr Fleisch zum Heilen armer geplagter Menschen verwenden können?«

Arminius verdrehte die Augen und sagte nüchtern: »Verwandte deiner Lieblinge werden in Rom als Giftmörderinnen eingesetzt. Sie haben viele Menschenleben auf dem Gewissen.«

»Und andere retten den Menschen das Leben«, verteidigte Rama die Tiere.

»Ja, genau. Ihr Gift wird als Gegengift eingesetzt. Mit dir als Schlangenbeschwörer sind wir ja auch mit den Vipern auf der sicheren Seite. Allerdings«, seufzte Arminius, »benötige ich noch viele weitere kostspielige Zutaten für die Zubereitung des Theriaks. Die Kräuter und Pflanzen kommen aus fernen Ländern wie Griechenland und Rom, manche sogar aus Ägypten, aus der Gegend um Alexandria, oder aus dem Orient. Nur die hohen Herren können diese weit gereisten Kräuter bezahlen. Sie bieten Höchstpreise für die Tränke zu ihrer eigenen Heilung. Aber was machen wir mit den vielen Armen und Bedürftigen, die von der Seuche betroffen sind und nichts besitzen?«

»Ich benötige keine Kräuter aus fremden Ländern«, sagte Dru. »Hier wachsen genügend Pflanzen, Bäume, Sträucher, Beeren, Früchte, Kräuter und Gräser, die wir als Heilmittel einsetzen können.«

»Sie werden nicht so wirksam sein wie die Ingredienzen der von der Sonne verwöhnten Gewächse«, erwiderte der Medicus.

»Unsere Gewächse sind vom Regen verwöhnt. Sie tragen die Feuchtigkeit und damit die fruchtbare Heilkraft der Naturgötter in sich«, entgegnete Dru bestimmt.

»Du magst recht haben, Dru. Es hängt jedoch davon ab, ob die trockenen oder die feuchten Elemente im Körper überwiegen«, gab Arminius zu bedenken.

»Die trockene Hitze im Körper ruft das Fieber hervor«, sagte Ceili. »Es ist noch nicht lange her, da glühte und schmerzte mein Kopf. Jede feuchte Kühlung tat mir gut.«

»Und was ist mit dem feuchten Sekret der Blasen und Geschwüre?«, fragte Arminius.

»Wir sind uns einig darin«, sagte Righ, der noch im Wasser neben Ceili saß, »dass die Kräfte der Gestirne in den Pflanzen sind, und die Planeten und Sternkonstellationen die Wirkung der Heilmittel stärken oder schwächen – überall auf der Welt. Aber wir sind nun mal hier, an dem See unserer Göttin Brigantia, den Pater Rhenus speist, und nehmen das, was Dru uns empfiehlt.«

»Was seid ihr für abergläubische Ketzer!«, rief Donatianus erzürnt aus seiner dunklen Ecke. »Der Allmächtige hat die Welt erschaffen. Er ist es, der die Guten heilt und die schlechten Menschen ins Höllenfeuer verdammt.« Mit Abscheu blickte er auf die kriechenden Schlangen, die Rama folgten wie die Dunkelheit dem Licht und das Licht der Dunkelheit.

»Was seid ihr für eine seltsame Gruppe?«, fragte Arminius in die Runde. »Ihr gehört zu denen, die sich an geheimen Orten treffen.« Zwei Sorgenfalten zeichneten sich über seiner Nasenwurzel ab. »Passt auf, das bringt euch in große Gefahr. Geheimbünde machen sich verdächtig und sind im Römischen Reich verboten.«

»Wir wollen kranken Menschen helfen«, sagte Righ ausweichend. Hatten sie tatsächlich einen Geheimbund gegründet?

»Nun gut«, lenkte Arminius ein. »Du hast recht, Righ. Es geht um die Seuche und darum, das Gleichgewicht der Körpersäfte in den von der Plage heimgesuchten Menschen wiederherzustellen. Selbstverständlich suche auch ich nach den Ursachen. Ich untersuche nicht nur die Körper der ehrwürdigen Herren und ihrer Frauen, sondern auch alle ihre Ausscheidungen: das Erbrochene, den Stuhlgang, den Urin, den Speichel und den Hustenauswurf auf ihre Verfärbungen, ihre Konsistenz, ihren Geruch.«

Er würde all seine Beobachtungen und Erkenntnisse genau aufschreiben, erläuterte der Medicus weiter, alle Symptome und Beschwerden, wann sie auftreten und welche Zusammensetzung des Theriaks am besten wirken und die Schmerzen lindern würde. Immer wieder würde er auch die Kopien der Schriften seines Lehrmeisters Galenus konsultieren, die er selbst abgeschrieben hatte. Der Medicus Galenus habe beobachtet, dass die Blasen vom hohen Fieber kämen, welches das Blut verfaulen ließ und die Natur wie eine Art Asche aus der Haut trieb. Je mehr Ausschlag, desto höher sei die Wahrscheinlichkeit der Genesung, denn je mehr Schorf von den Blasen abfiel, desto besser könne die Fäulnis dem Körper entweichen.

»Ich schätze dich sehr, Arminius«, wandte Dru ein, »aber ich beobachte, dass die Menschen eher sterben, wenn der Ausschlag stärker ist.«

»Vielleicht solltest du deine Beobachtungen auch aufschreiben«, überlegte Marcus. »Dann haben wir verschiedene Erkenntnisse und können sie miteinander vergleichen.«

»Niemals!«, verneinte Dru vehement. »Dafür habe ich mein Gehirn. Das kann mehr aufnehmen als jeder Papyrus oder irgendein Pergament, unbedeutend wie lang die Rolle ist oder wie viele Seiten der Codex umfasst. In meinem Kopf sind all meine Erkenntnisse, all meine Beobachtungen, all mein Wissen enthalten. Ich werde nichts aufschreiben! Niemals! Das habe ich geschworen!«

»Für die Armen, die Verstoßenen, die Aussätzigen bleibt mir keine Zeit«, überging der Arzt die Äußerungen des Druiden. »Aber ich habe erlebt, wie ihr euch um die Wölfinnen und die mittellosen Kranken in den Straßen von Chostanza kümmert, und davor habe ich Respekt. All diese Menschen würden ohne eure Hilfe zugrunde gehen, jämmerlich zugrunde gehen, und deswegen stehe ich euch zur Seite. Und deshalb warne ich euch: Seid vorsichtig mit eurer Geheimnistuerei!«

»Das sage ich schon lange«, murmelte Donatianus.

Inzwischen hatte Rama die Viper ausgesucht, sie beschworen und schließlich widerwillig Dru übergeben. Auch Dru beschwor das Tier und beförderte es genauso widerwillig in die Anderswelt, während Rama sich voller Mitleid mit dem Geschöpf abwandte. Arminius schnitt aus dem noch zuckenden langen Körper die Teile heraus, die er für den Theriak benötigte.

»Was hast du vor dich hingemurmelt, als du sie erschlagen hast?«, fragte er währenddessen Dru.

Dru schwieg.

»Schon wieder diese Geheimniskrämerei! Ihr Druiden gebt euch als Heiler aus, aber behaltet all eure Kenntnisse für euch. Kannst du mir erklären warum?«

»Nicht jeder ist des Geheimwissens würdig«, war Drus knappe Antwort.

»Glaube nicht, dass wir, die wir nicht in eure seltsamen Weisheiten eingeweiht sind, nicht auch ein tiefgründiges Wissen haben«, entgegnete Arminius. »Doch wir schreiben es auf, und lassen alle, die sich dafür interessieren, daran teilhaben. Der erste Medicus, der sein Wissen für die Nachwelt in Schriften festgehalten hat, war Hippokrates«, holte Arminius aus. »Er lebte vor mehreren Hundert Jahren in Griechenland. Alle Medici lesen und studieren seine Schriften. *Unsere* Auserwählten«, er blickte triumphierend, »*ergänzen* die Schriften mit ihren Erkenntnissen und Erfahrungen. So hat es auch mein römischer Lehrer Galenus gehandhabt. Jeder, der lesen kann, soll Nutzen aus dem Wissen, den Erfahrungen und den Kenntnissen der Vorfahren ziehen. Schließlich geht es um das Wohl der Menschen, aller Menschen.«

»Du hattest deine Lehrmeister, und ich hatte meine Lehrmeister, Arminius«, sagte Dru und rührte Ebereschenbeere, Hagebutten und Ringelblumen in den Kessel, der über dem Feuer brodelte. »Offensichtlich speisen unterschiedliche Quellen unser Wissen.«

»Ja«, erwiderte der Medicus. »Deine Quelle ist geheim, und meine ist für jeden zugänglich. Warum sollte sie geheim sein, wenn sie heilen soll?«

»Es ist ratsam, die Quelle geheim zu halten. Sonst wird sie von den Unwissenden zerstört.«

»Ihr müsst aufpassen«, wiederholte der Medicus ernst und wandte sich dann auch den anderen zu.

»Nicht nur die Druiden werden verfolgt, sondern auch die Boten und Nachfolger von dem, den ihr Chi Rho nennt, werden mit Argwohn beobachtet. Auch sie werden der Heimlichkeiten bezichtigt. Es wird verbreitet«, fuhr Arminius stirnrunzelnd fort, »dass die Geheimnistuer bei ihren heimlichen Zusammenkünften unter der Erde Kinder opfern und verspeisen würden.«

»Wer erzählt denn so was?« Ceili erstarrte.

»Das sind die Gerüchte, die im Volk herumgehen. Und das ist nicht alles. Es heißt, dass sie Inzest betreiben. Mütter und Söhne, Väter und Töchter, Brüder und Schwestern würden miteinander den Geschlechtsverkehr vollziehen. Auch wird gemunkelt, dass die Geheimnistuer einen Leib essen und Blut trinken würden. Das klingt nach Menschenopfern.«

»Das sind doch nur Bilder und Symbole! Und diejenigen, die sie nicht verstehen wollen, bringen sie als Verleumdungen unter das Volk«, sagte Marcus kopfschüttelnd und nahm einen kräftigen Schluck des roten Weines aus seinem Lederschlauch. »Die Symbole mögen spektakulär sein …«, gab er zu. »Ja!«, bekräftigte er. »Das müssen sie auch sein. Sie sollen die Menschen in dieser Welt wachrütteln, zum Denken anregen, an den mitgegebenen Menschenverstand erinnern …«, suchte er nach Erklärungen.

Eine Weile herrschte betroffene Stille unter den Gefährten. Dann ergriff Arminius wieder das Wort.

»Genau das ist die Gefahr der Geheimniskrämerei, vor der ich euch warnen möchte. Ob ihr nun zu jenem Geheimkult gehört oder nicht, ob es wahr ist, was sie verbreiten oder nicht, darum geht es mir nicht. Ich stelle jedoch immer wieder fest, dass Geheimniskrämerei große Gefahren birgt, weil sie die Nichteingeweihten zu falschen Vorstellungen, Verleumdungen und schlimmen Gerüchten verleitet.«

»Es gibt nur wenige Auserwählte«, verteidigte sich Dru verärgert, »die der *heiligen* Geheimnisse würdig sind. Diese heiligen Weisheiten haben nichts mit Geheimniskrämerei oder irgendwelchen Heimlichkeiten zu tun. Wir, die Auserwählten«, der Druide richtete sich auf und reckte stolz sein Haupt mit dem langen weißen Haar in die Höhe, »benötigen bis zu 20 Jahreskreisläufe für unser Gedächtnistraining und um die geheimen und heiligen Weisheiten zu verstehen und auswendig zu lernen – ohne jegliche Schriften und Aufzeichnungen. *Mein* Kopf gehört zu den Hütern dieser *heiligen* Weisheiten.«

»In Lugdunum im südlichen Gallien richtete sich die Wut des Volkes gegen die Geheimnistuer«, fuhr Arminius unbeirrt fort. »Dort gab es einen Aufstand gegen sie. Sie wurden gefangen genommen und gefoltert. Alle, die ihren Geheimnissen nicht abgeschworen haben, ließen die Richter hinrichten oder den

Bestien in der Arena vorwerfen – als Spectaculum für die Zuschauer.« Der Blick des Medicus wanderte zu dem Verletzten, der auf dem Lager schlief. Inzwischen hatte sich herausgestellt, dass er der Gladiator im Kampf gegen den Bären war. Er war ein Christ, so hatte Arminius es ihnen damals in der Bibliothek eröffnet, und damit ein bekennender Nachfolger und Bote des geheimnisvollen Chi Rho. Er hatte immer noch starke Schmerzen von den Verletzungen, und so flößten Dru und Ceili ihm immer wieder Tränke ein, die lindernd und beruhigend wirkten. Auch betupften sie in regelmäßigen Abständen seine tiefen Wunden mit dem Heilwasser der Quelle.

»Ich kann euch nur raten, nehmt euch in Acht«, empfahl der Medicus jetzt erneut. »Haltet euch zurück und stellt die Traditionen der Römer nicht infrage. Es geht dabei nicht um die Meinung des Kaisers. Marc Aurel ermahnt sich selbst dazu, die gesamte Menschheit als einzigen Körper zu begreifen, in dem alle Glieder das ihre zu verrichten haben, und jeder zur Gesundheit des Körpers beitragen muss.«

»Und jetzt ist jedes Glied des Körpers krank«, sagte Ceili und stieg ungeniert aus dem Becken. Righ betrachtete sie und dachte dabei an die Nymphen, die schönen, verführerischen Göttinnen der Natur, um die sich die Sagen und die geheimen Riten seines Stammes drehten. Ceilis rotblonde Locken an Kopf und Scham glichen der Farbe des Feuers. Ihre grünblauen Augen spiegelten das Wasser der heilenden Quelle wider. Ihre helle Hautfarbe ließ ihre zarte Gestalt zerbrechlich erscheinen. Voller Anmut bewegte sich ihr feingliedriger Körper, das Gleichgewicht suchend, über den kantigen Felsrand des Beckens. Die Wassertropfen liefen wie kostbare Perlen über ihre nackte Haut. Die Krusten, die der Ausschlag hinterlassen hatte, sah Righ nicht. Er verfiel der erregenden Vorstellung, er würde jeden einzelnen Tropfen mit seiner Zunge auffangen, um ihren Körper zu trocknen.

Doch die Gedanken an die Stammesrituale und an Ceilis verletzte Seele drängten sich auf und holten ihn zurück in die Gegenwart.

»Es geht jetzt nicht um die heiligen Geheimnisse«, lenkte Dru nun versöhnlich ein und kehrte zum eigentlichen Grund ihrer Versammlung zurück.

»Die Luft …«, überlegte Arminius und wandte sich nun genauso friedfertig Dru zu, »… wir wissen, es ist die Luft, die ein- und ausgeatmet wird. Sie ist verseucht. Das, was am schnellsten hilft, wenn die Krankheit auftritt, ist eine Luftveränderung. Das heißt, wenn man sich schützen will, verlässt man die Stadt und überlässt notgedrungen die Menschen, die nicht mehr dazu in der Lage sind, ihrem Schicksal. Daher schicke ich die Wohlhabenden auf ihre Landsitze und Gutshöfe. Auch der Senator von Chostanza hat sich mit seiner Tochter auf einen Berg hier in der Nähe von Ibur zurückgezogen.« Arminius verschwieg, dass er die geplante Hochzeit mit dessen Tochter Lumia aufgeschoben hatte.

»Wir können den Armen helfen«, begann Righ, den Medicus in ihre Pläne einzuweihen. »Deswegen haben wir dich gebeten, uns hierher zu begleiten, Arminius.«

»Es geht um die geheime Quelle«, sagte Dru und blickte auf den kräftig sprudelnden Felsen. »Du weißt, ich habe sie gefunden«, sagte er, und es gelang ihm nicht, seinen Stolz zu verbergen. »Die Götter täuschen mich nicht und die Ahnen auch nicht. Man sollte nur wissen, wie man ihnen ihre heiligen Geheimnisse entlockt«, erklärte er triumphierend. »Die heilige Quelle, das Becken, die Kraft der weißen Felswände, sie sind es, die uns beim Heilen von Ceili geholfen haben und sie werden uns auch beim Heilen der Bedürftigen helfen.«

»Die Kräfte der Natur helfen auch ihm«, sagte Ceili und wies auf den immer noch schlafenden Christen. Ihre Augen sprühten vor Energie, als sie fortfuhr: »Wir bauen die benachbarten Höhlen zu einem Krankenlager aus und bringen die bedürftigen Kranken über den See hierher. Hier können wir sie pflegen wie in einem Valetudinarium, wie in einem Lazarett. Hier können sie der verseuchten Luft entfliehen. – Was hältst du davon, Arminius? Wirst du uns bei der Einrichtung helfen?«, fragte sie und sah den Medicus erwartungsvoll an.

»Was für eine Idee!«, staunte Arminius. Dann überlegte er laut: »Wir haben genug Licht durch die großen Öffnungen der Höhlen. Der See wird uns mit Trinkwasser versorgen. Ich werde mich um unterschiedliche Messer und andere Gerätschaften für Operationen und Wundversorgungen kümmern.« Die Vorstellung von dem Höhlen-Lazarett für die Bedürftigen faszinierte ihn mehr und mehr.

»Wir werden Lagerstätten, Stühle und Tische bauen«, ergänzte Righ voller Tatendrang.

»Ich werde für die Rauschmittel, Medikamente gegen Schmerzen und Heiltränke sorgen. Und hier im Becken mit dem Wasser aus der heiligen Quelle werden die Kranken ihre heilenden Bäder nehmen«, sagte Dru.

»Ja«, bestätigte Ceili begeistert. »Wir werden sie darin baden und in den umliegenden Höhlen gesund pflegen.«

»Die Quelle allein wird den Patienten nicht helfen«, wandte Arminius ein und rieb sich nachdenklich das Kinn. »Was wisst ihr von der Wirkung von Speisen und Getränken im menschlichen Körper? Vom Wechselspiel zwischen Ernährung und Anstrengung? Vom Einfluss der Jahreszeiten und des Alters auf den Menschen? Weißt du, Druide, was Wissenschaft ist? Was es bedeutet, sich eingehend mit den Krankheitsbildern zu beschäftigen? Sie zu analysieren? Sie zu studieren? Ihre Symptome geordnet aufzuschreiben? Weißt du, dass auch wir Ärzte einen Eid leisten müssen? Nein, nicht den Eid des Schweigens. Nicht den Eid der Geheimhaltung, sondern den Eid des Hippokrates!«

»Was für ein Eid ist das?«, fragte Ceili. »Darfst du darüber reden?«

»Selbstverständlich«, antwortete Arminius. »Es ist ein Schwur auf die Kunst des Heilens. Wir rufen Apollon und

Asklepios an und schwören, die Verpflichtungen gegenüber unseren Lehrmeistern und unseren Patienten einzuhalten.«

»Nun«, sagte Dru beleidigt. Er sah aus, als hätte er soeben auf eine rohe Eichel gebissen, »ich werde mich nicht von dir dazu verleiten lassen, dir mein heiliges Wissen kundzutun. Aber über die Heilkräfte der Pflanzen und die Kraft der Gestirne und deren Einflussnahme auf den menschlichen Körper wirst du mich nicht belehren können, Arminius. Wir Druiden stehen nicht nur mit den himmlischen Göttern in Verbindung, sondern auch mit den Naturgöttern. Sie sind die eigentlichen Heiler. Die Götter führen uns Druiden nur die Hände, wir sind bloß ihre Handlanger.«

»Wenn es uns die Zeit erlaubt«, erwiderte Arminius unbeeindruckt, »werde ich euch erneut mit in die Bibliothek von Chostanza nehmen. Dann zeige ich euch die Schriften meines römischen Lehrers, meines Meisters, des bedeutenden Medicus Galenus. Es sind die bereits erwähnten Abschriften, die ich selbst angefertigt habe. Dann siehst du, Druide, worum es in der Medizin und bei der Heilung von Krankheiten wirklich geht. In diesen Schriften lernst du etwas über Symptome, Verläufe und Therapien … Aber, Druide, du und deine Gefährten, auch ihr dürft jetzt keine Zeit mehr verschwenden. Die Kranken warten auf euch und auf mich!«

Ceili beobachtete Dru. Er warf einen Blick zur ewig sprudelnden Quelle, murmelte unverständliche Worte vor sich hin und verließ die Höhle. Arminius hatte einen Stock in der Hand, um den sich eine der Nattern wand. Er lächelte und sprach: »Kennt ihr unseren Gott der Heilkunst? Asklepios? Er verwandelte sich in eine Schlange und hat Rom von der Seuche befreit, als die menschliche Kunst versagte. Asklepios ist der Sohn eines Gottes. Er vollbrachte Wunder. Er heilte Blinde.«

Der Christ und Chi Rho

Der Sturm, der tagsüber gewütet hatte, war weitergezogen. Der See passte sich wie immer der Luft an, und die Wogen hatten sich geglättet. Der Sonnengott hatte seine Bahn vollendet und war verschwunden. Die Dunkelheit des Universums spiegelte sich im Wasser wider. Es war an der Zeit, die ersten Patienten in das vorbereitete Lazarett auf der anderen Seeseite zu transportieren. Sie hatten Frauen, Kinder und Männer, die mit hohem Fieber zur Basilika gebracht worden waren, für die nächtliche Überfahrt vorbereitet. Arminius, der ihnen das große Boot beschafft hatte, kam mit an Bord. Die vergangenen Tage hatten erneut an seinen Kräften gezehrt, und er wollte die Überfahrt nutzen, um den notwendigen Schlaf nachzuholen.

Der Christ hatte sich inzwischen erholt und darauf bestanden, sie zu begleiten. Die Verletzungen, die ihm der Bär in der Arena zugefügt hatte, waren – nachdem Arminius ihm das Leben gerettet hatte – durch Drus Heilkunst schneller als erwartet geheilt. Das Laufen fiel ihm zwar noch schwer, aber er konnte rudern. Das große Boot hatte mehrere Riemen, sodass sie für jede anpackende Hand dankbar waren.

Fürsorglich betreute Ceili die fiebrigen Menschen. Sie hüllte sie in wärmende Felle, tupfte ihnen den Fieberschweiß von der Stirn, gab ihnen Seewasser zum Trinken, wenn der Husten sie quälte, sprach ihnen beruhigende Worte zu, bis sie schliefen, säuberte sie von Exkrementen jeglicher Art oder summte den Kindern, die abwechselnd auf ihrem Schoß lagen, Lieder aus ihrer britannischen Heimat vor.

Als sie ungefähr die Hälfte des Sees überquert hatten, kam das Gespräch auf die außergewöhnliche Gestalt, die Chi Rho genannt wurde.

»Chi Rho sagte ungewöhnliche Dinge über uns Menschen, über unsere Gedanken, über unseren Geist. Er sprach in Rätseln und in oft schwer zu deutenden Bildern«, wusste der Christ, tauchte das Ruder tief in den See und zog mit aller Kraft daran.

»Nenne uns ein solches Rätsel, Christ«, forderte Righ ihn auf. Der Brigant hob das Ruder jetzt gleichzeitig mit den anderen Ruderern an, und die über das Holz laufenden Tropfen rannen ins Wasser. Die Spanten des Bootes knarrten, und die Spannung, die sich darin ausbreitete, knisterte.

Der Christ verharrte mit seinem Ruder in der Luft und kratzte sich mit der anderen Hand am Kopf. Er suchte in seinem Gedächtnis nach einem passenden Zitat. Schließlich sagte er: »Chi Rho sprach: *Ich bin das Licht, das über allen ist. Ich bin das All; das All ist aus mir herausgekommen. Und das All ist zu mir gelangt. Spaltet ein Holzstück, ich bin da. Hebt den Stein auf, und ihr werdet mich dort finden.*«

»Das ist das Gleiche, was wir auch sagen«, stellte Righ erstaunt fest und zog jetzt kräftig am Ruder. »Wir drücken es nur mit anderen Worten aus. Lugh, unser Sonnengott, ist das Licht.«

»Das Universum und das Licht sind in jedem Stein, Holz und Mensch enthalten«, ergänzte Dru zustimmend. »Wir bestehen aus den gleichen Teilen wie das Universum. Das stimmt mit dem überein, was dein Chi Rho sagt. Sicher meint er, jeder von uns ist das *Ich*. Wir sind ja alle *Ich*. «

»Vielleicht«, überlegte der Christ, beeindruckt von Drus Gedanken. Dann fuhr er fort: »Chi Rho hat nie behauptet, dass er ein Gott sei. Im Gegenteil. Er sagte, er sei der Menschensohn. Er war ein Wissender, aber auf seine Art. Er selbst hat seine Weisheiten nie aufgeschrieben. – Genauso wenig wie ihr Druiden eure Weisheiten aufschreibt. Doch im Gegensatz zu euch hat er seine Weisheiten und Prophezeiungen verkündet. Er sprach sie laut aus. Aber nur Auserwählte verstehen sie. Nicht alle, die ihm nachfolgen, verstehen, was er wirklich meint.« Der Christ fasste sich an die Wunde, die der Bär ihm über dem Herzen zugefügt hatte.

»Wir stehen am Anfang einer neuen Welt«, prophezeite er. »In Ägypten, in Griechenland, in Rom, in Palästina wie auch in Antiochia gibt es Männer, die sich mit den Weisheiten des Chi

Rho auseinandersetzen. Man stelle sich vor, seine Lehren erreichen die Menschheit auf der ganzen Welt ...«

Ceili stellte verärgert fest: »Männer, immer nur ist von Männern die Rede! Kann mir einer von euch erklären, warum das so ist?«

Der Christ sah sie aufmerksam an und sagte dann ruhig: »Du hast recht, Ceili. Dieses Gleichgewicht ist in unserer Welt zutiefst gestört. Chi Rho will das Gleichgewicht zurückbringen, das Gleichgewicht zwischen männlich und weiblich.« Er legte die Stirn in Falten und fragte: »Wollt ihr ein Rätsel dazu hören?«

Alle nickten und sahen gespannt zu ihm.

»Chi Rho sprach: *Wenn ihr die zwei zu einem macht, und wenn ihr das Innere wie das Äußere macht und das Äußere wie das Innere und das Obere wie das Untere, ...*«

Jetzt fiel Ceili in die Worte des Christen ein, und sie sprachen gemeinsam weiter: »*... und zwar damit ihr das Männliche und ... das Weibliche zu einem Einzigen macht, auf dass das Männliche nicht männlich und das Weibliche nicht weiblich sein wird ... dann werdet ihr eingehen in das Königreich.*«

In Gedanken hatte Ceili jene Nacht in Luguvalion vor Augen, jene Nacht, als Simon ihr zum ersten Mal von der neuen Welt und seiner Vision erzählte. Nie würde sie diese Sätze vergessen. Erst jetzt ahnte sie, was Simon damit gemeint hatte: Jeder ging in dem anderen auf, verschmolz mit ihm, und zusammen erreichten sie endlich die Harmonie, die im Universum angelegt war. Das ging nur, wenn Mann und Frau gleichwertig waren, und das betraf nicht nur die Fruchtbarkeit, sondern auch den Verstand, die Seele, die Achtung vor dem gegenseitigen Willen und die gegenseitige Wertschätzung. Simon hatte ihr erklärt, dass ihre Würde genauso wenig antastbar sei wie die seine, dass sie von gleichem Wert sei wie er.

Der Christ staunte, nachdem sie beide verstummt waren. Dann fragte er: »Du kennst die Worte, Ceili?«

»Ja«, sagte Ceili, begierig, endlich mehr über diesen Chi Rho zu erfahren. Sie hoffte jetzt auf Antworten, die ihr Simon nicht mehr geben konnte. »Ich kenne sie von Simon.«

»Von Simon …«, wiederholte der Christ.

»Viele einfache und arme Menschen wollen keine Kriege und keine Opfer mehr. Deshalb beginnen sie, den Botschaften Chi Rhos zuzuhören. Das Problem ist nur«, sagte er, »jeder, der sie verkündet, deutet sie anders.«

»Und das heißt?«, fragte Ceili.

»Ich denke, auch Chi Rho kannte die geheimen Weisheiten!«, erklärte der Christ unvermittelt.

»Geheimniskrämer«, murmelte Arminius verschlafen.

»Chi Rho kannte die heiligen Weisheiten?«, fragte Dru gebannt.

Alle Blicke ruhten auf dem Christen. Der seufzte und ließ zum Verschnaufen das Ruder ruhen. Wieder rieb er sich die Wunde über seinem Herzen. Dann holte er tief Luft und sagte: »Er wusste es … Er wusste, dass er Zwistigkeiten auf Erden schaffen würde. Er wusste, dass seine Vision ihn und seine Anhänger in große Gefahr bringen würde. Er hat es so formuliert: *Denen, die meiner Geheimnisse würdig sind, sage ich meine Geheimnisse. Was deine rechte Hand tun wird, deine linke soll nicht wissen, was sie tut.«*

Der Christ machte eine Pause, atmete tief ein und wieder aus und fuhr dann fort: »Die Nichteingeweihten verleugnen, dass Chi Rho im Umfeld des ägyptischen Geheimwissens aufgewachsen ist. Obwohl in den ägyptischen Mysterien vielleicht ein Schlüssel zum besseren Verständnis seiner Botschaften liegt. – Was ich sagen will ist: Die Eingeweihten bedienen sich seiner Botschaften genauso wie die Nichteingeweihten. Aber jeder legt sie zu den eigenen Gunsten aus. Und das gibt Streit.«

Donatianus fühlte sich durch das Gespräch mehr und mehr gereizt. Er verstand nichts von dem, was der Christ von sich gab. Er wollte es auch nicht hören, denn es hatte nichts mit dem zu tun, was Petrus predigte. Und überhaupt hatte er jetzt genug erduldet. Unerwartet sprang er auf, brachte das Boot ins Wanken und warf wütend sein Ruder in den See.

Das heftige Schwanken und laute Plumpsen schreckte alle auf. Die Kranken jammerten, schrien angstvoll und mussten beruhigt werden. Auch das von Donatianus ins Wasser geschleuderte Ruder wollte in der Dunkelheit wiedergefunden werden. Sie entdeckten es schließlich, umkreisten es, bargen es und überreichten es Donatianus – wortlos.

Nachdem sich alle wieder beruhigt hatten, erzählte der Christ von den heiligen Geheimnissen der ägyptischen Priester: »Hieroglyphen nennen sie ihre geheimen Zeichen. Das sind heilige Einritzungen in Steine. Thot, der ägyptische Gott der Weisheit, hat die Hieroglyphen erfunden und ihnen die verschlüsselten Botschaften verliehen«, erklärte er, während vor allem Drus Augen immer größer wurden. Begierig sog der Druide das Wissen des Christen über die heiligen Weisheiten aus einem anderen Teil des Weltkörpers in sich auf. »Allein die Eingeweihten sind in der Lage, sie zu deuten«, fuhr der Christ fort. »Es besteht allerdings die Gefahr, dass es in dem von den Römern besetzten Ägypten irgendwann keine Eingeweihten mehr geben wird. Dann geht das heilige Wissen verloren. Jeder kann dann zwar noch die Hieroglyphen auf den Obelisken sehen, aber niemand wird mehr ihre wahre Bedeutung kennen.«

Dru wollte nichts vom Verlust des heiligen Wissens hören. Mit erhobenem Haupt sagte er: »Wir haben unsere Menhire, unsere Hinkelsteine, die zur Erfüllung unserer Riten und Mysterien ins Universum ragen. Und unsere geheimen Weisheiten haben wir Druiden im Kopf. Sie werden nie verloren gehen.« Mit Vehemenz drückte er seinen gestreckten Zeigefinger gegen die Stirn, über der inzwischen wieder ein weißer Flaum des vorderen Haupthaares wuchs.

»Und jetzt kommen die rätselhaften Lehren von Chi Rho«, sprach der Christ unbeirrt weiter. »Er verkündet sie in Bildern, und wieder sind es nur die Eingeweihten, die sie richtig deuten.«

»Geheimniskrämer«, warf Arminius erneut ein und richtete sich auf. »Gib mir einen Schluck von deinem Getränk«, sagte er an Dru gewandt.

Dru fühlte sich geehrt, dass der Medicus ihm solches Vertrauen entgegenbrachte, und reichte Arminius bereitwillig das bronzene Trinkgefäß.

»Der Trank wird dir deine Kräfte zurückgeben, Medicus.« Arminius wischte sich den Mund ab, gab Dru das Trinkgefäß zurück und sagte, er habe etwas für den Christen, worüber der sich sehr freuen würde.

Der Christ sah Arminius erstaunt an. »Was hast du für mich, das mir Freude bereitet?«, fragte er.

Der Medicus hatte einen großen Beutel mit chirurgischem Besteck mit ins Boot gebracht. Nun öffnete er diesen, um etwas daraus zu entnehmen.

Jetzt bekam nicht nur der Christ große Augen, sondern auch Righ, Marcus und Dru zeigten sich überrascht.

»Der Codex!«, rief Marcus aus. »Das ist der Codex.«

Der Christ war sprachlos. Er ließ das Ruder ins Boot fallen, beugte sich zu Arminius, der im Heck saß, und nahm den Codex in Empfang. Er sagte, und es kam aus der Tiefe seines Herzens: »Danke, Bruder Medicus, danke!«

Das Strahlen in den Augen des Christen war so leuchtend wie das des Sirius, des hellsten Sterns am Himmel. Wäre es darum herum nicht so dunkel gewesen, hätten sie gesehen, wie Arminius die Röte der Verlegenheit ins Gesicht stieg, als der Christ sich erneut zu ihm beugte und ihm einen kräftigen Kuss auf die Wange drückte.

»Wisst ihr«, sagte der Christ wieder gefasst, »ich vertraue euch. Ihr habt mich gepflegt. Ich hatte auf meinem Krankenlager viel Zeit, euren Gesprächen zuzuhören – wahrscheinlich habe ich mehr gehört, als euch bewusst war. Ich kenne eure Vision. – Diese Schrift«, fuhr er fort und präsentierte den Codex wie einen kostbaren Schatz, »ist wie eure geheime Quelle. Zuerst muss man sie finden, dann muss man sie erkennen und zuletzt muss man ihre Geheimnisse verstehen und anwenden lernen. – Ein gewisser Thomas hat die Worte Chi Rhos wahrscheinlich in Syrien, im Morgenland, auf Griechisch aufgeschrieben. Die Übersetzung ist schwierig und oft mehrdeutig. Aber es steht darin, was aus Chi Rhos Mund kam. Vieles klingt verwirrend. Es handelt sich um geheimes, verschlüsseltes Gedankengut.« Der Christ blätterte den Codex auf und übersetzte, während er las:

»υποκίνηση, Logion 1 – *Dies sind die verborgenen Worte, die der lebendige Chi Rho sagte, und Didymos Judas Thomas schrieb sie auf.*

Und er sagte: Wer die Deutung dieser Worte findet, wird den Tod nicht schmecken.«

Schweigen. Es war ein ausgiebiges, ehrfürchtiges Schweigen, welches das Boot erfüllte. Selbst die Ruderschläge verstummten. Allein die Strömung des Sees trieb das Boot lautlos weiter.

Righ überlegte fieberhaft. Der Christ sprach von Chi Rho. Sie hatten damals XP gelesen.

»Da steht nicht der lebendige Chi Rho«, warf er ein. »Da steht der lebendige XP!«

»Ja, natürlich«, bestätigte Marcus, und es fiel ihm wie Schuppen von den Augen, »XP steht für griechisch CHI RHO.«

»Das X …«, sagte Ceili ehrfürchtig. Da war es wieder: das X. Was barg das X? Was verbarg sich hinter dem geheimnisvollen Zeichen, das die Menschen des Weltkörpers einte?

Der Christ ließ sich nicht beirren, stattdessen fragte er: »Wisst ihr, was Thomas noch schreibt?«

Er blätterte in dem Codex, hielt inne und sagte dann: »Das passt zu euch: *Wer Ohren hat zu hören, soll hören.*«

Ceili verspürte ein Kribbeln, als sie diese Worte aus dem Mund des Christen vernahm. Es waren die gleichen Worte, die sie von Simon gehört hatte. Gebannt lauschte sie, als der Christ vorlas:

»*… und wenn ihr in irgendein Land geht und wandert von Ort zu Ort, und wenn sie euch aufnehmen, dann esst das, was* *man euch vorsetzen wird. Die Kranken unter ihnen heilt! Denn was in euren Mund hineingehen wird, wird euch nicht beflecken. Vielmehr das, was aus eurem Mund herauskommt, das ist es, was euch beflecken wird.* – Ihr versteht, was Chi Rho meint? Passt auf, was ihr zu wem sagt. Schweigen ist Gold! Sucht ihr die Wahrheit?«, fragte er in die Runde. »In dieser Schrift steht die Wahrheit. Die ganze Wahrheit. – Zumindest ein großer Teil wird wahr sein«, fügte er hinzu.

»Welche Wahrheit?«, fragte Righ und ergänzte: »Es gibt viele Wahrheiten.«

»Wir finden die Wahrheit im Kosmos«, erwiderte Dru.

»Ich habe eine Idee«, meinte der Christ, ohne Righs Frage zu beantworten, »wir lesen diese Schrift gemeinsam und legen sie zusammen aus. Später kann jeder von euch entscheiden, ob er Christ oder Christin werden möchte. – Was meint ihr dazu?«

»Wie wird man Christin?«, fragte Ceili

»Das erkläre ich euch, wenn ihr euch dazu entschlossen habt«, sagte der Christ.

Arminius entgegnete, er hätte jetzt keine Zeit, Christ zu werden. Sie würden demnächst das Ufer erreichen. Er würde mit ihnen die Kranken in die Höhlen bringen, und in den Morgenstunden müsse er zurück nach Chostanza. Das Leiden in der Stadt höre ja nicht auf.

»Geh und heile die Kranken, so wie es Chi Rho lehrt. Aber komm wieder, Bruder Medicus. Wir werden mit dem Lesen der Schrift erst beginnen, wenn du wieder bei uns bist. Wir brauchen dich dazu.«

»Ich komme mit zurück nach Chostanza«, verkündete Ceili. »Lelia benötigt meine Hilfe im Lupanar.« Insgeheim hatte sie einen Plan gefasst. Schon immer faszinierte sie die Heilung von Menschen, doch es war unvorstellbar, am geheimen Wissen des Druiden teilzuhaben. In der Bibliothek von Chostanza jedoch gab es Schriften, die sie lesen konnte. In welchen sie sich über die Heilkunde der Römer informieren konnte. Die Medici schrieben alles nieder, hatte Arminius gesagt. Es gab nur ein

Problem. Sie war eine Frau, und Frauen hatten keinen Zutritt zu den Bibliotheken. Doch das war eigentlich *kein* Problem, denn welche Frau oder welches Mädchen wollte schon eine Bibliothek aufsuchen? Sie konnten weder lesen noch schreiben. Doch Ceili konnte lesen, schreiben und Latein. Simon hatte es ihr beigebracht.

Es waren jene rätselhaften Worte, die sie antrieben. Die Worte, mit denen Simon vor vielen Monden in ihr Leben getreten war und die der Christ wiederholt hatte:

»... wenn ihr das Männliche und Weibliche zu einem Einzigen macht, damit nicht männlich männlich und weiblich weiblich sei ... dann werdet ihr in das Königreich eingehen.«

»Wenn ich mich männlich mache? Mich als Mann verkleide, dann kann ich auch in die Bibliothek und dort studieren«, überlegte sie laut.

Donatianus hatte geschwiegen, seitdem sie ihm das Ruder wieder in die Hand gedrückt hatten. Er war zwar bei ihnen, gehörte aber nicht dazu, da er sich ganz seiner feindseligen Verbitterung hingab. Jetzt konnte er das Wimmern und Jammern der kranken Männer, Frauen und Kinder an Bord nicht mehr hören. Zu seiner Verärgerung über das Gerede von demjenigen, der sich Christ nannte, kam die Übelkeit hinzu, die der See verursachte, da seine leichten Wellen das Boot unentwegt schwanken ließen. Donatianus war kreidebleich und musste sich über der Bordkante entleeren. Nachdem er seinen Mund abgewischt hatte, ging es ihm offensichtlich besser. Denn jetzt brach es aus ihm heraus: »Du versündigst dich, Weib. Frauen sind des Studierens und der Lehre nicht würdig, sagt Paulus. Ordne dich endlich unter, wie es sich für deinesgleichen gehört!«

»Da sagte Chi Rho etwas anderes«, entgegnete der Christ, um Beherrschung bemüht. »Er hatte eine Frau, die er sehr liebte, sogar mehr als Paulus und Petrus, der ihn dreimal verleugnet hat. Sie hieß Maria und kam aus Magdala. Chi Rho küsste sie und achtete sie. Er war es, der sie in die heiligen Weisheiten einführte.

Er weihte eine Frau in die Mysterien ein, nicht einen Mann, und schon gar nicht Petrus oder Paulus.«

»Pass auf, was du sagst!«, erwiderte Donatianus. Seine Augen traten wütend hervor. »Pass auf, was du sagst!«, wiederholte er, »sonst holt dich der Teufel, dann kommst du in die Hölle.«

»Warum macht ihr Geheimnistuer euch Angst mit der Hölle?«, mischte sich Arminius ein.

»In der Schrift des Thomas erwähnt Chi Rho die Hölle mit keinem Wort«, erwiderte der Christ.

»Du nennst dich Christ?«, schnaufte Donatianus. »Was ist das für eine Plage, die die Menschheit heimsucht? Was ist das für eine Seuche? Wenn das nicht die Strafe Gottes ist! Die Apokalypse! Das Weltgericht naht.« Donatianus saß mit seinem Ruder am anderen Ende, im Bug des Bootes. Wenn seine Übelkeit es zuließ, tauchte er es immer dann ins Wasser, wenn die Riemen der anderen in der Luft schwebten. So verstärkte er selbst das Wanken und damit sein Unwohlsein.

»Er hat eine Frau in die Mysterien eingeweiht!«, stellte Righ bewundernd fest, ohne auf Donatianus' Höllengerede zu achten. »In einer Welt der Macht der Männer! Eine Frau! Wie viel Mut, wie viel Offenheit, wie viel Weitblick hatte der Mann mit dem Namen Chi Rho?«

»Chi Rho war ein Denker, und Maria war eine Denkerin. Manche sagen, sie war, bevor sie Chi Rho traf, von Dämonen besessen, eine Sünderin, eine Lupa. Aber Chi Rho hat die Denkerin in ihr erkannt, aber auch die Kämpferin. Vielleicht hat er sich selbst in ihr gesehen. Denn allein sie hat seine rätselhaften Worte und die darin verborgenen Botschaften in seinem Sinne gedeutet. Seine Worte haben sie geheilt … Und er hat sie geliebt«, ergänzte der Christ mit fester Stimme.

»Ennoia hat von der Maria gesprochen, die aus Magdala kam. Erinnert ihr euch?«, fragte Ceili mit aufgeregter Stimme. »Auch über Maria soll es eine geheime Schrift geben, die besagt, dass Chi Rho sie liebte und küsste und sie in die geheimen Weisheiten eingeweiht hat. Weißt du, ob sie Kinder hatten?«

Der Christ antwortete: »Ich weiß es nicht. Doch wenn er sagt, dass man das Männliche und das Weibliche zu einem Einzigen machen soll, bedeutet das für mich, dass Mann und Frau sich vereinigen sollen, um ein neues Geschöpf auf die Erde zu bringen. Ein Geschöpf, das genährt werden muss – körperlich wie geistig.«

Plötzlich richtete sich Donatianus auf und hob drohend das Ruder gegen Ceili, die mit den kranken Kindern und Müttern im Heck bei Arminius und dem Christen saß. »Warum ruderst du nicht, Weib? Wenn du wie ein Mann sein willst, dann nimm das Ruder!«, schrie er heiser. »Nein, du bist nicht fähig zu rudern!«, lachte er voller Genugtuung, als Righ sich mit dem Oberkörper schützend vor Ceili beugte. »Weiber sind schwach«, stellte Donatianus abschätzig fest, und das Boot wankte gefährlich, während er das Gleichgewicht suchte. »Ihre Schwäche verlangt, dass sie sich den Männern unterwerfen. Wir müssen euch Weiber beherrschen. Ihr Weiber seid unfähig zu leben. Ihr seid des Lebens nicht wert!«

Donatianus' Äußerungen lösten zunächst starres Entsetzen bei allen Insassen des Bootes aus. Dann sprang Righ wütend auf und schrie: »Untersteh dich!« Der Kahn geriet erneut heftig ins Wanken, und ein lautes Aufstöhnen der aufgeschreckten Kranken hallte über den See.

»Righ, bleib ruhig!«, rief Dru, darum bemüht, den Briganten zurück auf seinen Platz zu zerren. »Willst du, dass wir alle untergehen? Wir haben noch viel vor!«

Donatianus verlor das Gleichgewicht, stolperte über mehrere Beine, stürzte und landete mit dem Kopf neben Ceilis Füßen. Als sie ihm beim Aufrappeln half, verschlug es Donatianus die Sprache. Verdutzt kletterte er zurück auf seinen Platz im Bug des Bootes.

»Er versteht ihn nicht«, sagte der Christ zornig und schüttelte verständnislos den Kopf. »Er hat nicht verstanden, dass es um die Beschaffenheit der menschlichen Seele und nicht um die des menschlichen Körpers geht. Er folgt denen, die die Macht suchen, die andere unterdrücken wollen. Warum ist er bei euch? Er gehört nicht hierher.«

Schließlich wandte er sich wutentbrannt direkt an Donatianus: »Die Frau ist des Lebens nicht wert? Hast du das gesagt, Donatianus?« Der Christ war am Ende seiner Geduld. »Das sind die Worte des Verräters Petrus! Er sagte sie zu Chi Rho!«

Der Christ kämpfte mit sich, um seine innere Ruhe wiederzufinden.

»Petrus legte den Verstand der Frauen in Ketten. Es ist die Gesellschaft, aus der Petrus stammt, die ihn geprägt hat. Frauen werden dort zu demütigen Dienerinnen der Männer erzogen. Es ist ihnen verboten, die heiligen Schriften zu lesen. Petrus hat nie die Traditionen seiner Vorväter aufgegeben, so wie es Chi Rho von seinen Brüdern verlangt hat, so wie auch ihr eure Herkunft verlassen habt.«

Der Christ blickte anerkennend in die Runde. Schließlich haftete sein Blick wieder auf Donatianus: »Petrus hat Chi Rho genauso wenig verstanden wie du, Donatianus.«

Ceili traute ihren Ohren nicht.

»Was sagst du da, Christ? Dort, wo Chi Rho herkommt, behaupten sie, Frauen sind des Lebens nicht wert? Unsere Fruchtbarkeit … Was ist mit der Verehrung unserer Fruchtbarkeit?«, fragte Ceili ungläubig.

»Fruchtbarkeit?«, der Christ lachte bitter. »Frauen sollen zur Strafe, da sie am Bösen in der Welt schuld sind, unter Schmerzen gebären!«

»Und was sagte Chi Rho zu den Worten von Petrus?«, fragte Ceili gespannt. Sie war sichtlich erregt. Ihre erwartungsvollen Gesichtszüge schimmerten im sanften Licht der Öllampe, mit der sie dem Christen leuchtete, damit er die Schrift lesen konnte. Er blätterte in dem Codex des Thomas, fand die Stelle, die er suchte, und übersetzte:

»Logion 114: Petrus sprach zu ihnen: Maria soll von uns weggehen, denn die Frauen sind des Lebens nicht wert.« Der Christ hielt inne, und Ceili wurde blass. Dann las der Christ weiter: *»Chi Rho sprach: ... ich sage euch aber, jede Frau, die sich männlich macht, wird eingehen in das Königreich der Himmel, in welchem sie die fruchtbare Nahrungsquelle ist.«*

»Was redest du für schändliche Dinge über Petrus!« Jetzt war es Donatianus, der endgültig die Kontrolle über sich verlor. Erneut sprang er im Bug auf. Das Boot geriet diesmal noch heftiger ins Schwanken. Alle helfenden Hände griffen ins Leere, als Donatianus das Gleichgewicht verlor und mit einem lauten Platschen in den kalten See fiel.

»Donatianus!«, schrie es durch die Nacht. »Donatianus! Er geht unter …, er geht unter …«

Die Dunkelheit raubte ihnen die Sicht. Sie hielten ein Ruder dorthin, wo es gurgelte und prustete, damit er sich daran festhalten konnte.

Das Geheimnisvolle – X und P

Chi Rho. Wer war Chi Rho? Was war Chi Rho?

Ein Gott? Ein Halbgott? Ein Geist? Ein Mensch aus Fleisch und Blut? Ein Held? Ein Erlöser? Ein Zeichen?

»Wie sah er aus, dieser Chi Rho?«, fragte Righ den Christen.

»Auch um sein Wesen und sein Aussehen ranken sich Mythen«, antwortete der Christ und zog wieder am Riemen. »Er setzte sich für die Armen, Schwachen und Kranken ein, genauso wie für die Frauen. Es heißt, er sah aus wie der Sohn eines Menschen. Er selbst sprach von sich als Menschensohn, ohne zu sagen: Ich bin der Menschensohn.«

»Wieso hat er so viel Macht über manche Menschen des Weltkörpers?«, wunderte sich Righ.

»Die Römer haben Angst vor seiner Macht über den Geist und den Verstand der Menschen. Manche sagen, Chi Rho habe Wunder vollbracht: Lahme zum Laufen gebracht. Tote wieder zum Leben erweckt. Blinde sehend gemacht. – Aber vielleicht sind das alles ja nur Bilder? Symbole? Vielleicht steht Chi Rho auch für ein Zeichen? Wie das hier!«

Der Christ behielt den Codex auf dem Schoß und öffnete sein Gewand. Er präsentierte das Amulett, das an einem Band um seinen Hals hing und auf der Wunde über seinem Herzen auflag. Es war rund. Ceili hatte es bei der Pflege des Kranken mehrfach gesehen, doch Schmutz und Ablagerungen hatten alle Darstellungen darauf unkenntlich gemacht. Jetzt nahm er es ab, hielt es über die Bordkante in den See und rieb es sauber. Es dauerte eine Weile. Doch dann zeigte er es erneut.

Ceili nahm die Öllampe, um den jetzt blanken Anhänger zu beleuchten. Ihr Herz begann heftig zu schlagen.

»Wie kann das sein? ... Wie kann das sein?«, stammelte sie.

Andere Worte fand sie in jenem Augenblick nicht.

Righ war sprachlos und zog sein Amulett unter dem Gewand hervor.

Plötzlich war auch Rama aus seiner Versunkenheit erwacht. Er hielt im Rudern inne und griff nach seinem Dharmachakra. Zum ersten Mal zeigte er ihnen *sein* Rad, das Rad der Weisheit mit den acht Speichen, das Leid fernhalten sollte.

Arminius übernahm die Öllampe, und im Feuerschein verglichen sie mit heftig klopfenden Herzen die Amulette.

Jedes einzelne bestand aus dem vollkommenen Kreis, mit dem darin enthaltenen Mittelpunkt und dem + sowie dem X darüber. Bei dem Amulett des Christen war der senkrechte Strich zu einem P geformt.

»Das Dharmachakra«, staunte selbst Rama.

»Wisst ihr, was Chi Rho in Logion 18 sagte?«, fragte der Christ.

»... *wo der Anfang ist, dort wird auch das Ende sein* ...«

»Er beschreibt den Kreis«, sagte Ceili und nahm Righs Amulett in ihre Hand.

Der Christ ergänzte mit Blick auf die Anhänger: »Und in Logion 5 sagte er: *Erkenne, was vor deinem Angesicht ist, und was dir verborgen ist, wird sich dir offenbaren.*«

»Es geht um unsere Sinne«, stellte Dru mit großen Augen fest, »um all das, was unsere Sinne wahrnehmen und erkennen sollen. Es geht um die Harmonie, welche sich in uns und um uns herum verbirgt. Es geht ihm um das, was in den heiligen Weisheiten verborgen ist!« Dru konnte kaum glauben, was sein Mund aussprach.

»Wir reden vom Kreis, vom Anfang und vom Ende und von der Wahrnehmung unserer Sinne, und dann gibt es noch etwas«, sagte Righ, »das in unseren Amuletten enthalten ist. Aber erst jetzt habe ich erkannt, was das ist. Platon war mir dabei behilflich.«

Marcus lächelt. Der Brigant hatte demnach seine Übersetzung gelesen.

Alle schwiegen und warteten gebannt darauf, was Righ Geheimnisvolles entdeckt hatte.

Righ beugte sich zu Ceili und zog nun das Amulett unter ihrem Gewand hervor.

»Jedes unserer Amulette birgt das Zeichen, das gleichzeitig den Mittelpunkt und den Kreis berührt. Es ist ein Kreuz, und wenn wir die Perspektive ändern, wird es zum X.«

Simons Seele verlieh Ceili die Stimme, und sie klang so geheimnisvoll wie einst die des Römers, als sie sagte: »Das X. Wir sind auf der Suche nach den geheimen Botschaften des X.« Sie sah Righ erwartungsvoll an.

»Was verbirgt sich hinter dem X?«, fragte sie.

Ceili betrachtete das Amulett, welches in Righs Hand lag. Das Zeichen hatte sich nicht verändert. Doch die Bedeutung, die einst allein ihrem Gott Lugh und den Sonnen- und Mondfesten galt, hatte ihren Sinn erheblich ausgedehnt. Das achtspeichige Rad bewegte jetzt den gesamten Weltkörper.

»Das X steht für Psychi«, begann Righ.

»Für was?«, fragte Ceili nach.

»Die Griechen nennen es *Psychi* und die Römer sagen *Anima* dazu. Das X ist das Zeichen für die Seele. Sie berührt den Mittelpunkt und den Umkreis zugleich, wie das Kreuz«, erklärte Righ. »Sie berührt den Verstand. Der Verstand ist der Kreis, der alle Elemente, aus denen wir bestehen, umschließt, und die Seele ist die Vermittlerin.«

»Die Seele«, ergänzte jetzt Marcus mit seinem platonischen Wissen, »sitzt im Menschenkörper genauso wie im Weltkörper.«

»Wir haben das Geheimnis gelüftet! Das X ist die Seele, die Weltseele. Die Vermittlerin!«, rief Ceili ausgelassen.

Dru räusperte sich verärgert. Eigentlich war doch er der Vermittler zwischen den Kräften des Universums und den Kräften im Inneren der Menschen.

»Es gibt noch etwas, was ihr bisher außer Acht gelassen habt«, stellte jetzt der Christ fest und fuhr fort: »Ihr wisst, was Chi Rho bedeutet?«

Sie schwiegen und warteten auf seine Antwort.

»Chi Rho ist griechisch, und dafür stehen die Zeichen X und P.«

Alle starrten auf das Amulett, das der Christ trug.

Unerwartet schrie Donatianus mit seinen letzten, vom Kampf gegen den See verbliebenen Kräften auf: »Was redest du, Häretiker! Chi Rho steht für Christus. Er ist der Messias. Er ist Gottes Sohn. Er ist der Gesalbte.«

»Mag sein, dass du recht hast, Donatianus«, erwiderte der Christ ruhig. »Aber ich bin mir sicher«, und er blickte triumphierend von einem der Bootsinsassen zum anderen, »euch interessiert darüber hinaus die verborgene, … die verschlüsselte, … ja …, … die *universale* Bedeutung des XP … «

»Sag es uns endlich!«, forderte Ceili ungeduldig.

Der Christ hängte sich das Amulett wieder um den Hals und ritzte anschließend mit seinem Fingernagel folgende Zeichen auf die erste Seite des Codex auf seinem Schoß. Er begann langsam und sorgfältig:

X

P

Er setzte ab und sagte: »Das sind die griechischen Zeichen für Chi Rho.«

»Das hast du bereits gesagt. Aber was bedeutet das?«, fragte Ceili ungehalten. Der Christ strapazierte ihre Geduld sichtlich.

Er ritzte weiter:

η **E**

σ **Σ**

τ **T**

ό **O**

ς **Σ**

Marcus hielt die Öllampe darüber und las: »χ ρ η σ τ ό ς – k h r ç s t ó s.«

Er übersetzte aus dem Griechischen und sagte langsam: »Es bedeutet: vernünftig, gut. Khrestos – Christus … «

Es herrschte Stille. Was hatte das alles zu bedeuten?

»Hinter dem X und dem P«, fuhr der Christ schließlich fort, »verbirgt sich mehr als der Streit um den Gesalbten. Es ist viel einfacher und bedeutet dennoch so viel *mehr*. Das X steht für die Seele, und gemeinsam mit dem P stehen die Zeichen für das Gute und für die Vernunft.«

»Die Seele. Das Gute. Die Vernunft. Der Verstand. All das ist in dem Sonnenrad enthalten«, staunte Ceili, und erneut rief sie begeistert aus: »Das Geheimnis ist gelüftet! – Das ist das Verborgene, das Simon uns suchen ließ! Das sind die Schlüssel. Das sind die Schlüssel zur Wiederherstellung der Harmonie auf dem Weltkörper.«

»Das X – mit und ohne P – ist das Symbol für den Vermittler zwischen Makrokosmos und Mikrokosmos …, für den Eingeweihten«, stellte Dru jetzt ehrfürchtig fest. »Habt ihr erkannt, dass sich die heiligen Weisheiten dahinter verbergen?

Es ist das Zeichen unseres Bundes. Ich werde es in meine goldene Sichel einritzen.«

»… das Rad der Weisheit und der Lehre des Erleuchteten, das Dharmachakra«, sagte Rama lächelnd, ruderte versunken weiter und fügte murmelnd hinzu: »… und das Chi ist die Lebensenergie.«

Alle blickten ihn verblüfft an.

»Wer von euch beherrscht Griechisch?«, fragte der Christ jetzt.

Marcus meldete sich zögerlich: »Ein wenig.«

»Ritze die Zeichen für P s y Chi in den Codex«, forderte der Christ ihn auf.

Marcus ritzte:

Π Σ Y X

»Da ist es.« Dru schüttelte fassungslos den Kopf. »Da ist es! Da ist unser Tor Π. Es ist das Tor zum Anfang und zum Ende. Es ist das Tor zu den heiligen Hainen, die mit ihren Zugängen den weiblichen Höhlen mit den Mysterien der Fruchtbarkeit gleichen. Das Tor führt zum Ursprung des Lebens. – Und gleichzeitig ist es das Tor zur Anderswelt und zu den verstorbenen Seelen, die in den Grabhügeln wohnen.«

»… nicht weitersprechen«, unterbrach ihn der Christ vehement. »Ich sage euch, wohin das Tor Π führt. Es führt in das Königreich!«

Königreich, erinnerte sich Righ an dieses gewaltige Wort, das seinen Stamm, seinen Reichtum, seine Frauen, die Mysterien der Druiden und die Fruchtbarkeitsrituale der Sonnen- und Mondfeste umfasste. Jenes Königreich jedoch gehörte seiner Vergangenheit an.

»Chi Rho spricht vom Königreich«, erläuterte der Christ und blickte jeden einzelnen Insassen im Boot an, auch die kranken Männer, Frauen und Kinder. »Dabei ist es unwichtig, ob Chi Rho der Menschensohn, ein Sohn Gottes oder eine Vorstellung ist. Chi Rho umfasst den Menschen: den Mann, die Frau, die Seele, den Verstand und das Gute.«

»Das harmonische *Ich*«, ergänzte Dru für sich.

»Von welchem Königreich spricht er?«, fragte Ceili.

»Es gibt unendlich viele Königreiche«, sagte der Christ und lächelte. »Und einige davon sitzen hier im Boot. Chi Rho spricht vom Königreich des eigenen Lebens. Wir sind keine Spielbälle der Götter. Die Wahrheit ist, dass wir uns selbst erkennen und über unser Leben selbst bestimmen sollen. Dass ist es, was Chi Rho uns mitteilen will. Unser eigener Leib, unsere Seele, unser Mikrokosmos ist das Königreich, und darin ist das Universum, der Makrokosmos, enthalten«, erklärte der Christ.

Schweigen.

»Wir müssen unsere Erkenntnisse über Chi Rho über den ganzen Weltkörper verbreiten. Dann können wir den Weltkörper und die Menschheit retten. Aber wir dürfen nicht zu laut sein. Selbst Chi Rho warnt uns davor, denn sonst müssen wir mit dem Leben bezahlen«, spielte Righ auf einen der Aussprüche an.

»Es ist besser, wir bleiben dabei unerkannt und geben alle unsere Erkenntnisse an Gleichgesinnte im Geheimen weiter. Aber wir müssen die uns im Denken verbundenen Menschen entdecken und erkennen, sie nach und nach einweihen, ihnen unser Wissen vermitteln, und erst nachdem sie alle Prüfungen bestanden haben, schenken wir ihnen unser volles Vertrauen, und dann gehören sie zu uns«, visionierte Dru, der Hüter der heiligen Geheimnisse.

»Auch wir Frauen werden daran teilhaben«, betonte Ceili.

Selbstverständlich stimmten die Männer Ceili zu, und auch die kranken Frauen und Mädchen nickten heftig. Nur Donatianus nicht. Er war vor Erschöpfung eingeschlafen.

»Es gibt auch unter den Mächtigen und Reichen Menschen, die das Gute und den Verstand schätzen. Wir müssen sie finden, und dabei kann ich uns helfen!« Das war die Stimme von Medicus Arminius, und alle sahen ihn erstaunt an. Er hatte von *uns* gesprochen.

»Schließt du dich uns an, Arminius?«, fragte Righ erfreut.

»Ich werde euch in jedem Fall beistehen«, sagte dieser entschlossen, »und euch entsprechende Menschen zuführen.«

»Und wie können wir sie beeindrucken und überzeugen?«, fragte Ceili skeptisch.

»Nicht mit unserer Kleidung, nicht mit unserem Reichtum, nicht mit unseren Pferden. Nein! Allein mit unserem Wissen und mit unserer Bildung. Wir müssen noch mehr lesen und lernen. Wir müssen unseren Verstand weiterfüttern, um die Menschen mit unseren Ideen zu beeindrucken, und dabei kommt es nicht darauf an, ob sie aus Britannien, vom Kontinent, aus Ramas Land, aus Ägypten oder aus dem Land des Chi Rho kommen.«

»Du magst recht haben, Marcus«, überlegte Ceili jetzt weiter. »Aber vielleicht müssen wir sie gar nicht überzeugen, denn sie denken ja genauso wie wir. – Außerdem dürfen wir bei all unseren Visionen die Naturgeister nicht vergessen«, mahnte sie in Gedanken an die Seherin und den Wald. »Wir müssen sie mit unserer Seele und unserem Verstand hüten und verehren. Denn sie sind für die Gesundheit unserer Körper zuständig!« Sie streichelte den fiebrigen Kopf des Mädchens, der auf ihrem Schoß lag.

Dru, der in die geheimen Weisheiten eingeweiht war, nickte still, als sie mit Ceilis Worten das Ufer erreichten. Sie versorgten die Patientinnen und Patienten auf den vorbereiteten Lagern in den Höhlen und legten den erschöpften Donatianus in das Becken, das von der geheimen Heilquelle gespeist wurde. Eine der Nattern wand sich sogleich um seinen Körper.

Jetzt war es ruhig und alle schliefen. Fast alle.

Ceili saß auf dem felsigen Boden am Rand einer der Höhlen und ließ ihre Beine baumeln. Tief unter ihren Füßen schwappten die Wellen des Sees unermüdlich gegen die weiße Felswand – ein ewiges Vor und Zurück. Vor und Zurück. Der Mond war zu einer Sichel geformt. Irgendwo am anderen Ufer flackerte ein Feuer. Ein Vogel flatterte über den See und ließ sich in der magischen Felswand nieder. Der Ruf des Uhus nach dem Weibchen drang durch die Nacht.

Ceili hörte Schritte hinter sich. Sie vermutete, Dru würde ihr das wärmende Fell um die Schultern legen, drehte sich um und erkannte stattdessen Righ, der sich neben sie setzte. Sie schwiegen eine Weile. Dann sagte Righ geheimnisvoll:

»Ich hab da etwas.« Seine dunklen Augen leuchteten unter seinen Locken hervor. »Der Christ hat es mir gegeben. Er sagt, es stamme von Paulus. Paulus hat eine Wandlung vollzogen. Er war einst Saulus, der Christenverfolger und wurde zu Paulus, dem Nachfolger Chi Rhos. Er sah in Chi Rho einen Sohn Gottes. Mehr weiß ich nicht über ihn und darum geht es mir jetzt nicht. Aber das hier hat er geschrieben. Darf ich es dir vorlesen, Ceili?«

Ceili sah ihn an und nickte.

Er las:

»*Nun aber bleiben Glaube, Hoffnung, Liebe, diese drei; aber die Liebe ist die größte unter ihnen.* – Es ist das 13. Kapitel aus einem seiner Briefe. – So heißt es, sagt der Christ.«

Righ legte den Arm um Ceili und zog sie an sich. Sie ließ es geschehen. Er küsste sie. Sie küsste ihn. Nach und nach legte er ihr Gewand ab. Nach und nach legte sie sein Gewand ab. Er berührte ihren nackten Körper, wie er nie den Körper einer Frau berührt hatte. Sie berührte seinen nackten Körper, wie sie nie den Körper eines Mannes berührt hatte. Und dann verschmolzen ihre Körper und ihre Seelen wie die Dunkelheit des Universums mit dem See zu ihren Füßen.

Die Vereinigung beinhaltete das Mysterium der Zeugung. Das neue Leben entstand dort, wo die gesunden Früchte des Weltkörpers – beinahe 2000 Jahre später – noch immer wachsen.

Bodensee, Bodman im 9. Jahrhundert nach Christus

Otmar

Er hatte die Augen geschlossen, denn er lebte in einer Welt ohne Raum und Zeit. *Wenn du Ohren hast, dann höre.* Und Otmar lauschte. Manchmal hörte er einen Hahn krähen, ein Pferd wiehern oder ein Schaf blöken, selten eine menschliche Stimme. Er hörte den Wind in den Bäumen rauschen und nahm die wechselhaften Stimmungen des Sees wahr. Das heilige Gewässer hatte ihn, seine *Brüder, Schwestern* und ihre Vorfahren begleitet, von Ort zu Ort getragen, sanft geschaukelt, zuweilen auch mit seinem ausgelassenen Gebaren gequält oder sogar den Tod heraufbeschworen.

Otmar fühlte eine enge Verbindung zu dem heiligen See, der alle Geheimnisse hütete, die in seinen Tiefen verborgen lagen. Einst hatten sie den Lacus Brigantiae als den fruchtbaren heiligen See der Göttin Brigantia verehrt, so erzählten es die Mythen. Jene Mythen und Sagen, die nur im Verborgenen von Generation zu Generation mündlich weitergegeben wurden.

Soeben veränderte die Menschheit den Namen des heiligen Sees wieder, so als wolle sie dessen Vergangenheit auslöschen. So als wolle sie, dass er mit reinem Wasser wiedergeboren würde. In diese Welt der Lügen.

Otmars Gedanken schweiften zu jenem sagen-umwobenen König, der einst mit einer Gruppe von Gleichgesinnten von den Britischen Inseln an den heiligen See kam. Auch ihm und seiner Gefährtin wurden inzwischen neue Namen verliehen. Der Name, den der König von seinem Stamm der Briganten erhalten hatte, war Ghrian gewesen, Ri oder Re Ghrian, König Ghrian. Der Name stand für die Sonne. Und die Frau, die er über alles liebte und verehrte, trug den keltischen Namen Ceili, das Mondkind. Inzwischen hießen sie Luzius, von

Lux – das Licht, und Emerita – die Verdienstvolle. Sie war jetzt auch nicht mehr seine Geliebte, sondern zu seiner *Schwester* erklärt worden.

Die Strahlen der Sonne ließen sich durch die kleine Öffnung des finsteren Gemäuers auf Otmars Gesicht nieder und vertrieben die Dunkelheit. Er genoss die wohlige Wärme und erhob sich schließlich von seinem Strohlager. Zwei Tauben, die auf einem Wandvorsprung unterhalb der Öffnung saßen, flatterten, beim Turteln gestört, aufgeschreckt davon, als er hinaus auf den glitzernden See blickte. Das Licht der Sonne fiel jetzt auf seinen Arm. Er bestand aus Haut, wenig Fleisch und deutlich sichtbar aus Knochen. Otmar lächelte, als er sich an den geheimen Kultraum erinnerte, den sie mühevoll mit ihren bloßen Händen ausgegraben hatten, um sich heimlich zu treffen – dort auf der Insel, der Insel der reichen Aue, der Reichenau.

Er dachte an die Siedlung, an all die Kranken, die zu ihnen strömten, die Familien mit den lachenden und lernbegierigen Jungen *und Mädchen…* Das alles ließ das Misstrauen, den Neid, den Zorn gegen sie wachsen … All die Verleumdungen, die ihnen angehängt wurden. Weil sie das Volk aufhetzen

würden. Das klang wie in den Mythen über Ghrian, Ceili, den Druiden und all diejenigen, die ihnen nachfolgten. Sie wurden damals verfolgt, da sie angeblich zu einem gefährlichen Geheimbund gehörten – so war es überliefert. Sie wurden gewaltsam aus den Höhlen von Iburinga vertrieben. Ceili, so hieß es, wurde bei Chur schließlich selbst ein Opfer der grausamen heidnischen Rituale, die sie zu bekämpfen suchten. Doch die Söhne und Töchter ihrer Gemeinschaft verfolgten weiterhin die Vision von der Harmonie auf Erden, hüteten die geheimen Weisheiten und gaben sie an Auserwählte weiter. Nach mehreren Jahrhunderten anhaltender kriegerischer Auseinandersetzungen drohte jedoch dem universalen Wissen vom Makrokosmos und Mikrokosmos der endgültige Untergang.

Doch dann kam Cailech, dieser ungezähmte Ire, an den Lacus Brigantiae. Er kam in Begleitung seines hitzigen und unerbittlichen Meisters Colum. Zwei umherflatternde Vögel, weise wie die Eulen … voll bepackt mit neuen Ideen und neuem Wissen – Visionäre, Kämpfer … Ja, Cailech oder Gallus, wie sie ihn jetzt nannten. Sanctus Gallus … Er würde zornig seinen kahlen Schädel, der voller geheimer Weisheiten war, in seiner Grabkammer schütteln, wenn er hörte, dass die Scheinheiligen ihm einen Heiligenschein verpasst hatten …

Lacus Potamicus erdreisteten sie sich seit Neuestem, den See zu nennen. Es waren diese, dem machthungrigen König Pippin hörigen und genauso verlogenen Grafen Warin und Ruthard, die auch dafür gesorgt hatten, dass Otmar hier in Bodman in der Pfalz des Königs eingekerkert wurde.

Plötzlich gab es für Otmar wieder Raum und Zeit. Er nahm einen aus der Wand herausgefallenen Stein und klopfte energisch einen vollkommenen Kreis in die Molasse-Felswand. Der Kreis wurde von der Sonne angestrahlt und verkörperte das Universum und die Harmonie, den unendlichen Kreislauf der Erde und des Lebens …, den Verstand. In den Kreis hämmerte er ein X. Das griechische Chi, Platons Zeichen für die Weltseele, Ramas Zeichen für die Lebensenergie. Dann klopfte er mit dem Stein das + mit vier gleich langen Armen. Das Kreuz der vier Himmelsrichtungen, der vier Elemente, der vier Jahreszeiten. Es entstand das Zeichen von Chi Rho mit dem Mittelpunkt, in welchem sich alle Zeichen trafen. Das Zeichen, das zur Rettung einer Welt aufrief, die im Irrtum lebte.

Er lächelte und dachte an all die Lügen und Verleumdungen, mit denen die heuchlerischen Ehrwürdigen ihm und seinen Schülerinnen und Schülern Unzucht und Ketzerei hatten anhängen wollen, über all die Jahre hinweg. Und jetzt endlich hatten sie ihn erwischt. Wegen der Liebe zu einer Frau klagten sie ihn an. Er würde vor keiner Sünde haltmachen? Was sie seiner beinahe siebzigjährigen Manneskraft alles zutrauten?

Wie geht es weiter mit der weltbewegenden Spannung zwischen dem Irrtum und der Wahrheit und den Gefahren der Liebe?

Die verborgene Geschichte findet ihre Fortsetzung in den folgenden Bänden der

Bodensee-Romane, HiStory – Welt und Mensch.

Inspirationen zum Roman

Die Legende von Luzius und Emerita

Luzius, der König aus Britannien, Vorbild für Ri Ghrian
Luzius, dessen Name sich von lateinisch *lux*, das Licht
ableitet, wird in der Luzienkapelle im Palast des *Medicus vom
Bodensee* in Überlingen (heute Städtisches Museum) verehrt.
Eine von vielen Legenden über Luzius weist den Weg vom Bodensee zu den Britischen Inseln. Luzius lebte im 2. Jahrhundert,
heißt es in jener Legende, und war ein britannischer König, der
sich durch zwei Römer zum Christentum bekehren ließ. Er reiste
durch Europa, über Augsburg bis nach Chur, um seinerseits
Heiden zu bekehren.

Emerita, die Schwester aus Britannien
In der Legende um Luzius wird erwähnt, dass der
britannische König eine Schwester mit dem Namen Emerita
hatte. Sie inspirierte die Figur der Ceili. Es heißt, sie wäre bei
Chur als Glaubensbotin dem Feuertod durch die Heiden zum
Opfer gefallen.

Die Handlungsorte am Bodensee

Konstanz und die Antoninische Pest
Konstanz blickt auf eine lange Siedlungsgeschichte zu-
rück. Es wird vermutet, dass die ursprünglich keltische Siedlung
Drusomagus (großer Eichenwald) hieß. Die Römer errichteten ab
dem 1. Jahrhundert nach Christus auf dem Münsterhügel ein
Grenzkastell und gaben der wachsenden Stadt den Namen
Chostanza, der zum ersten Mal im 4. Jahrhundert in schriftlichen
Quellen erscheint.

Die Antoninische Pest – vermutlich handelte es sich um die Pocken – brach 165 nach Christus unter Kaiser Marc Aurel im Römischen Reich aus. Die römischen Legionen verbreiteten die Krankheit bis nach Gallien und an den Rhein. Die Seuche kam in mehreren Wellen und wütete in zahlreichen Städten. In den folgenden 20 Jahren erkrankten ca. 60 Millionen Menschen. Jeder vierte Kranke starb an hohem Fieber, Husten, geschwollenem Rachen und schmerzendem Hautausschlag. Wer geheilt wurde, war immun. Die Seuche leitete den Niedergang des römischen Weltreichs ein.

Die Überlinger Heilquelle

Die Kelten und ihre Druiden verehrten die Heilquellen mit ihren Heilgöttinnen und Quellnymphen, zu denen Brigantia, wohl die Namensgeberin des Lacus Brigantiae (Bodensee), gehörte. Sie wussten deren Heilkräfte zu nutzen – so auch die Helden unserer Geschichte im 2. Jahrhundert nach Christus – lange vor der ersten schriftlichen Erwähnung der Überlinger Heilquelle im 15. Jahrhundert. Wie wertvoll den Überlingern ihre Quelle auch im 16. Jahrhundert war, zeigt der aufwendig gemauerte runde Quellturm, der gleich einem Wehrturm die Überlinger Heilquelle und die dazugehörende Badanstalt schützen sollte. Direkt daneben wurde der Gallerturm als erster runder Wehrturm nördlich der Alpen errichtet. Die verborgene Geschichte von dem wohl irischen Namensgeber des Gallerturms wird uns in den folgenden Bänden der Romanserie beschäftigen.

Die herausragende Heilkraft der Quelle wird noch im 19. Jahrhundert beschrieben. Dann, um 1900, fällt sie den Bauarbeiten für einen Eisenbahntunnel zum Opfer und versiegt.

Heute erinnern die Bodensee-Therme Überlingen und das traditionelle Bad Hotel an die einstige Mineralquelle.

Die Heidenhöhlen bei Überlingen am Bodensee

Höhlen dienten den Kelten als natürliche Schutzräume, Heiligtümer und Kultstätten. Die Heidenhöhlen in der spektakulären Molasse-Felswand von Überlingen umhüllt eine geheimnisvolle Vergangenheit. Wann und zu welchem Zweck sie wohl überwiegend von Menschenhand geschaffen wurden, ist nicht mehr nachzuvollziehen, da sie durch den Straßen- und Eisenbahnbau im 19. und 20. Jahrhundert unwiederbringlich zerstört wurden.

Ibur, die Eibe

Es gibt Untersuchungen, die aufzeigen, dass in den Felswänden der Überlinger Heidenhöhlen Eiben wuchsen, welche die Kelten Ibur nannten. Es ist durchaus möglich, dass der Ortsname Iburinga, wie in dem vorliegenden Roman erstmals ausgeführt, auf die keltische Bezeichnung der Eiben zurückzuführen ist.

Die Überlinger Uhu-Familie und die Eule des Druiden

Der Überlinger Uhu-Familie brütet seit 2009 alljährlich in der Felswand des geologisch und historisch bedeutenden Überlinger Stadtgrabens. Der Uhu und seine Familie sind Nachfahren der heiligen Eule, die dem Druiden in unserer Geschichte den Weg zur geheimen Quelle vom Bodensee weist.

Das 2. Jahrhundert, die verborgenen Schriften und ihre Wiederentdeckung

Die 1945 in Nag Hammadi in Ägypten in einer Grabhöhle entdeckten Schriften aus dem 2. Jahrhundert zeugen von einer frühen Spaltung des Christentums. Theologen des 2. Jahrhunderts sehen die Apokryphen in Beziehung zu den Geheimlehren und verurteilen sie als häretische Schriften. Tatsächlich enthalten die Schriften provokative Botschaften, die zur Zeit ihrer Entstehung umstritten waren und auch heute noch für Diskussionen sorgen.

Das Thomas-Evangelium – der Codex in unserer Geschichte

Das Thomas-Evangelium enthält 114 rätselhafte Aussprüche mit verschlüsselten Botschaften der revolutionären Gedanken von Jesus. Einige Wissenschaftler nehmen an, dass die 114 Aussprüche (Logien) des Thomas-Evangeliums bereits zu Jesu Lebzeiten entstanden sind. Didymos Judas Thomas wird in der Schrift als Autor genannt, wobei *Didymos* (griechisch) und *Thomas* (aramäisch) *Zwilling* bedeuten. Im Roman werden die Logien frei nach dem *Ökumenischen Heiligenlexikon* zitiert *(www.heiligenlexikon.de/Literatur/Thomas-Evangelium.html).*

Das Philippus-Evangelium

Das Philippus-Evangelium ist eine Spruchsammlung, die frühestens im 2. Jahrhundert in koptischer Sprache verfasst wurde. Maria aus Magdala wird darin als Gefährtin von Jesus angesehen.

Das Evangelium der Maria

Das Evangelium der Maria – wohl aus Magdala – wurde im 19. Jahrhundert in Ägypten entdeckt. Es ist in Fragmenten erhalten und wurde frühestens im 2. Jahrhundert nach Christus von einem griechischen Autor verfasst. Zahlreiche Besonderheiten zeichnen die Schrift aus.

Es ist das einzige Evangelium, in dessen Mittelpunkt eine Frau steht. Wie im Thomas-Evangelium offenbaren sich darin die revolutionären Gedanken von Jesus zur Wertschätzung der Frauen. Es ist Maria, die Jesus in sein Vertrauen zieht, die er in seine Weisheiten einweiht, die er aussendet, um seine Botschaften weiterzugeben, auch an seine Jünger – sehr zum Unmut von Paulus und Petrus, die die Frauen als der Lehre, des Lesens und sogar des Lebens als nicht würdig bezeichnen.

☧, die Weltphilosophie und die heimliche Revolution
in Mitteleuropa

Es ist eine revolutionäre Weltanschauung, die seit dem
2. Jahrhundert nach Christus im Zeichen von Chi Rho ☧ Mitteleuropa erreicht. Plötzlich stehen das Vernunftwesen Mensch,
seine Selbsterkenntnis und sein Verstand im Mittelpunkt des
Daseins und nicht mehr die Besänftigung launischer Götter durch
menschliche und tierische Opfer. Es ist die Zeit einer stillen,
geheimnisvollen Revolution auf der Grundlage der hebräischen,
griechischen und auch östlichen Philosophien und Lebensweisen
sowie der Einflüsse der ägyptischen Geheimkulte.

Die Sprachentwicklung und die
weltweite geistige Vernetzung

Die nachweisliche Sprachvernetzung verschiedener Kulturen beinhaltet auch eine geistige Vernetzung. Die germani-
schen Sprachen sind Tochtersprachen einer indogermanischen
Ursprache, die, so heißt es, bis ca. 3400 vor Christus gesprochen
wurde.

Daraus entwickelten sich die im Roman relevanten
Sprachen Keltisch, Griechisch und Latein. Das Vulgärlatein ist
die Umgangssprache im Römischen Reich und damit die europäische Sprache unserer Helden.

Grabhügel (Síd, Feenhügel) als Kultstätte und
geheimer Versammlungsraum unserer Helden

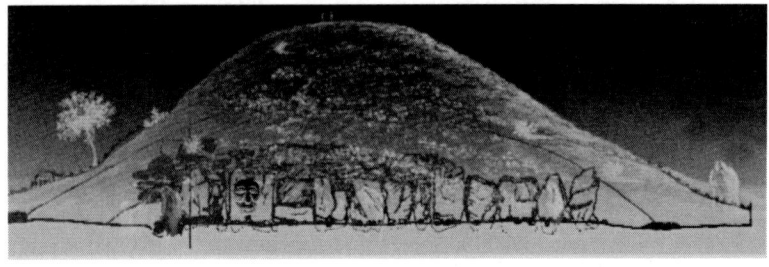

*Abb. oben: Querschnitt des Grabhügels mit den senkrecht
stehenden Steinriesen (frei nach J. P. Hartnett/Autorin)*

*Abb. unten: Grundriss des Grabhügels Fourknocks in Irland
mit Gang und Grabkammer (J. P. Hartnett)*

Der Totenkult

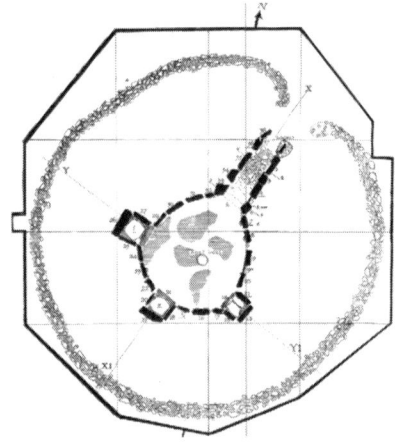

Die Kelten und ihre
Druiden haben keinerlei
Schriften über den Toten-
kult, den sie in den Grab-
kammern praktizieren, hinterlassen. Funde und Be-
richte der Griechen und
Römer lassen jedoch da-
rauf schließen, dass in den
Grabhügeln die körperli-
chen Überreste der Toten
aufbewahrt und verehrt
werden. Die Seelen durchwandern im Grabhügel die Anderswelt,
um dann wie in den alten östlichen Kulturen als andere Wesen
wiedergeboren zu werden.

Grabhügel, Feenhügel, Síd

Die runden, mit Gras bewachsenen Hügel sind von Menschenhand geschaffen. Sie stammen aus einer Zeit, die bis zu 3000 Jahre vor der Zeit unserer Helden liegt. Die Anlage mit dem langen Gang, der in das Innere des Grabhügels führt, erinnert an die Form der Bauchhöhle einer Frau. So spiegelt der Grabhügel den Kreislauf des Lebens und Sterbens wider.

Abb.: Menhir zu Tara, Irland (Autorin)

Den Schädeln, zuweilen auch den eingelegten Gehirnen, kommt in den Grabhügeln eine besondere Verehrung zu. Denn in ihnen sitzt das heilige, geheime Wissen der Ahnen über den Ursprung des Daseins. Mithilfe der Vermittlung der Druiden begegnen sich im Grabhügel an dem keltischen Mondfest Samhain (Allerheiligen) die Seelen der Lebenden und der Toten.

Menhire, Megalithe, Hinkelsteine

Menhire sind – vergleichbar mit Obelisken – alleinstehende, unbearbeitete oder bearbeitete Steinriesen. Sie werden auch als Megalithe oder Hinkelsteine bezeichnet. Sie verbinden den Himmel mit der Erde und die Götter mit den Menschen. Außerdem dienen sie als Fruchtbarkeits- und Phallussymbole.

Abb. rechts (Autorin): Sonnenrad mit keltischen Mond- und Sonnenfesten. So könnten die Amulette von Ceili und Righ ausgesehen haben, die in ähnlicher Form in den verschiedenen Kulturen, aus denen die Helden des vorliegenden Romans stammen, wiederkehren.

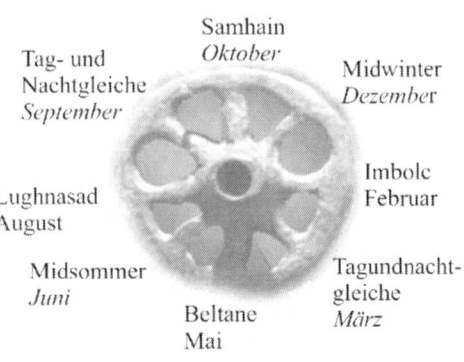

Samhain
Oktober

Tag- und Nachtgleiche
September

Midwinter
Dezember

Lughnasad
August

Imbolc
Februar

Midsommer
Juni

Tagundnacht-
gleiche
März

Beltane
Mai

Abb. links (Autorin): Das Tor II besteht aus zwei senkrechten Megalithen und einem darüberliegenden Steinriesen. Es gleicht einem großen Steintisch und bildet den Zugang zu dem schmalen Gang, der in den Grabhügel führt. Das Sonnenlicht wird ausschließlich durch den Gang ins Innere des Kultraums gelenkt. Der Sonnenstand an bestimmten Tagen (Sonnenwende, Tagundnachtgleiche) bestimmt die Ausrichtung des Grabhügels, seines Ganges und des Tores II.

Die Reiseroute der Visionäre – 2. Jahrhundert nach Christus

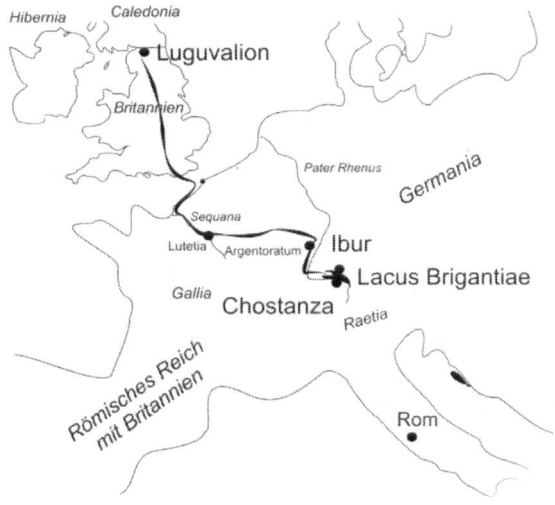

Literatur in Auswahl

Atkin, Margaret / Osborne, Robin (Ed.): Poverty in the Roman World, Cambridge 2006

Brunaux, Jean-Louis: Druiden, Die Weisheit der Kelten, Stuttgart 2009

Cooke, John (Ed.): Wakeman`s Handbook of Irish Antiquities, Dublin 1903

Demandt, Alexander: Marc Aurel, Der Kaiser und seine Welt, München 2019

Flashar, Hellmut: Hippokrates, Meister der Heilkunst, München 2016

Galen / Johnston, Ian (Übersetzung und Einführung): On Diseases and Symptoms, Cambridge 2006

Hartnett, P. J.: Excavation of a Passage Grave at Fourknocks, Co. Meath, in: Proceedings of the Royal Irish Academy, Archaeology, Culture, History, Literature, Vol. 58 (1956/1957), 197-277

Schröter, Jens: Die apokryphen Evangelien: Jesusüberlieferungen außerhalb der Bibel, München 2020

Schuré, Edouard / Steiner-von Sivers, Marie (Übersetzung): Die großen Eingeweihten, München 2006

Wind, Renate: Eva, Maria und Co.: Frauen in der Bibel und ihre Geschichten, Kevelaer 2016

Winkelmann, Friedhelm: Geschichte des frühen Christentums, München 2013

MARION MERKELBACH

X – DIE GEHEIME QUELLE VOM BODENSEE
MHM Verlag, 2020, 222 Seiten

Europa und der Bodensee im 2. Jahrhundert nach Christus: Ein geheimnisvolles Netzwerk mit dem Erkennungszeichen X hat den Auftrag, die Welt von zürnenden Göttern, blutigen Kriegen und todbringenden Seuchen zu befreien. König Ghrian und das keltische Mondkind Ceili schließen sich den Gleichgesinnten an und begeben sich von Britannien aus auf eine geheimnisvolle Mission. Am Bodensee erwartet die Visionäre schließlich ein erbitterter Kampf auf Leben und Tod ...

Leserstimmen (Lovelybooks):
»Gerade die Mischung aus Geschichte, historischer Handlung und Dramatik haben für mich den Roman so lesenswert gemacht.«
» Das Buch zeigt sehr viele Parallelen zur heutigen Zeit auf.«

WAHRHEIT UND IRRTUM
MHM Verlag, 2021, 224 Seiten

Europa und der Bodensee um das Jahr 600 nach Christus: Der Visionär Columba verlässt mit seinen Verbündeten Irland, um die eigene Auffassung vom Christentum zu verbreiten. In der Abgeschiedenheit der Vogesen gründen sie ein Monasterium. Abt Columba und Atala hegen große Gefühle füreinander. Doch es gibt mächtige Gegner, die eine solche Liebe verurteilen. Der waghalsige Kampf um Menschlichkeit und Toleranz, Bildung und Gerechtigkeit für Frauen und Männer sowie um die Verehrung der Natur nimmt seinen dramatischen Lauf ...

Leserstimmen (Lovelybooks):
»Es gibt unterschiedliche Charaktere, welche bestens ausgearbeitet wurden. Jeder von ihnen ist ein kleines Highlight.«

FRIEDE
MHM Verlag, 2022, 204 Seiten

Europa und der Bodensee im 7. Jahrhundert nach Christus: Friede ist Heidin und lebt allein am Ufer des Bodensees, eingebunden in die Traditionen ihres Stammes und in den Kreislauf der Natur. Als sich eine Gruppe von geheimnisvollen Fremdlingen in den benachbarten Höhlen der weißen Klippen niederlässt, verliebt sie sich in den schalkhaften Virgil. Bald wird sie in eine Welt der Zeichen, Worte und Rätsel hineingezogen. Was zunächst wie ein Spiel anmutet, mündet schließlich in dramatische Ereignisse von gewaltiger historischer Relevanz ...

Ein packender, bewegender Bodensee-Roman, der auf den langjährigen Forschungen der Autorin basiert und ein vergessenes, aber hochbedeutsames Kapitel europäischer Geschichte in Erinnerung ruft.

Leserstimmen (Lovelybooks):

»Ihre Protagonisten sind gut und lebendig gezeichnet, mit all ihren Fragen, Zweifeln und Hoffnungen. Insbesondere bei der jungen Friede wird der innere Zweispalt deutlich.«

DIE VERSCHWIEGENE WELT DER IMMA VOM BODENSEE
MHM Verlag, 2023, 204 Seiten

Europa und der Bodensee im 8. Jahrhundert nach Christus: Immas Tochter wird Karl den Großen heiraten. Imma stammt aus dem Geschlecht der alamannischen Herzöge und wächst in der Bodenseeregion auf. In der rebellischen Gallus Coenobie erhält sie eine universale Ausbildung. Dann spitzen sich die Konflikte mit dem Papsttum zu. Eine Katastrophe bahnt sich an ... Hochgebildete Frauen verkehren in den ersten Jahrhunderten nach Christus als Beraterinnen an den Adelshäusern Europas und kümmern sich mit ihrem umfangreichen medizinischen Wissen um die Bedürftigen. Doch bald werden ihnen die Fähigkeiten abgesprochen, medizinisch tätig zu sein und Recht zu sprechen. Warum?

Leserstimmen (Lovelybooks):
» Die Autorin schafft es, die Leser auf eine fesselnde Reise durch die Geschichte mitzunehmen.«

DER MEDICUS VOM BODENSEE
8. Auflage, 2008-2022, 223 Seiten

Süddeutschland und Italien im Jahrhundert des Konzils zu Konstanz: Als berühmter Arzt trifft Andreas Reichlin in Rom erneut auf seine Freunde, die jetzt als Papst, dessen Kardinäle und Berater das Rad der Welt bewegen. Gemeinsam streben sie mithilfe der Baukunst nach Macht und Ruhm. Doch der erbitterte Kampf gegen den Schwarzen Tod, Neid, Verleumdungen und die Liebe stellen das Streben des Medicus vom Bodensee in Frage.

BODENSEELE
MHM Verlag 2012/14, 335 Seiten

Bodensee, Schwarzwald, Herzogtum Mailand im 15. Jahrhundert: Der aus Überlingen stammende Medizinstudent Matthias Reichlin, Sohn des **Medicus vom Bodensee**, verliebt sich in die Novizin Simarna, die uneheliche Tochter einer Ketzerin. Die geheime Liebe entführt in die spätmittelalterliche Welt zwischen Reichtum und Armut, Kirche und Ketzerei, Bildung und Volksglaube, Frömmigkeit und Folter ...

Pressestimmen:
»Marion Merkelbachs präzise recherchierter Spätmittelalterroman BodenSeele ist ein Glanzstück des Genres.« (Badische Zeitung)

DAS GEHEIMNIS DES MEDICUS
MHM Verlag, 2015, 288 Seiten

Bodensee, Freiburg, Italien im 15. Jahrhundert zur Zeit der Vorreformation und der Renaissance: Als Rektor der Universität und gefragter Arzt trifft der Überlinger Medicus Matthias Reichlin in der Nähe von Mailand erneut auf die von der Inquisition verfolgte Simarna. Folter und Pest, Liebe, Magie und Hexenverfolgungen bestimmen das menschliche Dasein jener Zeit. Da findet Simarna Zugang zu der verborgenen Welt eines faszinierenden Künstlers. Das Genie erforscht unermüdlich Himmel und Erde, um den Geheimnissen des Lebens und der Natur auf die Spur zu kommen: ***Leonardo da Vinci***. *Rätselhaft, vollkommen, allumfassend ...*

Pressestimmen:

»Gut recherchiert, mit viel Detailwissen und dem Gespür für eine gut komponierte Handlung und mehrdimensionale Figuren sind Harder-Merkelbachs Romane flüssig und mit Gewinn zu lesen.« (Badische Zeitung)

DIE AUTORIN

Marion Merkelbach ist promovierte Kunsthistorikerin. Sie nimmt die Leserinnen und Leser mit auf eine Zeitreise in eine in Vergessenheit geratene Welt der europäischen Gesellschaft. Die abenteuerliche Spurensuche führt sie auf Recherchereisen durch ganz Europa – unter anderem nach Irland, Schottland, Frankreich, Italien und Deutschland. Darüber hinaus bietet ihr das Leben am geschichtsträchtigen Bodensee eine unermüdlich sprudelnde Inspirationsquelle für

Die Bodensee-Romane, HiStory – Welt und Mensch.

www.marion-merkelbach.de